天作之合 2

姜之鱼 / 著

台海出版社

图书在版编目（CIP）数据

天作之合. 2 / 姜之鱼著. -- 北京：台海出版社，2022.9

ISBN 978-7-5168-3382-7

Ⅰ. ①天… Ⅱ. ①姜… Ⅲ. ①言情小说－中国－当代 Ⅳ. ①I247.5

中国版本图书馆CIP数据核字(2022)第160369号

天作之合2

著　　者：姜之鱼	
出 版 人：蔡　旭	封面设计：南大古　张　强
责任编辑：员晓博	

出版发行：台海出版社
地　　址：北京市东城区景山东街20号　　邮政编码：100009
电　　话：010-64041652（发行，邮购）
传　　真：010-84045799（总编室）
网　　址：www.taimeng.org.cn/thcbs/default.htm
E‐mail：thcbs@126.com

经　　销：全国各地新华书店
印　　刷：北京盛通印刷股份有限公司

本书如有破损、缺页、装订错误，请与本社联系调换

开　　本：880毫米×1230毫米	1/32		
字　　数：242千字		印　张：8.25	
版　　次：2022年9月第1版		印　次：2022年12月第1次印刷	
书　　号：ISBN 978-7-5168-3382-7			

定　　价：45.00元

版权所有　　翻印必究

目 录
contents

第 1 章	001	第13章	085
第 2 章	007	第14章	093
第 3 章	015	第15章	101
第 4 章	021	第16章	109
第 5 章	029	第17章	115
第 6 章	035	第18章	121
第 7 章	043	第19章	127
第 8 章	049	第20章	133
第 9 章	057	第21章	139
第10章	065	第22章	145
第11章	073	第23章	151
第12章	079		

目 录
contents

第24章	159
第25章	165
番外一	173
番外二	189
番外三	203
番外四	237
番外五	249
番外六	255

第1章

傅遇北从办公桌后走出来,站在倪思喃面前,盯着她看了良久,叹了口气,低声说:"是我的错。"

倪思喃蒙了:"你哪里错了?"

"当然错了。"傅遇北摸了摸她的头,温声说,"早应该处理得更彻底。"

倪思喃原本的愤怒被他这么一安抚,便丢到了脑后,反而有点害羞。倪思喃小声"嗯"了一声,坐着实在太矮,干脆从沙发上站起来,这样两个人就贴得特别近。

"我先回去了。"

傅遇北说:"好,我让人送你,其他事不用管,不如多看几个包。"

他觉得她看包的时候笑得很单纯。

倪思喃扑哧一声被逗笑了。直男的安慰其实还挺可爱的,不是吗?傅叔叔虽然不怎么说情话,但一直都没有让她失望过。

"好的,老公。"

倪思喃乖乖开口,抬眸看到傅遇北的脸,他目光温和深邃,像要把她吸进去。

她在他没注意的时候,忽然踮脚亲了一下他,然后快速逃离现场。

倪思喃穿着高跟鞋,但比穿平底鞋都跑得快。

傅遇北站在办公室里,没料到倪思喃的动作,垂下眼睑,抬手蹭了下自己的唇,低头时,看到指腹上的浅红色。

他给乔路去了电话:"十分钟后我要看到这件事的处理方案。还有,你送夫人回家。"

乔路没来得及回应,电话就挂断了。他放下电话,从自己的办公室出来,瞄了一眼,谨慎开口:"夫人,我送您回去吧。"

瞧瞧夫人气的,脸都红了。这么一想,乔路也气得不行。

倪思喃猛然回神:"好。"

她摸了摸自己的脸,好烫。自己刚刚居然主动亲了傅遇北,她从来没有这样做过。

孟芯闵今天有个茶会,也从小姐妹那里听说了倪思喃的事,她纠结地打电话给倪思喃时,倪思喃才刚结束和周未未的通话。

"倪思喃?"

倪思喃看了看名字:"稀客啊,孟小姐打电话给我。"

"稀什么稀。"孟芯闵没好气地说,"你都被人造谣了,还有空说我。"

"被造谣的是我又不是你,你怎么比我还激动?不会是暗恋我吧?"

孟芯闵直接挂了电话。

倪思喃收起手机,叫来用人:"准备一壶绿茶。"

有一个年轻点的用人趁着煮茶的时间,从小区的湖里摘了一朵荷花过来。

荷花有点蔫,插在瓶里。

倪思喃坐在花园露台上,让人给她拍了一张绝美的侧脸照,阳光从前方打下来,光影分明,鼻梁秀挺,皮肤无瑕。

"夫人好美。"用人忍不住夸道。

倪思喃十分满意，转头将照片发到微博，配上两个字："喝茶。"

不到十分钟，她的这条微博就上了热搜。

"这是倪思喃的微博？"

"这脸是真实的吗？人间仙女！"

"绝了啊，怎么会这么好看！"

周未未也看到了微博，打电话给倪思喃，两人正聊着，倪思喃突然想起傅遇北。他知道自己发微博了吗？

思来想去，倪思喃又拨通他的电话，试探地问："老公，你看见我发的微博了吗？"

"看到了。"傅遇北一向话少，尤其是夸人时，却在下一刻又添上几个字，"很漂亮。"

倪思喃翘起唇角，和他吐槽某个网友的评论："居然还有人说我长得刻薄。"

她长得刻薄吗？

"不是所有人都能欣赏美。"傅遇北安慰她，平板上正好是那张照片，"怎么说都应该是善财童子。"

善财童子是怎么回事，哪里有人这么形容别人的，到底是夸她好看还是不好看？她就没听过。

倪思喃质问："这是夸人的话吗？"

傅遇北不恼，气定神闲地回答："当然，从我和你结婚后，京际的股价就一直在涨。"

有这么夸人的吗？倪思喃从来没有这种经历，但这是好事。她清清嗓子，矜持地询问："那没结婚之前呢？"

倪思喃乖巧地等着回答。

没过一会儿，电话里传来傅遇北低沉磁性的声音："之前……也在涨。"

她就知道！

"你不能撒个谎骗骗我吗？"她说。

"这种事你查都能查到，没什么好骗的，免得到时候你从别人的嘴里知道。"

傅遇北很沉稳。

倪思喃一想也是，来了兴趣："那倪氏之前的股价怎么样？"

傅遇北回忆了一下："你大伯做出一些决定之后经常起伏不定，不过现在是涨的。"

倪思喃放心了。

倪思喃发的微博都很岁月静好，最近她的微博一下子涨了十万粉丝，并且还在持续增长。大部分人都是来凑热闹的，毕竟倪思喃长得好看，嫁人前与嫁人后变化不大，一举一动都透着优雅。

因为之前被曝光了工作室地址，不少人都去围观是什么情况，辛禾现在十分忙碌。不少女生一到店门口就被漂亮高档的装修镇住，进入里面看到设计新颖又漂亮的裙子十分心动。

"这是倪小姐亲自设计的吗？"

辛禾微笑着解释："橱窗里的裙子是和大牌的联名限量款，我们店主营的就是定制款。目前唯一一款店长定制是店长朋友的，其他的都是我们设计师设计的。"

因为图纸不能曝光，不少人很是失望。不过短短时间，很多人在工作室外拍照发微博，夸倪思喃的店很漂亮。

苏天的哥哥苏淮打电话过来给倪思喃道歉，还说要拎着苏天来当面道歉。事情既然已经过去，倪思喃现在哪有心情搭理他们，当即拒绝了。

周未未难得大方一次，说："我请你去吃火锅。"

倪思喃说好。

那家火锅店距离工作室不远，但因为倪思喃从家里出发，还要换衣服，所以周未未先到，干脆等在商场的栏杆边。

她长得可爱，路过的男生都不由得看过来，想要微信，最后被拒绝了。

周未未低头发消息："快点快点。"

倪思喃："路上，马上就到了。"

周未未噘了噘嘴。好吧，迟来就迟来，时间还早，她去买杯奶茶好了。

周未未还没转身,肩膀被人拍了一下。

她一扭头,对上蒋谷的脸。他今天穿了一件黑色T恤,松松垮垮,配上单手插兜的动作,显得有点邪气,似笑非笑的。

不远处有几个男生,见她看过来,都笑嘻嘻地挥手。

蒋谷伸手把她的脸掰回来,挑起一边眉毛,伸出一根手指在她面前晃了晃:"发什么呆,见到哥哥不打招呼?"

周未未"哦"了一声:"你怎么在这儿?"

她声音比较软,平日里和倪思喃待久了,也学会了点撒娇的技能,很符合她的性格。

"路过。"蒋谷又眯起眼,低头问,"你在等谁?"

"咩咩啊。"周未未不适应他靠这么近,"我请她吃火锅。"说完,她又警惕地看向蒋谷,"你不要打扰我们啊,你去和你朋友一起吧。"

蒋谷直起身:"知道了。"

说完又插着兜走了。

不远处有一个男生在对周未未做搞笑的动作,被蒋谷直接提着衣领转过身带走了。

倪思喃到的时候,周未未已经进了火锅店,点了锅底和一些菜,抱着奶茶正喝得快乐。

"还有好多我没点,你自己点。"周未未把东西丢给她。

倪思喃现在心情格外好,莞尔一笑,点了几盘肉。

两人正说着话,倪思喃伸手去倒白开水,结果不知道从哪儿冒出来一个服务员:"我来。"

周未未之前看到过一些人夸这家火锅店服务好,过生日还会送东西。

倪思喃心思一动,将火锅拍了下来,发给傅遇北,并没有配文字,只有图。

正值午休快要结束,傅遇北坐在办公桌后,打开手机,看到了图片。半晌,他才问:"一个人?"

倪思喃反问:"怎么可能?"

傅遇北:"我很喜欢。"

倪思喃弯唇,正准备回一句,又收到了一条新消息。

傅遇北:"咩咩,你能跟我分享你的生活,我很感动。"

分享?她明明是炫耀!

第 2 章

倪思喃本来想解释的手停下来，现在说出来是不是有点让他尴尬？那还是晚上回去解释吧。

"怎么样，你老公是不是很感动？"周未未捧着脸，笑嘻嘻地问。

倪思喃点头，本来没打算说，最后没忍住道："是啊，感动到以为我要和他视频吃火锅。"

"哈哈哈，真的吗？傅总这么可爱的？"

"直男吧。"倪思喃觉得傅遇北有时候的思维过于单纯了。

"我怀疑傅总平时不怎么上网。"周未未没想到傅遇北每次都会刷新自己的认知。

说到上网，倪思喃登录微博，后台全红，她点掉那些消息，干脆直接关了私信，又心神一动，将聊天记录截图，发到微博，也算是唯一一次秀恩爱了。他们不是说自己最有可能离婚吗？那就让他们好好看看。

发完后，倪思喃就将这事扔到了脑后。

京际大厦，乔路在自己办公室收到了上司的消息，问他上次看的小岛好了没。

怎么突然催起来了？乔路这阵子正在处理拍卖会的事，小岛一事就放在了后面，毕竟想找到合适的也不容易。

他应下来后，又听见自家老板用沉稳的声音说："对了，看看最近有什么新出的包。"

乔路呆愣之余脱口而出："女式的？"

"你说呢？"傅遇北皱眉。

"好，我马上看。"乔路心头一凛，赶紧补救道。

傅遇北放下电话，琢磨着是不是最近给乔路太多任务，让他变得不太灵光了。

倪思喃的微博本来就涨了不少粉丝，一发动态就有很多人评论。

"是不是傅先生感动到已经想好怎么表扬小娇妻了？"

"我上次和我喜欢的男生去这家火锅店，服务员让人来捞面，还祝福我们，后来我们在一起了。"

"我现在去还来得及吗？"

倪思喃发完微博就没管了，所以不知道评论里谈起了各种各样的火锅店奇遇，有恋爱的，有分手的，傍晚，又有很多人转发了这条微博，自然而然地倪思喃的微博上了热搜。

大家对傅遇北的印象都来自经济论坛里的那些视频，还有传闻中的雷厉风行，还是头一回见到聊天记录里的傅总。

"傅总的回答好正经，哈哈哈，很感动！"

"不是，只有我注意到傅太太的小名是咩咩吗？这名字也太可爱了吧！"

"想象不出傅总叫'咩咩'这两个字的样子！"

"救命，我因为一张聊天截图嘴角扬了起来。"

"都好可爱哦，不行了，我要做你们的粉丝！"

原本倪思喃和傅遇北的生活距离他们很遥远，可这条微博一出，顿时接地气起来，不少人还记住了倪思喃的小名。

倪思喃发微博时压根儿没注意自己的小名，等她知道时这名字已经传遍了。

第2章

下午下班时，傅遇北离开办公室，因为倪思喃说和周未未在一起，所以他在公司餐厅吃的饭。

傅遇北敏锐地发现几个高层似有若无地看着他，一看过去，那些人就跟小动物见到老虎似的，飞快地移开了视线。他眉梢一挑，问乔路："今天公司里发生了什么？"

乔路疑惑道："没有啊。"

没发生？傅遇北直觉不对。

乔路见他思索，忽然明白这个问题从何而来，低声暗示道："您看今天的微博了吗？"

傅遇北若有所思。

乔路小声说："下午太太在火锅店发了一条微博，半小时前上了热搜。"

傅遇北当然知道倪思喃下午在火锅店，只不过后来他们没有继续交流。被乔路这么一说，看来应该是还有别的事。

乔路很贴心地把自己的手机递过去，偌大的字摆在屏幕上，傅遇北盯着评论陷入沉思。

乔路总觉得自己待在这儿并不合适，便找了个借口去洗手间，有个高层刚好出来，打听道："乔助，傅总看微博了吗？"

他们早就看到热搜了，还讨论了一遍。

乔路面不改色："看过了。"

那人又自言自语起来："我从来不知道傅总原来是这样的，毕竟他在公司里一向说一不二……"

乔路越听越觉得尴尬。现在全世界的人都知道傅总因为太太发来的一张火锅照片而十分感动。这是好事吗？当然不是！

乔路回到桌边时，发现男人坐在那里，仿佛什么事也没发生，平静又坦然。

而同一公司的傅成川就更受人瞩目了。傅倪两家的事人尽皆知，后来倪思喃和傅遇北结婚，傅成川就落得比较尴尬。今天倪思喃一秀恩爱，有几个人在茶水间里小声议论起来。

"你们看了没？看起来傅总和太太感情很好的样子。"

"傅总那个性格怎么可能是假装，肯定是真的。"

几个人出去时刚好看到傅成川，吓了一跳。

"你们刚刚在说什么？"傅成川微笑道。

"就今天微博上的东西。"他们没敢细说，马不停蹄地回了各自工位。

傅成川回到自己办公室，打开微博，点进去就是倪思喃发的图，瞬间深吸一口气。

傅成川一直没把这事放下，他的朋友也把倪思喃当成禁忌，没当着他的面提过。他心不在焉，正好去餐厅时碰上出来的傅遇北和乔路。

傅成川犹豫着开口："叔叔，微博……"

"在公司里没有叔叔，叫什么你清楚。"傅遇北看了他一眼，"微博怎么了？"

傅成川问："是真的吗？"

傅遇北淡淡地说："我们都结婚一个多月了。成川，你应该多把心思放在公司上，最近那个项目你处理得不是很好。"

傅成川被说得差点一口气没提上来，但也找不到话反驳，想了想说："不是，我就是没明白。"

他心底当然还有点不甘。

傅遇北调整了一下腕表的位置，眉宇清朗，看着他怔愣的样子，徐徐说："下次见面记得叫婶婶。"

傅成川噎住，不叫婶婶还能叫什么？之前他和倪思喃闹得那么不愉快，也没有立场去说什么。

微博一事闹得倪思喃本人也不敢相信，怀疑自己随手发的微博是不是影响了傅遇北的形象，她后来想删除，但是大家都看到了，删除似乎也没什么用，干脆就随他去了，大不了晚上好好和傅遇北说一声。

说曹操曹操到，倪思喃接到傅遇北的电话时，其实有点心虚："老公。"

"我看到你的微博了。"傅遇北一开口就是重点。

倪思喃心中警铃大作,但是气势上可不能弱:"是吗?"

"嗯。"

倪思喃理直气壮道:"是你自己理解错了,不能怪我。"

"我当然没有怪你的意思。"傅遇北按了按眉心,靠在椅背上闭目养神。

倪思喃很满意他的回答。

傅遇北又温声提道,"对了,以后这些小事可以——"

他的话还没说完,倪思喃就自动补上了后头的内容,肯定是"不准发""不准截图"。

"秀恩爱也不许?"倪思喃打断他的话。

傅遇北说:"哞哞,听我说完。"

倪思喃的脾气说来就来,当即说:"我不听。"她立刻将"再说今晚就分房睡"几个字提到了嘴边。

傅遇北知道她误会了自己的意思,轻叹了口气,换了话题:"我让乔路看了一些包,你看看喜欢哪些,然后告诉我。"

他的声音低沉,如同大提琴的琴声。

倪思喃还没回过神来,就收到了几张图片。她打开一一看了个遍,然后将嘴边的"再说今晚就分房睡"咽回了肚子里。

过了许久,倪思喃才后知后觉,在房间里走来走去,疑惑自己怎么能被几个包收买,她居然被傅遇北的糖衣炮弹砸晕了?

傅遇北回到家,外套扔在楼下,解了领带往里面走,看见坐在床上背对着门口的倪思喃。

"看什么这么入神?"他走到床边出声问道。

倪思喃被吓了一跳。

傅遇北笑了一声,弯腰靠近她。

倪思喃的耳朵便红了个彻底,干脆使出遁术:"没什么,我去洗澡。"

傅遇北一挑眉,没阻拦,丢掉领带,去了另一间浴室。

第二天上午,倪思喃醒来后打开手机看了一眼,周未未一小时前发了好几条消息,说有事到她家里来,刚好给她送东西。

倪思喃没想起自己有什么东西落在她那儿了,下床站在门口问用人:"早餐好了吗?"

用人还没来,倒是听到动静的周未未先上了楼,正好看到倪思喃关门进房。

"这都太阳晒屁股了,你怎么才起来?"

"起迟怎么了?"背对着她的倪思喃丝毫没有觉悟,"我今天又不需要早起。"

周未未靠在门边,竟然觉得她说得很有道理。她看着倪思喃的背影,饶有兴趣地说:"你头发睡得好翘。"

倪思喃动作一顿:"说什么呢?"

她摸了摸自己的头发,弯腰对着梳妆镜照了一下,还真是翘起来了。倪思喃伸手按下去,一松手又翘起来了。

"你看过动画片吗?你这样就像动画里的那些女主角。"周未未调侃道。

倪思喃拿发卡别住,没把这当回事。

还好不是傅遇北看到,否则自己的形象岂不是要受影响?她含糊地想着,说不定自己睡觉头发乱糟糟的样子已经被他看得够多了。

窗帘还拉着,房间里只有一盏灯亮着,而她刚别上的发卡闪着光。周未未仔细瞧了瞧。得,随手一个发卡都是镶钻的。

"什么事值得你大老远跑过来?"

倪思喃洗漱好,两个人坐在衣帽间里。

周未未还是在她新婚后第一次来她家,也是第一次看到这个衣帽间,收起惊讶。

"我之前不是追星吗,拿了两张演唱会的票,但是我过两天要和我爸妈回老家,不能去看了。"

这票是她抢来的,给别人她不高兴。

倪思喃一点也没兴趣:"我现在又不追星,你给别人吧,那个谁不是喜欢吗?"

"谁说演唱会一定要追星的人看了?"周未未无语道,"你不能和你老公一起去看吗？"

"他要上班。"

"上什么班，这是周末，而且还是晚上，多好的约会机会，培养感情的。"

倪思喃看向周未未，明媚一笑，调侃道："未未，你不会是为我买的吧？"

周未未说："自恋！"

她把两张票放在桌上。

倪思喃打开玻璃门，十分温柔地说："今天穿哪条，听我姐妹的意见。"

周未未立刻兴致勃勃，不过她的目光被一旁三分之一的男士西装吸引，问："这是傅总的衣服？"

"嗯。"

听她承认，周未未惊呆了。不是吧，这么大的衣帽间，就只有这么点是傅总的？一时之间她竟然有点同情傅总。

最后倪思喃选了一条比较知性的裙子，有姐妹的参考一切都决定得很迅速，从头到脚都美到爆炸。

最近，倪思喃和傅遇北的生活十分和谐，得益于此，倪思喃觉得去约会也没什么，可以培养感情，她才不要成为众人私底下议论的"塑料夫妻"主人公。所以等事情平息下来后，她偷偷把微博转成自己可见，虽然有点迟。

时隔几天，倪思喃的后台又是无数消息，她看了几条，发现内容出乎意料。

"倪小姐这么可爱，居然已婚！"

"虽然傅先生很帅，但总觉得还是小年轻比较快乐，我要奋斗了。"

"什么时候能发点照片看看？"

倪思喃一脸问号，感觉网友们的思维与众不同。她退出微博，打开平板准备搜搜那个演唱会的信息，还有那名歌手之前的歌怎么样。

演唱会的时间是下周末，倪思喃嘴上说着考虑，实际上没打算浪费周未未的心意。姐妹好不容易抢来的，她浪费了多不好。

晚上躺在床上时，她把这事告诉了傅遇北，很大度地说："你要是没时间也没关系的。"

"有。"傅遇北很给面子,"空闲。"

"你看过演唱会吗,应该没有吧?"

"我不介意第一次。"

倪思喃听得怪舒服的,忽然想起上次他没说完的话,问:"那天你被我打断的话,后面是什么?"

傅遇北的视线从书上移开,笑问:"现在不怕我说了?"

倪思喃瞪眼:"我之前也没怕。"

"好。"傅遇北不和她争执,"只是让你提前知会我一声,免得全世界都知道了我还不知道。"

倪思喃被他说得心虚。好像真是这样,别人都知道她是在炫耀火锅,就他最后一个知道。

演唱会在即,倪思喃晚上临时抱佛脚,洗完澡后就在床上看那名歌手以前的演唱会视频。

一场演唱会动辄就是两三个小时,倪思喃平时不怎么看演唱会,乍一看觉得新鲜,就比较入神,大有通宵的架势。

傅遇北看了下时间,提醒道:"十一点了。"

戴着耳机的倪思喃不为所动。

傅遇北干脆把她手中的平板抽走,摘掉她的耳机,又提醒一遍:"不准熬夜。"

倪思喃正看得津津有味,猝不及防什么都没了,伸手去抢:"你这叫只许州官放火,不许百姓点灯!"

她觉得自己说得很有道理。谁规定的早睡啊?必须反对,倪思喃心想。

"因为我是州官。"傅遇北将她按在被子里,顺着她的话,"而你是被剥削的百姓,睡觉。"

居然还敢承认?还加上剥削两个字,资本家可真好意思。

倪思喃只露出一个脑袋,漂漂亮亮,可可爱爱。

傅遇北看着气鼓鼓的倪思喃,十分淡定地威胁:"不睡今晚也可以放火。"

第 3 章

州官的威严还是很足的,弱小百姓倪思喃再也不嚷嚷着要点灯了,乖乖待在被窝里。这一夜非常平静。

第二天,倪思喃罕见地醒得早,她起来时傅遇北刚下床,说:"可以再睡会儿。"

"不睡了,我要去工作。"倪思喃还记得自己是一个工作室的老板。

傅遇北饶有兴致地问:"你的工作室收益怎么样?"

倪思喃坐在床上,忠告道:"傅叔叔,你知不知道这就像人的工资一样,没事不要打听。"

她很久没叫这个称呼了,傅遇北有点怀念。

"好,不问了。"

其实倪思喃现在也不知道收益,要到月底才能知道。

吃早餐的时候,傅遇北在看财经新闻,这两天股市又跌了,不少人都在哭。他忽然想起什么,问:"之前你不是要买股票?"

倪思喃对赚钱十分感兴趣,停下筷子,迟疑地询问:"难道现在有合适的?"

"要看你敢不敢。"傅遇北不疾不徐道。

"这有什么不敢的！"倪思喃很大方。

傅遇北说了好几句专业用语，她也没听明白，干脆就买了他说可以的那两只。

其实倪思喃对他的能力是很信任的。毕竟新闻里和自己爷爷都夸了他一遍又一遍，说不定这次的投资能赚一大笔。

怀着这个念头，倪思喃的脚步都飘起来了。京际旗下举办的设计比赛，决赛就在今天下午，倪思喃要去现场看看。

午餐之后，她给辛禾发消息："你们到现场了吗？"

辛禾回复："已经到了。"

倪思喃也没耽误时间，决赛是在电视台里举办的，到时直接上节目，也算是合作共赢。

她到了现场，发现来了不少人。

辛禾看见她，眼睛一亮："喃姐。"

倪思喃拍了拍她的头，笑道："怎么称呼一天一换，前两天不还叫我老板吗？"

"今天在这里，这样叫比较有气势。"辛禾笑嘻嘻地说，"秦乐正在化妆。"

这次进入决赛的设计师三分之二都是女性，要上节目自然要好好打扮一下。

电视台的人正在那里吆喝："还不赶紧搞好，待会儿就要开始直播了，不允许出现任何问题！"

"你去忙吧。"倪思喃温声说。

她来这儿自然有自己的位置，本身这个比赛就有现场观众，她以Muse工作室老板的身份坐在了前排。

这边观众不少，乍然见到一个大美人坐在自己身边，都偷偷地打量，还有人发照片给自己的朋友看。有人觉得她眼熟，但一时之间没认出来。

说实话，这节目网络关注度并不高。大家爱看的是综艺节目，一个设计类的比赛没多少人看，但电视台不一样，他们可以直接拿京际和倪思喃来宣传——进入决赛的选手里有傅太太工作室的设计师，而这比赛是京际旗下举办的。网上甚至有人说这事说不定有内幕，到时候肯定会暗箱操作一番，让秦乐拿第一。

电视台这么一宣传，直播时，观众来了几十万。

倪思喃坐在台下，周未未在老家给她发了几张农家乐的图，然后两个人聊了起来。

台上，主持人开场，镜头来回转动，逐渐转到观众席，慢慢扫向每个区域的席位，这时直播间里人数停在八十几万。

一开始弹幕很少，等镜头扫过倪思喃时，无聊的网友坐不住了。

"这个人我是不是见过？"

"好漂亮啊，导播赶紧给我转回去！"

"小姐姐侧脸绝了！素人都这么好看！"

"不是素人吧？"

有人记得前段时间的风云，赶紧找了当时的新闻来看，将照片里的人和镜头里的人一对比。

"这是倪思喃！"

一语惊起万丈波澜。

某电视台直播比赛的镜头里有倪思喃一事迅速传开，上次倪思喃凭借一张聊天记录上了热搜，很多人都记得她，就连倪思喃和傅遇北的"超话"都有了。

可惜这两个人并不是明星，平时拍不到，微博又不常更新，想看都看不到。

无数网友闻风而来，直播间里人数上升很快，后台有人提醒导播："现在人数涨得好快，你们没买热搜吧？"

"这有什么好买的？"

"就是，反正涨亏都是京际负责，我们只是直播。"

导播说了几句，秉着认真的原则，去直播间里看了一眼，密密麻麻的弹幕简直吓人。

"什么时候镜头才能转到傅太太呢？"

"来晚了，什么也没看到！"

"所以是真的傅太太吗？那傅总不在啊？"

导播明白了。倪思喃来这儿的事他们是知道的，还给她安排了前排的座位，谁知道阴差阳错居然被镜头拍到,还带火了节目。

对此,倪思喃一无所知。她一个人坐在台下,面无表情,再加上今天穿的小黑裙,镜头里的她显得十分冷艳。

傅遇北开完会,乔路低声说:"夫人在比赛现场。"

他递上平板,上面是直播界面。因为呼声高,导播没事就会把镜头转到倪思喃那边,又很快移开。

傅遇北盯着看了一会儿,忽然问:"比赛还没结束?"

"快了,待会儿还要颁奖。"乔路想了想说,"颁奖人是分公司的总经理。"

回到办公室,傅遇北将平板放下,翻了翻桌上的几张纸:"去电视台看看。"

"是。"乔路早就料到这句话了。

他们还在路上时,比赛进行到最后关头,很快几方投票汇总在一起,得出了前三名,秦乐拿了第二。

辛禾抓住倪思喃的胳膊:"第二!第二!"

倪思喃安抚道:"我知道我知道。"

这说明自己眼光好。她与有荣焉,给傅遇北发消息:"我的设计师得了第二!"

彼时,傅遇北正在电视台后台。他低头,轻笑着回复:"恭喜。"

倪思喃心情不错,也不追究他就两个字的祝贺了。

很快,台上的秦乐和第一名、第三名站在一起,主持人笑着说着恭喜的话:"接下来有请——"

她要念颁奖人的名字了,耳麦里导播飞速提醒:"傅总!说傅遇北先生!"

主持人虽然不清楚怎么换人了,但职业素养很快就让她游刃有余:"有请傅遇北先生为她们颁奖。"

台下,倪思喃疑惑了。傅遇北不是在京际总公司吗,怎么来这里了?那岂不是早就知道秦乐是第二了?

傅遇北缓缓上台,出现在众人面前,修长挺拔的身形高出其他人一截,更别提优越的五官和周身的气质。

弹幕刷得更快了。

"这两人都是什么神仙下凡啊!"

"果然该是倪思喃的老公!"

"官博不是说颁奖人是×总吗?"

"这还用想!肯定是来看老婆的!"

轮到给秦乐颁奖时,傅遇北开口:"继续努力。"

其他人露出羡慕的目光。

秦乐受宠若惊:"谢谢傅先生!"

没记错,这位是老板的老公吧?真帅,老板也好看,果然好看的人都在一起了。

台下,辛禾转向身旁,好奇道:"老板,你怎么没说今天是傅总过来颁奖呀?"

倪思喃说:"因为我也不知道。"

她是真的不知道。

这是她第一次在台下看台上的傅遇北,大概明白了那些女生为什么每次看财经视频都能尖叫,因为实在是很吸引人。傅遇北天生就能吸引所有人的目光,倪思喃这个天天见他的人都没能忍住。

不知道是不是察觉到她的视线,他往这边望了一眼。

倪思喃弯唇笑了笑。

颁奖结束,这次的比赛也就结束了,直播也到此结束,网友们非常失望,但这并不妨碍他们截图发微博。就算是在两个世界,他们都能合成到一张图上,更何况只是一个台上一个台下而已。

观众陆陆续续离开。傅遇北并没有和电视台的人说话,从台上下来,径直走到倪思喃面前,声音清沉淡然:"倪思喃。"

"为什么叫我的全名?"倪思喃不高兴。

电视台的打光和平时不一样,他们能看到对方的轮廓被勾勒得鲜明。

倪思喃又说:"你怎么来了呀?"

傅遇北眉峰不动,说话的声音因为不远处嘈杂的观众而变得模糊。

"不是要去看演唱会吗？"

这话倪思喃爱听，笑眯眯道："走吧。"她主动上前挽住傅遇北的胳膊，嗓音清甜，"老公，我们先吃晚餐，然后回去换衣服。"

傅遇北沉默几秒："需要换？"

他觉得她今天的裙子就不错。

倪思喃理直气壮："当然了，是去看演唱会啊，要穿适合演唱会的裙子。"

她去什么场合都有适合的衣服，倪思喃不允许自己突兀。

傅遇北没有质疑："好。"

晚餐吃的中餐，是傅遇北带倪思喃去的，好吃到倪思喃差点忘了顾及形象。

"可以再吃点。"他见她露出遗憾的眼神，出声说。

"不可以。"倪思喃在某些时候很有自制力，有小肚子可就不好看了。

回到家里，倪思喃翻出来一条比较活泼的裙子，青春活力，然后将头发扎成麻花辫，发尾卷在一起，小小地垂在耳朵下面。她又化了一个夏日出游妆，打上腮红，像被晒红的苹果，配上弯弯的刘海很可爱。

一切结束，倪思喃十分满意。

她回头看见傅遇北在那里看新闻，身上还穿着正装，当即问："你怎么不换衣服啊？又不是去开会的。"

"习惯了，可以不用换。"傅遇北说。

"不行，你要换。"倪思喃抽走他手中的平板，颇有傅遇北的风范。

见傅遇北不明白这事的重要性，她拉着他来到镜子前，傅遇北倒是没有推辞。

倪思喃眨眼道："老公，你看我们这样像什么？"

她声音狡黠，不怀好意。

傅遇北蹙眉，听见她乖乖地说："你看，我们像不像严肃的爸爸带可爱的女儿出门郊游？"

倪思喃又说："你一皱眉就更像了。"

傅遇北改口道："换衣服吧。"

第4章

实在是傅遇北最后妥协时的语气平淡到像白开水,倪思喃笑得不行,好在她还知道收敛。其实她还知道害怕。万一这男人恼羞成怒,不和她去看演唱会了怎么办?所以提醒一点点就可以了。

倪思喃虽然父亲早早去世,但她并不是那种一提就伤春悲秋的性格,有时候她也想过父亲要是还在会是什么样的。

周未未虽然父母不着调,但就她一个女儿,他们责怪周未未的话倪思喃听过,是爱她的。

倪思喃摇头甩掉这个想法,一边翻,一边吐槽:"下次给你多买点衣服。你的衣服怎么这么少呀?"

"平时在公司比较多。"傅遇北言简意赅。

"以后就不是了。"倪思喃认真地说。

都说男人谈恋爱之后会比之前好看很多,因为衣品有女朋友把关。现在倪思喃觉得这话挺有道理。傅遇北虽然衣品很好,但常穿西服衬衫确实太正经了些,好看是好看，就是显得很严肃。

因为休闲的衣服并不多，倪思喃挑出来一件轻便的，他虽然很少穿这类衣服，但是身材好，穿什么都像模特似的，再加上利落的轮廓和隽秀的面容，很难不引人注意。

"这样不就很合适了吗？"

镜子里倪思喃被他衬得个子小小的，站在一起，有一种情侣的感觉。

傅遇北颔首："可以。"他低头抚过衣角，"颜色很好。"

被这么一提醒，倪思喃才注意到颜色。意外的是，她刚刚并没有刻意选择，选出来的衣服款式也没有关联，但颜色和她的裙子是一样的，一眼看上去有点情侣装的味道。

倪思喃摇摇头，被自己的想法惊到了。

司机等在外面，眼观鼻鼻观心，偷偷瞄一眼自家先生和夫人的打扮，看上去就像是情侣出游。如果先生的表情能再轻快一点就更像了。

倪思喃实在是很喜欢自己今天的妆容发型，拿手机当镜子照了半天，又忍不住拍了下来。自己怎么这么可爱呢！

她把照片发到群里，周未未很快就冒泡了，说："我们咩宝今天怎么这么好看呀！"

周未未对她的称呼简直千变万化。

倪思喃问她在干什么，她说待会儿和蒋谷约了玩游戏。

其实周未未也觉得很奇怪，等蒋谷晚上回家后问他："你最近不是在玩糖豆人吗，居然有时间找我玩游戏？"

"你没看新闻？"

"什么新闻？"

蒋谷一边操作，一边和她解释："游戏官方公开了设定，看了那个图，我不太想玩了。"

周未未被勾起兴趣，拿手机搜了一下，觉得蒋谷说得对，搁她她也不想玩。官方是故意的吧，这哪是休闲游戏？这是恐怖游戏。

倪思喃对游戏没什么兴趣,关掉手机,小声问:"傅叔叔,你觉不觉得你老婆很可爱?"

傅遇北侧脸看她:"嗯。"

倪思喃眉眼弯弯:"你也很可爱。"

傅遇北笑了一下,并未接话。

三十年来头一遭得到这样的评价,不知道是什么感想,自他娶了倪思喃后,生活方面就改变颇多。当然这也是他自己的选择。

傅遇北知道自己的性格,也对一切都有掌握,他看中的就不可能放过。即使他们之前身份有差异,但他并不在意。

演唱会来了很多人。因为周未未抢的是VIP座位,有专门的通道,他们很轻松就直接去了位置。

现场十分嘈杂,来来往往的观众都带着荧光棒、横幅等应援物,而他们两个是空手来的。

好在没一会儿,坐在他们旁边的一个女生频频扭头看过来,终于没忍住道:"小姐姐,这个给你。"

倪思喃被塞了一根荧光棒。她微笑道:"谢谢。"

女生红着脸:"不客气。"

没想到自己的偶像还有这么好看的粉丝。

倪思喃在傅遇北面前晃了晃荧光棒,不满道:"看演唱会,你不要做出听人汇报的样子。"

傅遇北低声说:"那我应该怎么做?"

"拿着这个?"倪思喃递给他。

因为周围嘈杂,两个人说话时离得近,刚才送荧光棒的女孩忍不住往这边看过来。乖乖,原来不止女的好看!还有这么帅的男粉丝!

虽然这个男粉丝镇定得不像在演唱会现场,而像是在开一场严肃的会议。

七点半时,演唱会开始。

台上主角一出现,整个会场尖叫声遍地,倪思喃本来就不是粉丝,比较淡定。

"啊啊啊我要晕了晕了!"

"好帅好帅!"

傅遇北听得蹙眉,没出声。

不过气氛是很容易影响人的,倪思喃听了几首歌之后就忍不住跟着哼哼。虽然调子跑了,也不记得歌词。

傅遇北偏过头望着她,他还是第一次看见这么活泼的倪思喃,和往常很不一样。

似乎是察觉到他的视线,倪思喃扭头,和他对视上。那一瞬间,她仿佛看见了他眼里的星星。

倪思喃耳后莫名发热,手不知道往哪儿放,嗔道:"你这么看我干什么?"

"没什么。"傅遇北嘴角带笑。

倪思喃觉得他这样就是有事,正好观众席上爆发出大声尖叫,她靠过去说:"快说。"

台上到了互动环节,镜头在全场观众席上转着。这是很多演唱会上常有的环节,邀请粉丝和偶像互动,被镜头选中全靠运气。

众人都很期待,忽然镜头停住。倪思喃本来还等着傅遇北说话,突然感觉周围人的视线看向他们这里。

自己已经好看到这种地步了?她还没回过神,傅遇北已经揽过她的腰,将她的脸按在自己肩上。

"先别转。"

低而沉的声音贴在耳边。她觉得很好听,连带着他身上的味道都让人迷失。

舞台上的屏幕显出傅遇北和倪思喃的身影,有不少人拿出手机拍照。

赵绪本来是要直接邀请被镜头选中的人合唱的,但看到那张脸,他忽然卡住了——这怎么选?说老板你上来和我合唱?被老板抱着的除了他太太还能有谁?难道他能让太太上来和自己合唱情歌吗?赵绪觉得自己怕是看不到明天的太阳了。

"有请那位情侣中的女孩——"他停顿一下,大声说,"旁边的女孩上台。"

倪思喃身边的女孩张大了嘴,她被选中了?

女孩上台后,所有人的注意力又回到舞台上,只有少数人琢磨着刚才的事,觉得镜头里那好看的男人有一点眼熟,但一时半会儿想不起来。

倪思喃回过味来,偷偷说:"不就是选人上去唱歌嘛,明明选中的应该是我才对。"

傅遇北下巴搁在她头上:"还是不要了。"

倪思喃瞪圆了眼:"你是在嘲讽我唱歌不好听吗?"

傅遇北笑道:"我没有这么说。"

虽然他的确是这个意思,但更多的是另外的想法。

倪思喃鼓了鼓脸,不想和他计较,毕竟她虽然自恋,但对自己的唱功还是有自知之明的。上台唱歌可能跑调得更夸张,说不定就成了新闻头条——京际傅太太追星唱歌跑调。

合唱环节结束,女孩回到自己的座位上,一脸神游天外,看得倪思喃乐不可支。倪思喃突然想到什么,问:"对了,也不知道能不能拿签名照。"

这是周未未的票,倪思喃想要一张签名照回去送给她。

一旁的神游女孩清醒过来,安慰道:"今天没有的,除非有姐妹愿意卖给你,不过一般都不愿意。"

倪思喃谢道:"好。"

女孩又说:"对了,你也别太难过。下个月绪绪有生日会,你可以去,到时候可以要签名。"

生日会她才不可能去。以倪思喃的身份,回去之后可以直接让人从赵绪的公司那边拿,不过,他是哪家公司来着?

九点半,演唱会结束。

随着观众缓缓离开座位,倪思喃也站起来,却看傅遇北没有离开的意思:"怎么啦?"

第一次听演唱会就出神到这种地步,傅叔叔不是这样的人吧?

"你想要签名照?"傅遇北忽然问。

"是啊,这是未未抢的票,我既然得了她的礼物,回一点礼让她开心开心。"倪思喃点头。

不知道为什么,她觉得男人心情似乎不错。

傅遇北在手机上发了什么,倪思喃还以为是工作,自顾自地照镜子确定妆花没花。

"走吧。"傅遇北牵过她的手,倪思喃也没挣脱,被这么握着在人群中穿行其实很有恋爱的感觉。

虽然她觉得联姻有这种想法很不应该,但倪思喃就是有时候想得很现实,有时候又偶尔会有小女孩心思。

有两个女生嘀嘀咕咕着走过去。

"你觉不觉得刚刚大屏幕上的两个人,像前几天新闻上的京际总裁和总裁夫人啊?"

"你想什么呢,人家还用得着现场追星?"

耳边是各种各样的说话声,倪思喃本来跟着傅遇北走,回过神发现他站在前面和人说话。

她一抬头,对面是几个工作人员,从他们穿的衣服能明显看出来。傅遇北这是打了招呼,让人带她去后台?

工作人员看了一眼她,微微一笑。这样更加确定了倪思喃的猜测。

倪思喃有点害羞,觉得周未未的票真是给对了,谁知道这个男人还能这么让她如愿以偿,约会真是约对了。

倪思喃虽然自己也能找关系,但这和被安排好的感觉不一样,这是一种被放在心上的重视。

工作人员说:"傅总。"

倪思喃心想,晚上回去该怎么谢谢傅遇北,毕竟这件事做得实在是让她欢喜。

然而事情出乎她的预料。因为倪思喃看见工作人员恭敬地递给傅遇北一个漂亮的盒子,笑道:"傅总慢走。"

这就走了?被傅遇北牵着离开时,倪思喃还处在迷茫中,没忍住问:"我们不是要进去找赵绪吗?"

这和自己的猜想不一样啊。

傅遇北捏着她软乎乎的手,不动声色地问:"找他做什么?"

"签名。"倪思喃提醒。

傅遇北将盒子递给她:"这就是。"

她的意思是去里面亲自看赵绪签名给自己,虽然结果都一样,但过程是不同的。

倪思喃说:"去见见偶像本人也好啊。"

闻言,傅遇北十分冷静,开口道破真相:"你又不是真粉丝,哪里来的偶像?"

第 5 章

假粉丝怎么了?假粉丝也拥有追星的权利。

倪思喃十分不满他的回答,深深怀疑这是代沟的原因:"回家吧。"

倪思喃一想到几分钟前自己还有点紧张的心情,就觉得自己脑袋进水了,她怎么会觉得傅遇北这个工作狂会那么体贴呢?

倪思喃将盒子塞回他手里,噔噔噔地走了。

傅遇北不明白她为什么这么生气,她又不是赵绪的粉丝,还是临时抱佛脚才听的歌。他拿着盒子走在她后面,毕竟他个高腿长,倪思喃走得再快和他之间的距离始终在缩小。

等待的司机一看这架势,立刻闭嘴。怎么好好地出去看演唱会,回来时这么不高兴呢?因为什么吵架的啊?

他瞧了瞧自家先生的表情,什么也没看出来,怕是还没懂夫人为什么生气。

这就是婚姻啊。司机摇着头开车往四季湾驶去,自作主张地放起轻松舒缓的纯音乐。

倪思喃其实并没有多生气，但她看傅遇北似乎没明白她为什么不高兴，这让她觉得憋得慌，总不能把自己之前的猜测说出来吧。

车里无人说话，倪思喃憋不住，拿出手机和周未未把这事吐槽了一遍，也就只有姐妹才能懂她。

打完游戏的周未未回复："所以你觉得他不想让你追星？"

倪思喃："不是吗？"这明显就是不喜欢她去追星。

周未未头一回觉得在其他方面无所不能的倪大小姐，在感情方面似乎是新手中的新手，回道："我给你捋一下，你帮我要签名，傅老板没说什么，帮你要了，干实事，一手包办，并没有让你见赵绪。所以能见为什么不让你私下见？"

倪思喃一眼看上去觉得这话没有什么问题，明明都来演唱会了，就是没让她私下见人。

她还在抿唇，周未未的消息又来了。

"这还用想吗？这不就是不想让你见陌生男人吗？何况还是一个粉丝无数算得上有点帅的男人！"

倪思喃的重点歪了："有点帅？"

周未未："比起你家傅老板，那只能算有点。你别转移话题，你老公这明显是吃醋了。"

倪思喃之前确实没这样觉得，因为在她看来，就是去见一个小明星而已，傅遇北的占有欲有这么强吗？

倪思喃苦思冥想，最后得出一个结论——可能是自己太漂亮，毕竟那么多人喜欢自己，傅遇北有危机感。嗯，很有道理。

倪思喃想明白了，下意识地看了一眼身旁的傅遇北，正巧他也在看她，温声说："还在生气？"

声音温柔又有磁性，尤其是在这样的空间里。倪思喃从没觉得自己这么喜欢他的声音。

"我没生气。"

说这话就是生气的表现。傅遇北对于情绪的变化很敏感，往日在公司或者其他地方,从来没人敢这样对他。

他想了想,说:"是我的错。"

虽然不知道哪里错了,但在妻子面前认错并没有什么坏处,免得整晚不快乐。

倪思喃觉得好笑,虽然被周未未解开了心结,但干脆顺着他的话问:"那你说说你哪里错了?"

傅遇北说:"说你不是真粉丝。"

倪思喃说:"老公,你跟我说实话,你找错的技能这么差,是怎么赚到那么多钱的?"

闻言,傅遇北挑了下眉:"这可能是天赋。"

倪思喃被这话堵住,差点脱口而出"自恋"两个字。

早在演唱会还没开场时,赵绪的名字就挂在热搜上,再加上公司的宣传,演唱会的热度节节高。

演唱会一结束,很多粉丝拍的视频、照片带着话题发到微博上,讨论度就更高了。其中最让人记忆深刻的自然是合唱选人阶段,头一回选中那么帅的男生,当下视频满天飞,最热的那条微博下面都有好几千条评论了。

"和女朋友好亲密啊,女朋友肯定也超级好看!"

"这是陪女朋友来看演唱会的吧?"

"那男人戴的表——嗯,价格可怕。"

"不是,你们都不知道这是京际的傅遇北吗……"

这下一对比,还真是。傅遇北陪老婆来看演唱会的吗?

大家不约而同地忽略了"傅遇北是赵绪的粉丝"这个可能性,齐齐看向他揽着的女孩。

因为倪思喃的脸并没有被镜头拍到,加上她这个可爱的打扮,一时间没人联系到她身上。

有网友怀疑:"不会是陪小情人的吧?"

很快就有人推论出来,还真可能是小情人,不然为什么不让女方露脸,是不是没有料到镜头会拍到这边?

这么大的秘密被爆开,粉丝们担忧赵绪的未来,怕他被冷藏。也有些网友心疼倪思喃,前段时间她还在微博上秀恩爱。

这么大的新闻,不到一小时,傅遇北就上了热搜,后面还带上了"爆"字。

赵绪刚刚休息下来,心情很好,询问自己的经纪人:"粉丝们的评价怎么样,应该都还不错吧?"

经纪人笑道:"那是肯定的。"

赵绪立刻准备发一条微博感谢粉丝们来到现场,结果就看到最新的话题——这都是什么鬼?!他记得后来自己签名时不仅写了"送给周末末小姐",还写了"送给倪思喃小姐",工作人员亲口说是傅总带太太一起来的。

"这热搜什么情况?"赵绪看见评论里质疑傅遇北出轨的文字,小心翼翼地问,"傅总知道吗?"

"不知道吧?"经纪人也慌了。

京际集团旗下分公司无数,涉及范围很广,娱乐行业只是其中的一部分,赵绪就在京际旗下的分公司。

这几年公司为他花费不小,要是顶头的老板因为他的演唱会而出了丑闻,那他的下场可想而知。

"我要不澄清一下?"他问。

经纪人头一回不干涉他的决定:"好。"

赵绪本来是要感谢粉丝的,这时候也没想到好主意,干脆转发了粉丝发的视频,配字:"很荣幸傅总及夫人来我的演唱会。"

这应该很明显了吧?别骂了别骂了。

赵绪亲自这么一澄清,全网风向迅速转变,从质疑傅遇北出轨变成了:"堂堂总裁都陪老婆去看演唱会了,就你们一天到晚质疑这质疑那,人家以亿为单位的生意,不比你们忙?"

等乔路打电话过来时,网上都在夸傅遇北倪思喃夫妻恩爱了。

傅遇北敛眸,听完全部,说:"你知道怎么处理。"

乔路听他似乎没生气的样子，当下就知道该怎么做了。

倪思喃好奇心起，问："怎么了？"

傅遇北简单解释道："演唱会上的视频被人发到了网上，有人认出我们了。"

"这个我早就猜到了。"倪思喃在被镜头选中时就有这个心理准备，她问，"他们说什么了？"

倪思喃平日不怎么上微博，见傅遇北似乎没听见，伸手戳了戳他的胳膊。

傅遇北回过神，目光落在她星亮的眸子上，淡笑一下："说你很可爱。"

倪思喃骄矜起来："有眼光。"

傅遇北又说："还说我们很恩爱。"

刚骄傲起来的倪思喃耳朵红了，镇定道："是吗，这都能被他们发现？"

前面的司机目不斜视，不敢看后视镜。

得益于这个插曲，先前的事被倪思喃忘到了脑后。晚上洗完澡，她坐在床上翻网上的新闻，看到很多人在夸她，虽然她并没有露脸，微博又涨了不少粉。

倪思喃也算是一个不经营微博但几天内涨粉上百万的"神人"了，就连官方都给她加了简介：倪氏千金，京际老板娘。

倪思喃没管这个，倒是有一条微博吸引了她的注意。

有人让她回答一个护肤问题，说很多网红都说自己皮肤是天生的，但依旧会推荐一些护肤产品，不知道哪个该信，然后夸倪思喃照片里皮肤看起来特别好，无瑕又白皙，想问问她平时保养的秘诀。

倪思喃头一回回答这样的问题。护肤这方面她绝对是第一名，就算生病在医院她都会记得护肤，这是每天的必修课。

有秘诀吗？当然有。

倪思喃很认真地回答了这个问题："虽然的确存在天生如我这样的好皮肤，但那些话不用信。"倪思喃随手拍了自己的护肤产品，然后回复她，"秘诀是什么，是这些，还有这些。"

答案人人都能看见，火速赶来想知道秘诀的网友们纷纷点开图片，一排一排的高档护肤产品,还有好几张美容院的卡,类型各不相同。

"哈哈哈,大家散了吧。"

"听到了吧?倪大小姐都说不可信,三无网红就别信了。"

"傅太太拆台不怕被记恨吗?"

"倪女士真是太耿直了哈哈哈,我还以为秘诀是一些鸡汤的话呢。"

"要花大价钱才能养出来好皮肤。"

倪思喃摸摸脸,其实还是自己底子好,傅遇北不让她熬夜还是对她有好处的。

趁傅遇北在浴室里,倪思喃终于有空打开盒子。

里面是赵绪出道以来的所有专辑,上面都有签名,还有几张明信片大小的照片,背面都写了致语。倪思喃本以为只有周未未的名字,因为她只提了未未,没想到还看到了自己的名字,怪惊喜的。

傅遇北从浴室里出来就收到了小娇妻目不转睛的注视,他一顿,确定自己没什么问题。

他走到床边,倪思喃跟着转目光。傅遇北擦干头发,问:"看什么?"

倪思喃毫不吝啬地夸道:"你好看。"

反正都是自己老公了,想说就说。

傅遇北饶有兴趣地侧头望向她,倪思喃被他看得心虚,毕竟她主意改得太快,但她说的是实话。

沐浴后的男人身上还裹着水汽,浴袍微微敞开,手臂抬起时,动作性感又慵懒。

傅遇北停下来,弯腰靠近她,闻到她身上传来的清香,连脸上细小的绒毛都清晰可见。

"不生气了?"

倪思喃说:"说了我没有生气。"

离得太近,她脸上热,伸手去推,语气虽然不高兴,但包含着撒娇嗔怪的意味。

傅遇北轻笑,怎么这么好哄?

他低头,在她唇上啄了一下,低着声告诉她:"明天乔路会让你签一份文件。"

第6章

倪思喃问:"什么文件?"

她一下联想到什么股份转让,或者是很重要的文件,才能让他这样开口。

傅遇北罕见地没直接回答,而是说:"到时候你就知道了。"

一句话将她剥离刚才的暧昧氛围,倪思喃随口说:"好吧,反正也就是明天。"

想是这么想,她晚上还真记着这事。今晚回来太早,她睡不着,黑暗中脚一动就能碰到傅遇北的大长腿。这么久以来,她已经习惯了床上有第二个人。

"我的股票赚钱了吗?"倪思喃找了个话题。

"快了。"傅遇北闭目养神。

倪思喃没明白快了是什么意思,是现在还没有赚钱吗?金融这方面她的确不太懂,以往老爷子教的也只是部分。

倪思喃往他那边靠了靠,小声询问:"你说我那些房子,租金定多少合适啊?"

这几天那个经理在问她,可倪思喃对这些事一点概念都没有,她从来不关注房价,因为压根儿没必要。

她的头发碰到傅遇北的耳朵。男人伸出手按住她动来动去的腿，沉声说："明天我让乔路帮你了解一下，现在睡觉。"

倪思喃不敢动，他手好烫。

不知道是什么缘故，被这么一说，她很快就昏昏沉沉，迷糊的时候又回到了演唱会现场，可情况和现实截然不同。

她梦见自己和傅遇北在底下接吻，周围是歌迷们嘈杂的尖叫声，偶尔有人注意到他们。倪思喃好害羞，可又觉得好刺激。梦中的傅遇北温柔缱绻，不像平时偶尔说话让她接不上来，所以她没有拒绝他。

倪思喃是被热醒的。

她动了动才发现自己在傅遇北怀里，怪不得那么热，他的体温永远比她的高。

倪思喃掀开被子一角，借着一盏灯的光，仰头看到傅遇北的下颌，胡茬不明显，但还是能摸出来。

他为什么会和自己结婚呢？仅仅是因为倪氏吗？

倪思喃虽然自觉貌美，但也没自恋到认为傅遇北会对自己一见钟情，他一看就不像是这样的人。

结婚前，她猜测的婚后生活第一是天天吵架，第二是各过各的，最好的结果是相敬如宾。

然而现在都不是。

如果说出去，恐怕大家都以为他们是真正的夫妻，就连周未未偶尔都打趣两句："南城这么多联姻的世家，不说别的，我觉得你和傅老板夫妻生活和谐已经算很出乎预料了，他还对你有求必应，打个比方，养女儿都没这么用心的。"

"咩咩，我跟你说，你不知道之前有多少人打赌等傅老板吞了倪氏，你们就会离婚。"

最后一句和倪思喃之前的一个梦有点像，可事实上京际集团压根儿没必要吞并倪氏，即使现在倪氏式微，那也是有资本的。倪思喃对这种说法嗤之以鼻。

她忽然想起演唱会上见赵绪的事情。吃醋的占有欲和本人性格里的占有欲有很大的区别，傅遇北是个掌控欲强的，她知道。

第6章

倪思喃想这事想得出了神,手底下没留意,指甲轻轻划到他的脖子。

傅遇北含糊出声:"还不睡?"

声音有点沙哑,很性感。

倪思喃以为他醒了,挺想问问他为什么要和自己结婚,结果发现男人压根儿没睁眼。

她深呼吸两下,还是睡吧。养女儿式的婚姻也没什么不好,倪思喃睡前迷迷糊糊地想。

翌日。

倪思喃醒得不算迟,伸懒腰的时候,身边床位的温度已经变凉了。工作日的第一天,她的丈夫又化身为尽职的工作狂。

倪思喃胡思乱想着,下楼时用人刚好站在走廊上,恭敬道:"乔助理在楼下客厅。"

她心神一动:"他拿东西了吗?"

"拿了,是个档案袋。"

想必就是傅遇北昨晚说的那份文件了,倪思喃还挺期待的,加快了下楼的速度。

看见她的身影,乔路笑道:"夫人,早上好。"

"早上好。"倪思喃莞尔,目光掠过他手里的东西,"乔特助吃过早餐没?"

"吃过了。"

"那你得看着我吃了。"

乔路拿着档案袋跟着去了餐厅,趁用人上菜时把文件打开递过去:"这是先生之前让我准备的。"

文件不薄。倪思喃第一眼就看到了个国外的名字,挑了下眉,第一页有标题,是一个私人岛屿的产权证书。

倪思喃眨了下眼。以前老爷子问她要不要买个小岛,当时她没有兴趣,拿那钱去买了艘游艇。

倪思喃问:"他让你去买的?"

这份礼物她喜欢。

"是。"

再往后就是一些照片和文字介绍,洋洋洒洒一大篇,倪思喃看得眼花。大致就是位于欧洲,有十来英亩,海岸线很长,日照时间充足,岛上的庄园目前正在画设计图。

乔路提醒道:"这是需要签字的部分。"

倪思喃签完字:"还有没有了?"

"没有了。"乔路微笑着收好文件,顿了顿又说,"这是先生为您准备的生日礼物,因为要确认只好提前让您知道了。"

他没提拍卖会的事。现在这场拍卖会在南城还算热闹,但有些人不会去,要是知道傅先生也会去,那很多人都会改主意的。

临走前,乔路又补充:"岛上的庄园您可以参与设计。"

这个倪思喃最喜欢。虽然她设计的是服装,但不代表对庄园设计没概念,她见过那么多庄园,喜欢什么自己最清楚。

以后带着姐妹在自己的私人小岛上度假,想想就很快乐!

倪思喃憋不住要和人分享,给周未未发了一条语音,堪堪在60秒结束。

她又打开傅遇北的聊天框,怎么谢谢比较好呢?倪思喃一时之间想不到,干脆打算和周未未见面之后讨论一下,毕竟姐妹主意多。

她们约在广场的一家咖啡店见面。

"怎么就没人给我送岛呢?"周未未夸张地感慨,"从今天开始,该叫你岛主了是不是,倪岛主?"

倪思喃忍俊不禁:"好啊。"

"小岛叫什么名字,桃花岛吗?"周未未故意揶揄,"以后岛上可以养羊吗?"

"为什么养羊?"

"一去岛上就能听到一群绵羊'咩啊''咩啊'地叫,感觉很不错的样子。"

倪思喃气得随手拿了个东西扔到周未未怀里。

周未未躲开，笑眯眯地说："我就是说说而已嘛，干什么这么激动，谁让我没有岛呢？"

"给你在最便宜的地方买个岛，只要两三万美元你就可以拥有快乐。"倪思喃故意说。

"那我岂不是连你的零头都不到？"周未未睁大眼，好家伙，出去怎么说？

"你的岛多少钱买的啊？"

"几万美元，便宜呢。"

"那你姐妹的岛多少啊？"

"几个亿。"

周未未正要继续说，余光看到外面的人，伸手指了指："那是不是倪宁？"

还真是倪宁。

咖啡店是落地玻璃窗，很容易看清。

倪思喃看过去，那边有好几个女生站在一起，不知道在说什么，但明显倪宁是受指责的一方。她说："倪宁那个脾气，确实很容易得罪人。"

周未未说："让我来猜猜她们说了什么。"

没等她们去分辨，那边就有人动了手，一个女生上前去抓倪宁被她拍开，事情迅速激烈起来。

倪思喃蹙眉道："我过去看看。"

虽然关系不好，但也是倪家人。倪宁性格偏激，因为倪思喃和傅遇北结婚的事，她越来越觉得老爷子偏心过度。而倪思喃因为很少回老宅，所以很少见到她。没想到时隔一段时间，竟然在这里见到她。

工作日下午时分，外面人不多，倪思喃一出门就听见一个女生尖着嗓子道："明明是你撞过来，我的东西才掉进去的。"

"说了是你自己没看路。"倪宁不耐烦道，"不就是一块表吗，多少钱？"

对方很不喜欢她的态度，质问道："这表你赔得起吗？"

倪宁被气笑了，本来她就脾气差，这下更是嘲讽："别说本来就是你自己的原因，我大方点赔你，那你说说多少，我还怕你要不起呢。"

这话就跟炸药似的，所以倪思喃到的时候，对方要打倪宁，她直接抓住对方的手："有话好好说，动什么手？"

几个女生警惕地看过来："你是谁？"

和倪宁表现出的幼稚叛逆相比，她们当然能看出来倪思喃的不好惹。

倪思喃没回答，转头问："什么情况？"

倪宁不领情："关你什么事？"

倪思喃压根儿没生气，而是看着她，轻飘飘地说："我也不想管，谁让你姓倪。"

说出去就是一家人。

倪宁怔了一下，这才不怎么情愿地说了事情经过。

最近学校里有小组课程，其他宿舍都在食堂一起讨论，她当然不愿意，就约她们来咖啡店。

她才到广场，就收到室友们的消息。刚好这几个女生出来，和她撞了个正着，其中一个女生的手表被撞进了下水道里。

倪宁才说完，对面就叫道："你放屁！"

"你谁啊？这么多管闲事。"

"明明是她撞上来的，找个路人就可以颠倒黑白？"

倪宁无语："不是问是谁吗？她和我同姓，你说什么关系？"

倪思喃皱了下眉，抬头环视两眼："不用吵，咖啡店的摄像头是拍得着这里的，看了就知道。"说完又转向倪宁，"你去找店长要，说我要的。"

"给她点钱不就行了？"倪宁说。

"不明不白就背锅。"倪思喃嗤了一声，"和我吵架时怎么不见你这么卑微？"

倪宁最受不得这种激将法。

倪思喃转向几个正传眼神的女生，笑眯眯地说："不用怕，如果我妹妹有错，我肯定会让她道歉的。"

明明是温柔的语气，几个女生却觉得意味深长，显然她们都没料到这个变故。

转身去咖啡店的倪宁差点被气死。

这种小事倪思喃压根儿不需要多费心神，这家咖啡店她和周未未常来，和老板都是认识的。

倪宁早就被盯上了,她在学校里一不高兴就拿钱解决,基本人人都知道,她们是一个学校的,比谁都清楚,刚刚如果不是倪思喃,这事到最后倪宁还是会赔钱。

咖啡店的老板很爽快地调出监控,本来就被倪思喃故意说得憋着一口气的倪宁更是火大。

等倪宁回来,广场上都没人了。她一肚子的火没处撒:"人呢?"

倪思喃认真打量她:"倪宁,你是有多傻才会走在路上都被人碰瓷儿讹钱?"

她头一回见到这种事,倪宁在学校里怎么样了才会遇到这种事,也太神奇了。

倪思喃本来和她关系就不好,何况自己还和周未未有约,说完转身离开了。

"等等!"倪宁再迟钝也回过味来,立刻冲到倪思喃面前,"你不会想把这件事告诉爷爷吧?我就——"

"这有什么告状的?"倪思喃好笑,"我没你这么小心眼。"

倪宁不信:"那你要去哪儿?"

倪思喃一派云淡风轻:"我现在要去买羊,你也要跟着过去看看,学习学习怎么买羊?"

买……羊?

第 7 章

回到咖啡店里，周未未询问："怎么样，她说谢谢没？"

她就猜到倪思喃出去之后事情很容易解决，果不其然，这才说了几句话。

"你觉得可能吗？"倪思喃摇头。

她们两个天生不和，如果她不是倪家人，不是自己的亲堂妹，她才懒得管这种事。不过倪宁也是没心眼，遇到这种事也不多想想。

倪思喃最后说的话也不是假的，她忽然觉得买羊回来当宠物是个不错的选择，反正她现在又不要孩子。

倪思喃大手一挥："走，我们去宠物店。"

周未未惊讶道："怎么，你想养猫养狗？"

"你不是让我去买羊吗？"倪思喃弯了弯眼睛，干脆道，"走啊，还等什么？"

"我就是随意一说。"

"我觉得这个建议不错。"

周未未问："你那个岛能放羊吗？有草原吗？"

倪思喃说:"岛上得看天气合适不合适,这个先不急,等结果出来再说,可以先在家里养。"

"你家里有草原?"周未未狐疑。

"一头羊需要什么草原?"

倪思喃都决定了,周未未也没阻止,实际上她也蠢蠢欲动,两个人直奔宠物店而去。

司机等在宠物店外,给乔路汇报了一下。乔路又和傅遇北说了这事,傅遇北倒是惊讶了一下,没想到倪思喃萌生了养宠物的想法。

因为司机不知道倪思喃要买什么,所以乔路他们都以为是猫或者狗。

宠物店老板第一回碰到问羊的,迟疑道:"我这里倒是有羊驼,但羊是真的没有。"

"要不羊驼?"周未未问。

"看看。"倪思喃想了想说。

正好现在店里就有,老板带她们过去,一头雪白的羊驼正伸着脖子嗷嗷叫。

"羊驼这么叫的吗?"

"是,有点像小狗,但又有咩的声音。"

倪思喃看了一会儿,觉得怪蠢萌的,和她心目中温顺乖巧的小羊不一样,就没有买。

老板后来想起自己有个养羊的亲戚,就给了她地址。因为地方比较偏,倪思喃和周未未是第二天过去的,到那边时正好看到老板在放羊。

老板对她们的目的早就清楚,很是爽快。一只小羊价格不高,白白的,十分可爱。

周未未被萌得不行:"就买只小羊吧。"

老板委婉地开口:"羊是群居动物,不建议只买一只。"

倪思喃是个很合格的有钱人,大手一挥买了两只,让老板送到四季湾去。

老板眉开眼笑,叮嘱了不少注意事项。

下午,两只小羊洗过澡后浑身雪白地被送过来,耳朵一动一动的,初到新

第 7 章

家扭捏了几分钟就满世界撒欢,高尔夫球场成了它们的天堂。

周未未迟疑道:"傅老板回来会不会吐血?"

这草皮可不便宜。

倪思喃看着不远处咩咩叫的两只羊,不确定道:"有……有可能真的会被气到吗?"

小羊的名字还没起,瞧着它们咩咩叫的时候她就会心软。

晚上六点,傅遇北从公司回来,在路上时家里的用人就和他说了,夫人买的两只宠物今天下午到家了。至于是什么,用人吞吞吐吐地没说。

傅遇北猜测可能不是猫狗,说不定是鹦鹉之类的,不过这都不是问题,养宠物而已。

大约是听到门口的动静,一只羊在门后等着。

傅遇北一打开门,入目是一只和他膝盖差不多高的小羊,正咩咩地叫着。

"咩——咩——"

随后从客厅里传来倪思喃的询问声:"小羊,你妹妹呢,跑哪里玩去了?"

原来不止一只羊。

经历过经济危机、股市大跌的傅总陷入了沉思,甚至有一丝猝不及防的感觉。

五分钟悄然过去,倪思喃和傅遇北一起坐在沙发上,两只小羊站在对面瞅着他们,两人两羊互相对视。

"咩——"

"我今天买的。不过我还没有起名字。"倪思喃清清嗓子,装乖道,"就是等你来起,它们看起来很可爱吧?"

傅遇北按了按眉心:"怎么想起养羊?"

倪思喃没回答,而是问:"不好吗?"

傅遇北当然不会说不好。他看着客厅里跳来跳去的羊,心情就像是结婚后忽然有了孩子,当了爸爸一样,虽然孩子是两只羊。

养了就养了,家里也不缺这点地方,傅遇北思索了一下,就当是养了两只猫吧。

虽然才和这两只小羊相处几个小时,但倪思喃已经被萌翻了,尽力为它们争取"羊爸"的宠爱:"老板说羊很聪明的。"

"哦?"傅遇北挑眉,"怎么个聪明法?"

"他说羊因为性格合群,会模仿和它一起生活的动物,比如猫狗,可能也会模仿人。"

傅遇北觉得这听起来像不太聪明的样子。

"养了就养了。"他平静开口,丝毫没有被气到,"家里又不缺羊那点口粮。"

至于名字,一时半会儿想不到,傅遇北怕起得不好,到时候倪思喃跟他闹。

两只小羊对刚回来的男主人很好奇,他走到哪儿就跟到哪儿,稍不注意就差点把他绊住。

倪思喃乐得不行。

小羊晚上死活跟着要上楼,但是因为跳跃性不够,被迫睡在楼下。

因为这件事,倪思喃比较歉疚,没打招呼就养了两只羊,傅遇北没和她生气,可她还没说高尔夫球场的草皮也被搞坏了的事。

等傅遇北从浴室出来时,倪思喃主动开口:"老公,我帮你擦头发吧?"

傅遇北深深看了她一眼,不知想到了什么。

"好。"

倪思喃第一回帮人擦头发,手上动作比较轻,对傅遇北来说几乎等于挠痒痒。

毛巾偶尔遮住男人的双眼,四目相对时,那双漆黑的眸子就直勾勾地盯着自己,倪思喃动作一顿:"干吗这么看我?"

傅遇北过了许久才开口:"你觉得呢?"

倪思喃一下子就明白他话里的意思,心跳停了一拍,而后将毛巾扔给他。

但她动作迟了一步,被傅遇北扣住,直接低头吻了下来,将她抵在床头和自己胸膛之间。

不知过了多久,她被松开,傅遇北的食指抚过她的唇,忽然想到一事,笑了一声,故意问:"以后我该叫谁咩咩?"

倪思喃明白傅遇北是在打趣她今天买了两只会咩咩叫的小羊，瞪了他一眼，那双眼眸里还盛着水，风情又魅惑，好看得要命。

傅遇北喉结滚动，没动手，而是笑了起来。

倪思喃趁机从他怀里钻出去，头一回见他开朗地大笑，和往日的严肃冷静截然不同。

次日清晨，傅遇北醒来，他没叫醒倪思喃，动作轻柔地洗漱好下了楼。

楼梯前咩声不停，一个用人正在楼梯前阻挡着："不可以上去哦，不可以。"

两只小羊活力十足，不停地顶她，还不停地叫唤。

看到傅遇北下楼，用人立刻恭敬道："先生。"

"别让它们上去。"傅遇北走过小羊身边，径直去了餐厅，早餐已经准备好。他平时吃早餐时有看新闻的习惯，有时是在平板上看视频，有时是直接看报纸。

傅遇北皱眉道："报纸今天没送来？"

用人低头道："报纸被羊吃了。"

她早上没拦住，毕竟小羊虽然看起来个头不大，但力气不小，还喜欢顶人玩，看什么都新鲜。

傅遇北顿了顿，没说什么，拨通了乔路的电话："今天不用来接我，有件事要你去做。"

乔路："您说。"

傅遇北言简意赅："找个会养羊的人。"

显然，他不觉得家里的这些用人和他娇生惯养的妻子，能把两只羊照顾好。

话音落下，咩声传到电话里，乔路一愣，他刚刚是听错了吗，怎么听到了羊叫？

"两个人更好。"傅遇北果断改了主意，没有解答他的疑惑，"其他的事你应该知道怎么做。"

"是。"乔路满肚子疑惑。

因为昨晚回来时天色已晚，所以傅遇北没去球场，出门前意外看到，皱了下眉。他叫来用人:"那块草皮怎么回事?"

用人看了一眼,小心翼翼地说:"是昨天小羊弄的。"

似乎是为了附和她的话,两只小羊站在距离男主人不远的地方,叫唤道:"咩——咩——"

看上去比谁都乖,就和它们的女主人一样,闯了祸还装乖。

傅遇北已经没了脾气。

十点多,倪思喃终于醒来,她一下楼就看到客厅里多了两个陌生人,漫不经心地问:"你们是新来的?"

用人回答:"先生说以后小羊就由他们照顾。"

倪思喃眨眨眼。原来傅遇北这么好吗?都安排好了。

用人又说:"先生看到那块草皮了。"

这事让人心虚。

周未未下午直接开车来了四季湾,逮到两只小羊就是薅,下手毫不留情。小羊急得咩咩叫。

倪思喃趁机拯救了它们,然后才开口:"不要告诉我,你过来就是为了撸羊。"

"当然不是。"周未未看着远离的小羊,说,"上次苏家不是给了拍卖会邀请函吗,你不记得了?"

倪思喃记起来了:"好像是今晚吧?"

她想起拍品的单子,里面有一套首饰很喜欢,正好这么久没去拍卖会了。

倪思喃轻轻弯唇,语气却势在必得:"我已经看中了一套。"

周未未说:"那还不容易,谁抢得过你?"

第 8 章

周未未这句话虽然是拍马屁,但倪思喃就是很受用,她就是这个性格,而且周未未说的是实话。除了孟芯闵喜欢和她杠,一般她看中的基本没人会抢,不说别的,光是财力就比不过她。

"我看那个第二套也不错,你要是喜欢也可以拍下。"倪思喃回忆道,"不喜欢就算了。"

"我对这些没兴趣,但我喜欢看你们打起来。"周未未嘴上说着,手下又开始撸羊。

两只小羊站在一起,加上它们可可爱爱憕憕懂懂的脸,看起来有一种莫名的喜感。

"好乖好乖。"周未未星星眼,"谁不爱小羊呢?"她想起什么,抬头好奇地问,"傅老板一夜之间忽然儿女双全,有没有发表什么感言?"

倪思喃想了想说:"看见那两个人没有?"

"看见了。"

"那是他今天雇来照顾它们的。"

周未未顿时对傅遇北肃然起敬,这才一夜时间,居然就安排好了一切,果然是大佬,果然成熟的人做事就是很迅速。

周未未本来觉得傅遇北的样子和小羊丝毫不搭,但现在这么一想,却很搭,严父和活泼小孩。

"傅老板真是行动力好。"周未未羡慕了,她还不知道自己以后会和什么人结婚呢。

倪思喃小声告诉她:"他今天早上要看的报纸被羊吃了。"

周未未瞪大眼,羊还能吃报纸?

因为晚上要去拍卖会,她们只能放下撸羊的心思,下午直接去做造型。会所是常来的,老板亲自来做。

周未未中途接到母亲的电话,回家了,正好回去换完衣服再过来。

倪思喃独自留在会所里,无聊地给傅遇北发消息:"老公,你想好名字没有?"

工作间隙看到这条消息的傅遇北着实有一丝头疼,处理文件都没这么麻烦。起名权是给了他,但一旦倪思喃不喜欢,绝对无效。

傅遇北思忖着回复:"是你买的,你可以起。"

倪思喃:"这怎么能呢,你是它们的爸爸。"

爸爸……

傅遇北盯着最后两个字陷入沉思,爸爸这个词在他这儿实在很容易勾起某些回忆。

他三十岁这年,拥有了两只小羊崽子。傅遇北哂笑,总觉得很戏剧,如果没有倪思喃,他现在的生活必然是波澜不惊,也就倪思喃才能搞出来这么多意外。

傅遇北的目光不经意地掠过桌上的文件,正好今天底下送来了云和天境最新的实景图,他略加思索,发过去:"小云、小天?"

聊天框里十分安静。

倪思喃看着这两个名字,一时间怀疑傅遇北是在敷衍她,然后她想明白了,可能是他起名水平烂，云和天境这个好听的项目名可能是集团的人集思广益的结果，他只是最后的决定者。

倪思喃不忍吐槽，万一打击到男人的自尊心怎么办，但她暗暗决定，以后孩子千万不能让他起名，千万不能。

倪思喃打出两个字："好听！"

要适当地夸奖，相当捧场。

办公室里，傅遇北看到消息，不知为何松了口气，眉心略松，感觉像完成了一个大项目。

倪思喃做造型的时候，周未未刚安慰好母亲。因为她又和她爸吵架了，这事周未未习以为常，安慰完母亲她坐在自己房间里选衣服，脑海里全是倪思喃家里的小羊崽。

她实在是心动，但又不太敢实施，就向蒋谷寻求意见："你说我可以养只小羊宝宝吗？"

蒋谷认真思考："我觉得阿姨不会同意。"

因为周家家风不像倪家，夫妻俩都属于火暴脾气，独断专行的那种，如果得知周未未的想法，可能会直接拒绝。

"那放你那里呢，你不是房子挺多吗？"

"你给我出租金？"

周未未软磨硬泡，最后说服蒋谷，但买的不是羊，而是一匹枣红色小马。

因为蒋谷今天正好和他的几个朋友在马场骑马，干脆就拍了几个视频给她看。周未未立场十分不坚定，喜新厌旧，又看上了小马。

小马可可爱爱，但第一天回家就出了意外。

马场的人认识蒋谷，蒋谷也没提前叮嘱要送到别的地方，结果小马就被送到了蒋家大宅。

蒋谷妈妈正好和朋友们在家里打麻将，用人一打开门就看见一匹枣红色小马，然后欢快地冲着人多的地方去了。

小马闯入客厅,把几个阿姨吓了一跳,还好它很乖,就站在那里看着这几个陌生人。

不用想,肯定是儿子搞的。蒋妈妈立刻打电话给蒋谷:"家里哪儿来的马?"

蒋谷没想到出了意外,只能说:"我养的。"

"赶紧给我送走!"蒋妈妈下逐客令,"家里有你一个小兔崽子还不够,还给我弄马!"

迫不得已,蒋谷只能说是周未未的。

蒋妈妈对周未未的印象非常好,立马语气一转:"那就留着吧,让未未多来看看。"

自家儿子身边一个能看上眼的女人都没有,她瞧着周未未就很好。

小马就这么在蒋家安了家。

傍晚六点,周未未再次到达会所,见到倪思喃时半天没回过神。今天倪思喃穿的是之前定制的紫色长裙,设计很简单,却十分经典,温婉知性,裙摆的小心机又显得生动。

"这是去艳压全场的吧?"周未未笑道。

倪思喃笑而不语。什么样的场合她有什么样的衣服。

这场拍卖会并不是全网公开的,苏家私底下发的邀请函,这就说明能来的基本都是有地位的。

拍卖会的地点是一栋欧式老洋房,这些年经过修缮,看起来还算漂亮。

倪思喃和周未未到得还算早。

因为上次苏天的事情,苏淮亲自出来接,说了几句后,又说:"今天为倪大小姐安排了一个特别好的位置。"

倪思喃笑了一下,状似无意地开口:"那好。今天来的人挺多啊?"

苏淮点头承认,毕竟他的初衷就是为了公司,自然拿出来的拍品都是为了某些人,就像他确定她会为了首饰而来。

苏淮本来想说他也给傅遇北送了邀请函,但不知道傅总会不会来,可看倪思喃的样子,似乎是不来了,不然两个人应该一起来的,苏淮可惜地想。

但其实倪思喃压根儿不知道这事。

这栋老房子最初就是为了举办拍卖会而建的,倪思喃在二楼有个小包厢,不用在楼下大厅里坐着。

开始前十五分钟,苏淮接到一个电话,表情立刻凝重起来:"我知道了,我马上出来。"

傅遇北居然真的来了。

苏淮深呼吸一下,马不停蹄地去了外面,正好看到乔路打开车门,一个男人走了出来。他心神一凛:"傅总。"

傅遇北淡笑:"苏总。"

苏淮从没和他单独打过交道,更多的是听合作伙伴和一些宴会上的老总聊到傅遇北果断狠厉,雷厉风行。

"傅总,拍卖会快要开始了。"苏淮连忙回过神,"我之前为您留了个位置。"

等傅遇北进去后,他才想起来好像忘了说倪思喃也来了的事,而且两人的包厢还相邻,早知道他就安排同一个了。

单纯的拍卖会不来虚的,七点准时开始。

虽然倪思喃和傅遇北是单独来的,但他们的车别人还是认识的。不到几分钟,这夫妻俩一前一后来的消息就传开了。

"真的不是一起来的?"

"就连包厢都是坐两个呢。"

"前段时间不还挺恩爱的吗?傅总还陪倪大小姐去看了演唱会。"

"这谁知道呢。"

倪思喃对此一无所知,和周未未凑在一起看拍品的单子。前面的十来个拍品她们并没有兴趣,一个小时过去,拍卖会快要结束,也迎来了高潮。

拍卖师洋洋洒洒地介绍了一分钟。

知道不少人来就是为了拍这个,拍卖师笑着开口:"起拍价一百万美元,每次加价不得低于十万美元。"

话音刚落,当即有人举牌。

周未未说:"果然现场比视频里要好看。"

"一百五十万!"

"两百万!"

说是最低十万,但大多人都以五十万抬价,等三百万之后,喊价才终于缓慢下来,毕竟三百万美元不是个小数目。

倪思喃这时才慢悠悠举牌,四百万的价格一出,再加上她的身份,大多人都没继续抬价。这个价格也差不多了。

周未未捧着脸,欣羡道:"什么时候我才可以像你一样,眼睛眨也不眨地就举牌?"

"我这不是一直在眨眼吗?"倪思喃乐不可支。

俗话说乐极生悲,她这句话才说完,拍卖师又高声叫道:"五百万!"

倪思喃唇角的笑容停住。

楼下众人纷纷抬头,看到是哪两个人在竞价后,虽然平日都是公司里的总裁,此刻却不约而同地八卦起来。

"打起来了?"

"我猜可能傅总会让给老婆。"

"我不赞同,说不定傅总都不知道隔壁是他的娇妻。"

议论纷纷时,倪思喃再度举牌。

拍卖师眼睛一亮:"五百五十万!"

这里不存在流拍,拍出高价后他说出去就可以增加自己的履历。

可第一锤之后,有人出价六百万。

"六百万!六百万!还有没有更高的了?"

拍卖师期待着倪大小姐抬价,一直没有落下第三锤。

全场都在看戏。傅遇北居然和倪思喃竞价同一套首饰,这买回去到底是给谁的?给妻子那为什么还要出价,不会是给小情人的吧?

"真够刺激的啊。"

如果单位是人民币，倪思喃肯定会毫不犹豫地再加，可现在是美元，这价格着实不低。她表情淡淡道："给她吧。"

说是这么说，却实在不高兴。想她在南城横行这么久，居然在拍卖会上将东西让给了别人，怕是今晚过后南城人都会知道这事了。

"隔壁该不会是孟芯闵吧？"周未未猜测。

"不会，她哪来这么多钱？"倪思喃摇头否认，"除非她知道是我，故意抬价，但她应该没这么过分。"

孟芯闵的性格她还是清楚的。

隔壁，傅遇北气定神闲，修长的手指端起复古典雅的茶杯，垂目抿了口茶。

"应该定了。"

随着他这话，拍卖师激动地定锤："六百万！"

乔路默默当起了背景板。前段时间他还信誓旦旦地说可以五百万拿下，结果现在多了一百万美元，虽然对自家老板来说并没有多大问题。

主办方苏淮上台说了一通，底下人都不在意，这感言哪有傅总家里的"八卦"有意思啊，倪大小姐那个脾气，今晚怕是傅家要不安宁了吧？

"别气了。"周未未安慰道，"不就是一套首饰吗？下回再买好看点的。"

倪思喃的唇抿成一条线，宛如冷美人。

周未未不敢多提这件事，毕竟这还是倪大小姐头一回遭遇滑铁卢。

两人推开门打算离开，正好隔壁也打开门。倪思喃记着这事，下意识地要去看看和自己抢的是哪个人，余光瞥见一个修长挺拔的身影，屋内灯光从后面溢出来，照得他身形挺拔。

刚刚坐在自己隔壁的是他？倪思喃深吸一口气，所以和她竞价同一套首饰的是他？最后她还让给了他？

她脑袋里一瞬间想法乱飞。傅遇北买首饰给谁？给自己吗？还是给别人？自己看上的首饰被抢了还可以安慰，但东西要是被抢去后送给别的女人，她会直接爆炸。

　　傅遇北若有所觉，偏过头，正好对上倪思喃冷冷的目光。他脚步一顿，一瞬间明白了刚才的情况，不由得失笑，这事实在是戏剧性。如果知道是她，他就不会竞价，反正最后都是她的。

　　"思喃。"傅遇北开口。

　　"叫我干什么？"倪思喃没好气地说。

　　傅遇北瞧着她高冷的模样，倒是觉得好笑，说："不知道你在这里，可以一起回去。"

　　"一起回去？"倪思喃冷冷地看着他。

　　抢了她要的首饰，还想着和自己一起回去？

　　周未未回看了看，又琢磨了一会儿，蹦出来一个想法——不会是傅老板想给倪咩咩惊喜，结果意外撞上了吧？她越想越觉得有可能。

　　工作人员端着盒子站在不远处，他是来送拍品的，没想到看到了这么劲爆的画面。傅总和倪大小姐吵架了！倪大小姐脸色这么冷，怕是气得不轻，难道刚才听到的谣言都是真的？

　　傅遇北是从公司出来后直接来的这里，西装革履，严谨到一丝不苟，带着上位者的气质。他看倪思喃气呼呼的样子，怪可爱的。

　　倪思喃不知道他怎么想的，踩着高跟鞋走过去，因为个子没他高，只好仰着头，连带着气势也弱了几分。

　　傅遇北以为她要说什么，低头倾听。

　　倪思喃默默握拳，一口气说全："你之前不准我熬夜，不许我追星，现在还抢了我看上的项链，是时候离婚了。"

　　全场寂静，送拍品的工作人员都不敢走过去。

　　放下狠话的倪思喃心想，除非这男人现在就说是送给她的，那还可以挽回一下。

　　他要是搭好台阶，她就勉勉强强原谅他。

第9章

倪思喃还是头一回说"离婚"这个词,别说是傅遇北了,周围几个人都震惊到不行。才结婚没多久就要闹离婚?难道傅总和自己老婆竞价,真的是要送给别人的?

角落里的工作人员眼睛眨也不眨,生怕错过一丁点儿细节。

傅遇北凝视倪思喃半晌,把倪思喃看得都心虚了,才转向走廊口,说:"送过来吧。"

工作人员连忙走上前,还在思考这盒子到底是给正在生气的傅太太还是傅总,最后是乔路接过了盒子。

傅遇北冷冷地扫了一眼跃跃欲试的几个围观群众,低头说:"有什么事回去再说。"

大伙被看得背后发凉。

倪思喃放下狠话之后,也有一点后悔,听见这话,面无表情地点头:"嗯。"

高冷范儿端得很足。

既然要回去,那就一起。周未未回过神来,灵机一动,偷偷拨通了蒋谷的电话:"啊,你要来接我吗?那正好。"

她压根儿没给蒋谷说话的机会。

接到电话的蒋谷一脸茫然。

周未未挂断电话,说:"啊,咩咩,我就不和你一起回去了,正好我要去蒋谷家里看我的马。"

她怕自己一起回去看到什么不该看的。

傅遇北发现她们还真是好朋友,一个买羊,一个买马,前者放在他家里,后者放在蒋谷家里。

"我怎么不知道蒋谷要来接你?"倪思喃说。

"他刚刚说的,你也听到了!"

周未未一点也不觉得自己抛弃了朋友。

倪思喃想说自己没听到,但都这分上了,只能和傅遇北一起离开。

外面灯光明亮,苏淮过来送人,看到这夫妻俩的表情,暗说不好。他之前就应该提前说的,这下好了,万一因为他的拍卖会这两人不和,他怎么办?

乔路沉默地打开后车门。

倪思喃提起裙子,率先抬脚进去,坐得比谁都正,目不斜视。

司机只觉得车内气氛诡异,连乔特助都安静极了。

车子逐渐驶离洋房,周围车来车往,绿化带的树上缀满小灯,将这座城市照得明亮如昼。而洋房里离开的众人,也将这爆炸消息带了出去。不到九点,南城上流圈子就知道傅遇北和倪思喃竞价同一套首饰,最后傅遇北拍得。

他们一边感慨有钱任性,硬生生地抬了一百万美元,一边猜测是不是夫妻感情又出了问题。没等多聊,工作人员那边传出来的"离婚"消息又惊爆了众人眼球。

"真的,亲耳听到的,倪大小姐说要离婚。"

"傅总这也太大胆了,当着她的面这样做,不怪倪大小姐生气,我也觉得不厚道。"

"我看这事难平息,倪老爷子可能要插手。"

"不知道明天京际的股票会不会下跌,傅总应该头一回栽在女人手上吧?"

风言风语加上内容基本定了傅遇北偷偷养了个小情人,高价拍礼物,没想到撞到小娇妻。倪思喃的性格人尽皆知,必然不能忍。众人都觉得这桩联姻怕是要悬了,除非傅总花大价钱摆平,否则不可能善了。

当晚,谣言四起。

谣言的两个主人公正坐在同一辆车里,沉默是金,连带着乔路和司机都没敢触霉头。

倪思喃憋着口气,觉得自己先开口气势就弱了。

半晌,傅遇北先出声:"我什么时候不让你追星了?"

倪思喃侧过头,理直气壮:"上次你不让我见赵绪。"

"我以为这件事已经过去了。"傅遇北没想到她还记着这事,目光停在她脸上。他怎么也没看出她喜欢赵绪。

倪思喃没想到这个点这么快就被说清,"哦"了一声:"那你之前不准我熬夜的事,是真的吧?"

傅遇北淡淡开口:"是。"他忽而挑眉,"你不是同意了吗?"

倪思喃想起那天晚上州官与百姓的辩论,耳朵一红,轻咳一声:"那今天晚上的事呢?在有这么多熟人的场合下,你和我竞价同一条项链,明天全南城都知道我老公抢了我喜欢的首饰。傅老板您有钱任性,当众打我脸,而且还不知道是送给哪个不认识的女人……"

她提起这事就停不下来,甚至还用了周未未平时称呼傅遇北的方式。

"你认识。"傅遇北打断她。

"还是我认识的?"倪思喃的声音忽然拔高。

这男人怎么敢说出口!居然还是她认识的女人,那岂不是更让她在南城丢面子?哪个不要脸的居然敢挖她墙脚?

傅遇北按了按眉心,有些头疼,缓缓开口:"你天天照镜子,怎么不认识你自己？"

这句话让倪思喃原本被点起来的火停在了制高点，不知道该撒还是该撤。

"给我的？"她有点磕巴。

"嗯。"

乔路这时趁机插嘴："先生是打算拍下来送您当生日礼物，没想到刚好和您碰上……"

傅遇北没阻拦他给自己贴金。

倪思喃脑袋里又是烟花又是羞恼，她之前想着如果他假装送她，还可以当作台阶，下来做表面夫妻，没想到真是给她的，那她刚刚发的火岂不是闹笑话了？

倪思喃漂亮的一对眼睛轻轻眨了眨，小声说："不是都已经给过我生日礼物了吗？"

乔路说："先生打算给您双份惊喜。"

让她拥有双倍的快乐。

这逻辑已经十分合理，傅遇北眉目清淡，平静坦然，指腹蹭过腕表表盘。

倪思喃还在挣扎："那也没必要这么竞价吧？"

"我不知道你在隔壁。"傅遇北看了她一眼，"我没有平白无故给别人送钱的爱好。"

倪思喃又想起今晚的乌龙，一时之间车内气氛静默。

到达四季湾，倪思喃迫不及待地下车，呼吸到新鲜空气后感觉自己的负罪感低了不少。

等司机和乔路离开后，她才挪向傅遇北。

微风吹拂，傅遇北能闻到她身上飘来的若有若无的香味，驱散了不少疲惫。

"那……是我想岔了。"倪思喃乖乖承认。

"不止想岔吧？"傅遇北低头看她。

"又不是我的错。"倪思喃主动认错不代表别人可以说她有问题，"谁知道是你呀！"

这就是误会产生的问题。要是知道自己老公在隔壁，那肯定好说，她还用得着担忧自己老公出轨？还好和自己想的不一样。

傅遇北见她这副模样，只觉得好笑，也没有怪她的意思，只是不喜欢离婚这么轻易被说出来。

那一瞬间，他是不高兴的。

回到家里，两只小羊就迎了出来。

倪思喃本来因为这事尴尬得很，抱着小羊们狠狠撸了半天，总算自在了一点。

傅遇北去楼上换衣服，盒子就放在桌上。她坐在椅子上，没打开，而是盯着看了半天，正发着呆，周未未发来消息："问清楚了没？"

倪思喃抿着唇回复："是送给我的。"

正好她现在迷茫着，就给周未未一连发了好几条信息过去："说是打算给我个惊喜，可现在是惊吓吧？"

倪思喃："上次明明都给了岛，谁知道他还会多买一个，害我气了老半天，结果白气了。"

倪思喃："我现在不想说话。"

周未未："我也不想说话！"

行了行了，知道你老公给你准备生日礼物了。她还来安慰什么，这是抱怨吗？这明明就是来秀恩爱的吧？她是做什么坏事了要受这样的惩罚？

周未未生无可恋地放下手机。

刚把小马赶到新房间里去的蒋谷一出来看到她这副表情，乐了："受什么打击了？"

"我刚被喂了一嘴狗粮。"周未未说。

蒋谷大概猜到了。

周未未说："你得多跟你舅舅学习学习。"

蒋谷问："我小舅又做了什么好事了？"

周未未说："他今晚竞价咩咩的项链，原来是当作她的第二份生日礼物，你看看。"

蒋谷摸摸下巴，若有所思："我懂了，你是在暗示我。"

周未未："啊？"

四季湾，倪思喃在楼下待了一会儿，最后还是抱着盒子上了楼，正好碰上傅遇北从卧室出来。

傅遇北说："不早了。"

倪思喃一肚子的话都憋了回去，不说就不说。

她今天洗澡比平时都快，甚至还故意穿了一件较为可爱的睡裙，这是之前新买的。

傅遇北去洗澡后没多久，倪老爷子打来电话。

"咩咩，离婚的事是不是真的？"

倪思喃哑了几秒，连忙澄清："爷爷你别听外面的谣言，就是一场误会而已。"

老爷子松了口气："那就好。"

"没有的事，我们感情很好的！"倪思喃强调，还把今晚的成果当佐证，"他还送我项链当礼物。"

她随手将盒子打开，精致大方的项链和耳环摆放在里面，被灯光一照，流光溢彩。

老爷子乐呵呵地挂断了电话。

浴室门打开的声音忽然响起，倪思喃放下手机，没想到自己的话正好被听见了，故作淡定。

"关灯了。"

傅遇北声音清冷，掀开被子。

这么沉默也不是一回事。倪思喃主动开口："老公。"

她的声音其实是很好听的，所以撒起娇来傅遇北基本是挡不住的，明明不嗲，但让人骨子里都酥酥麻麻的。只不过平日里因为容貌明艳，更多人注意到的是她的脸。

倪思喃坐在床上，今天穿的睡裙有点宽大，衬得腰肢更是盈盈一握："你怎么不说话?"

傅遇北没吱声。

倪思喃等了一会儿,伸手扯住他的衣摆,威胁道:"你再不说话,我就要唱歌了。"

傅遇北没明白这两者之间的逻辑,一怔愣,倪思喃就自顾自地开了口,正好还记得前几天赵绪的那首歌的歌词。

本来是一首表白情歌,被她唱成了朗诵。

"好了。"傅遇北没忍住开了口。

幸好那两只羊没在这里,不然要疯。

倪思喃还从来没给人唱过歌,要不是为了哄眼前这个男人,她才懒得开金口唱这种情歌。

"好听吗?"她问。

"嗯……"傅遇北说不出来违心的话,冷静地建议道,"要是喜欢,以后请个老师。"

得益于这个插曲,气氛终于回归正常。

"你都送了我这么多礼物。"倪思喃眼睛亮晶晶的,"等我明天学全了再唱给你听。"

她一副你赚大了的表情。

傅遇北不置可否,目光落在被子上的礼盒上,近距离看,它和新主人十分契合。他想起那天倪思喃身穿旗袍的样子,身姿袅袅,裙摆摇曳,走路间长腿若隐若现。

傅遇北的眸色深了深:"不用明天。"他突然改口,"现在也有机会。"

"什么?"

倪思喃还没反应过来他的意思,被子上的盒子被随手扔到一旁,阴影自上方落下。她的脑袋被扣住,傅遇北低头吻住她。

倪思喃一时间有点被动,伸手抵在他肩上,感觉到他的强势与掌控。

由于只开了一盏灯,倪思喃的视线里都是傅遇北的脸,被松开时,她脸颊绯红。

　　傅遇北的指腹从她耳垂下掠过,唇角弧度渐起,哑声说:"我认为,换首歌更合适。"

第 10 章

这歌倪思喃并不想唱。

虽然她最后还是开了金口,嗓子好听,说起话来也动听。虽然五音不全,但在其他方面还是很诱人的。

只是倪思喃睡前迷迷糊糊地想着,她不要去学唱歌了,学唱歌她就是狗。

第二天清晨,倪思喃罕见地醒得早。

她没有起来,躺在被窝里看着外面,看着傅遇北洗漱好,看他换好衣服,然后走到床边问自己:"怎么不多睡会儿?"

倪思喃表示不想和他说话。

傅遇北见状挑眉,知道她是在赌气,但她气性不大,稍微一哄就能忘掉这回事。

他叮嘱了两句转身要走。

"我的项链呢?"倪思喃忽然开口。她嗓子有点哑,软软的,很让人心疼。

倪思喃记得傅遇北昨晚明明丢在一旁的,现在没了影,连盒子都不见了。

这可是战利品。

傅遇北失笑:"在衣帽间里。"

倪思喃点点头,以眼神催促他快点走。

傅遇北没多留,临走时让用人煮点甜汤给她喝。

倪思喃睡了个回笼觉,被周未未的电话吵醒。

"我今天和好几个小姐妹聊天,她们说现在全南城都在讨论你和傅老板要离婚的事,你打算怎么澄清一下?要不然让傅老板发个声明,就说东西是送给我老婆的,不知道人在隔壁,你觉得怎么样?"

倪思喃觉得不怎么样。

"你怎么不说话?"周未未担忧道,"不会出事了吧?"

"发什么声明?"倪思喃终于开口。

周未未沉默了几秒,咳嗽两声:"我上次给你买的金嗓子应该还有吧?喝点养养。"

倪思喃狡辩:"我就是唱了两首歌。"

周未未敷衍道:"好好好,唱歌唱歌。"

要不是人不在自己面前,倪思喃绝对要给她一对白眼。至于那什么金嗓子,早就被她不知道扔哪儿去了。

话题很快又转回到谣言上。一夜之间,南城的谣言越来越多,不仅猜测他们要离婚,还觉得倪傅两家要闹掰。不少人都在看戏,两大集团打架,说不定他们还能分杯羹。

至于那些名媛千金,就更关注这件事了,倪思喃一向目中无人,这下可算被她们抓住机会嘲笑,说得就跟倪思喃和傅遇北已经离婚了一样。

"不用管,没等到我们离婚不就知道了?特地解释显得我没身份。"倪思喃下楼喝甜汤。

两只小羊乖乖地在餐厅里看她吃早餐,小蹄子上还沾着碎草。用人跟在后头说:"球场的草皮又被踩破了。"

倪思喃笑道:"干得好。"

小羊们听不懂人的夸奖,但能感知到情绪,咩咩咩地叫起来,很是欢快。

用人无奈地看着,这一大两小的,夫人也这么淘气。

早前傅遇北一个人住的时候,他性子沉稳,回到家和用人说话也不过简单两句。自从和倪思喃结婚后,家里增加了不少烟火气,夫人年纪小,性子十分活泼,现在又多了两只闹腾的小羊,更是热闹。

刚刚好,自家先生太过冷清,幸好有夫人调和,不管外面怎么评价,他们做用人的很喜欢。

上午八点,京际集团的员工已经基本到齐,消息也算灵通,三三两两地小声议论起来。

"真要离婚了?"

"不至于吧,傅总看上去不是那样的人。"

"有钱人前脚恩爱,后脚离婚是很正常的事情,想想前两天的演唱会,够唏嘘的。"

"别管了,怎么样我们的老板都是傅总。"

底下的小员工爱八卦,职位稍微高点的经理们相当淡定,再大的疑惑都能憋住,在电梯相遇时,互相对视,并不发言。

直到有人打破沉默:"傅经理昨晚没休息好?"

傅成川站在正中央,回过神来,随口说:"昨晚改了个文件,睡得比较晚。"

这样的话没人信,但表面功夫还是要做的。

"傅经理果然是一心为了公司。"

"是啊,其实身体最重要。"

这京际上下,谁不知道现任的总裁夫人倪思喃是傅成川的前未婚妻,而且解除婚约前两人还闹得不愉快。现在倪思喃和他叔叔的婚姻可能有意外,傅经理肯定很高兴。这不,都有黑眼圈了。

说什么处理文件啊,估摸着傅经理昨天晚上得到消息后大概激动得迟迟睡不着吧。

三三两两的话伴随着电梯停下，傅成川面上装得淡然，回到自己的办公室。电梯里众人又对视几眼。

其实他们没猜错，傅成川的确是因为这事睡得晚。他没有参加拍卖会，但毕竟是傅少，有朋友，有渠道，拍卖会后的事情很快就传到了他耳朵里。

一开始他还不相信，后来想想可能是真的。以倪思喃眼里容不得沙子的性格，之前能给他一巴掌，说不定现在就能和他叔叔离婚。

傅成川心里隐隐有些兴奋，一直在办公室里等着，京际今天的股价并没有下跌也没有上涨，估计是因为昨晚的影响。

傅遇北来到公司后，连着下达了好几条命令，雷厉风行的模样和平时并没有区别，甚至还笑了一下，让众人摸不着头脑。

这看起来也不像要离婚的样子啊。

当然他们私底下的议论是不敢到傅总面前说的，只等着过两天这事估计就有结果了。

下午五点多，周未未牵着她的小马来了四季湾。还没进园子里，她就直接骑在马上，配上今天特地穿的红裙，很是显眼。

"帅不帅？"

倪思喃站在楼上往下看："帅，帅。"

周未未喜滋滋地进了客厅："蒋谷总算是眼光好了点，我本来想要白马的，他说不好看。"

倪思喃笑而不语。白马听起来很漂亮，但枣红色更适合活泼可爱的周未未。

"你怎么还穿着睡衣？今天晚上蒋谷在宁园请客，正好你亮相洗刷谣言。"

倪思喃问："好端端的请什么客？"

周未未想了想说："庆祝他朋友最后的单身时光。"

蒋少的狐朋狗友一大堆，如今都到了适婚年龄，基本都是没女朋友和未婚妻的。前段时间其中一个被家里逼着相亲，最后确定下星期订婚，这几天是最后的单身日子。

倪思喃觉得好笑："真够大方的。"

不过这提议她确实心动。傅遇北那个项链是送给她的，谣言又是因为项链而起，那没有比自己戴着项链亮相更能破除谣言的了。

"那就去吧。"

周未未抱着小羊："好嘞。"

倪思喃眨眼："等我换衣服。"

周未未压根儿不在意这个，一心爱羊："你换，我待会儿先把小马送回去，晚上干脆就在宁园见好了。"

"好。"

这事就这么定了。

今天不仅蒋谷他们在宁园，还有不少千金也在宁园，毕竟这边是出了名的。

孟芯闵作为倪思喃的对头，这事第一时间就有人告诉了她，还问她要不要开个庆祝会。她就很无语，这有什么好庆祝的？

"那套首饰你们看见了没？"有人忽然转了话题。

"没呢，谁关注这个，现在都是离不离婚的事。"旁边人笑道，"倪思喃也没想到换了个男人还是会遇到同样的问题吧。"

那女生找出来一张图片："是这个。"

大家凑过去一看，图片上的一整套首饰十分典雅大方，饶是孟芯闵都觉得动心。

"听说傅总花了六百万美元拍下来的，可真是大手笔，不知道是送给谁的，你们知道吗？"

"我连傅总本人都见不到，怎么可能知道？"

"我听说好像是一个十八线小明星，这么一想，倪思喃也怪可怜的，居然比不过这样的人。"

孟芯闵出声道："听谁说的？"

"不知道，就传出来的，这婚姻也太脆弱了。"

"傅总眼光也忒差了点吧？倪思喃好歹要脸有脸，要身材有身材，南城也属头一份吧——芯闵，我说错话了……"

那女生捂住嘴，一不小心就说出来实话了。

孟芯闵面无表情："好了，我知道了。"

其实她和她们想的一样，一个十八线小明星居然能闹出来这事，想想就不得了。

正说着，有个女生从外面推门而入，她刚从洗手间回来，一脸兴奋："你们猜我看到谁了？我看到倪思喃过来了。"

包厢里的千金们瞬间都跑到了门边。她们平时说什么都被倪思喃三言两语嘲讽回去，酸言酸语都顶不过，现在怎么也不会放过这个机会。

孟芯闵坐了几秒，也站起来走了过去。

倪思喃穿了一条抹胸裙，高跟鞋闪着碎光，长卷发随意地挽起，看起来漂亮极了。

本来她们以为倪思喃会直接走过去，没想到她停了下来，弯唇道："孟小姐。"

孟芯闵假笑："晚上好。"

她上下打量倪思喃几眼，发现她精神非常好，一点都看不出来受昨晚发生的事的影响。

孟芯闵的目光忽然停在她的锁骨上，觉得有点眼熟，瞬间眼神锐利，故意夸道："倪大小姐这项链挺好看。"

这么一开口，大家的注意力就被吸引到倪思喃的脖子上，屋内透出的光将倪思喃勾勒得十分完美，项链也闪瞎了大家的眼。

"是吗？我老公非要送。"倪思喃装模作样，笑容渐深，"我都不太想要的。"她不好意思地笑了笑，说，"你也知道我项链太多了，这一天一条都换不过来。"

好不要脸！怎么说出来这种话的？

大家一边震惊，一边又不禁羡慕倪思喃。

见她们都不说话，倪思喃主动邀请道："今晚蒋谷请客，你们要不要一起？"

这谁敢去，谁知道是不是鸿门宴？

没人回答,倪思喃只好故作叹气:"不去吗?那真遗憾,那我先走了,祝你们玩得尽兴。"

她踩着高跟鞋走了,还不忘摸摸锁骨。

过了好一会儿,才有人打破沉默:"她脖子上戴的……是不是刚刚我们看的项链?"

"好像是吧,一模一样的。"

"不是说送给某个十八线小明星的吗,怎么又说是傅总送给她的?"

"倪思喃不至于撒谎吧。"

难怪倪思喃今天心情这么好,还穿的抹胸裙,把头发挽起,矫情地秀恩爱,摆明了是故意炫耀的!

回到包厢里,沉默的各位千金不知道该说什么,但手上动作没停,不到十分钟,倪思喃高调现身宁园的消息就传了出去。

紧跟着还有一则,那就是拍卖会上傅总竞价的那条项链在倪思喃脖子上。

当然,倪思喃那句"我老公非要送"不约而同地被她们无视了。

第11章

一时间,看戏的人都摸不着头脑,还真是一场乌龙吗?

倪思喃对孟芯闵那些人非常了解,她们肯定管不住嘴,现在估计就告诉别人了。她放下头发,毕竟待会儿要去蒋谷那儿,目的达到就没必要明晃晃地露着了。蒋谷还是傅遇北的外甥呢。

"你怎么比我还迟?"周未未一见她就抱怨,"还以为你改主意不来了。"

"当然不会。"倪思喃扬眉。

包厢里大多是蒋谷的朋友,也十分好奇她和蒋谷舅舅的事,但谁也没敢问。

倒是蒋谷早就从周未未那儿得知真相,哭笑不得,主动说:"小舅真是把惊喜变成了惊吓。"

现在他们夫妻俩好好的,外人可是比谁都急。

闻言,倪思喃一派云淡风轻:"都是误会。"她解释道,"我生日快到了,他要给我惊喜,所以就没告诉我,闹了个乌龙。"

众人的视线看向她的脖子,有男生忍不住调侃:"没想到傅舅舅这么有情趣,蒋谷你向你舅舅多学学。"

"去你的。"蒋谷拍了下他，装模作样地哭穷，"这么费钱的情趣，我可搞不来。"

这话当然不是假的。这事是拍卖会上的一套首饰引起的，其中的细节早就被传了出来。本来五百万美元就可以拿下，结果因为这个误会变成了六百万美元，有钱也不是这么花的。

至于这套首饰的样子早就被知情人传开，倪思喃这么一戴，谣言不攻而破。

此刻傅遇北正好要去一场饭局，包厢里已经来了几个人，场上的都是人精。

"昨天拍卖会的事，你们应该都听说了吧？"

有人装聋作哑："什么拍卖会？"

装什么装，南城谁不知道这事？有个董事翻了个白眼，面上不显："依我看，傅总绝对不可能做出出格的事情。"

他说这话也是真情实感。平时傅遇北对底下人要求严苛，对自己更是，实在想象不出来这种风流韵事会发生在傅总身上。

其余人在心里"喊"了一声。

正说着，几个人的手机屏幕不约而同地亮起来，有的是电话，有的是信息。

几位董事微微一笑，各自离开。不到两分钟，又差不多同时回来，他们经历过那么多大事，还是能憋得住的。包厢里一时间很安静，直到门被推开。

傅遇北自外而入，顶着众人的视线，沉静地坐下来，温声开口："来迟了些。"

他一向不将情绪表露得明显。

董事们呵呵笑道："没事没事。"

其实内心里喊得飞起，那项链居然是拍给倪大小姐的，看不出来啊，傅总居然是这样的男人，也是，三十年来身边都没个女人，现在有个新婚娇妻，喜欢也是正常的。

平时清冷的傅遇北在他们眼里忽然多了点人气儿。

傅遇北当然能察觉到他们隐晦的目光，猜测是因为昨晚拍卖会后倪思喃说离婚的事，毕竟外界还不知道真相。

但事实出乎他的预料。

一个董事主动开口提起这事:"傅总和倪大小姐感情真好,看来应该很快就能听到好消息了。"

"是啊是啊。"

"看来好消息应该不远了,哈哈。"

几个董事年纪都很大,此刻十分促狭地打趣着他。

傅遇北眉梢轻扬,察觉到不对劲的地方,沉吟片刻,估计是倪思喃澄清了。他佯装询问:"怎么说?"

大家冲着他挤眉弄眼,笑道:"昨天闹那么大动静,原来就是为了哄老婆高兴嘛。"

真是老房子着火。

和周未未一起去洗手间时,正好碰上孟芯闵。

见到她把头发放下来,孟芯闵有点惊讶,不过两个人的关系一般,懒得开口问。

"才刚见,就不认识我了?"倪思喃主动挑衅,忽然想起来说,"是不是被我美到了?"

她就不应该这么善良,孟芯闵在心中默念冷静,不和一个迷失在爱情里的女人计较。

孟芯闵翻着白眼:"倪大小姐说大话也不怕闪了腰。"

倪思喃说:"实话实说怎么会怕。"

她随手拢起头发,打算补口红。

孟芯闵轻而易举就看到了项链,没忍住道:"你还不如把头发放下来。"

镜子里的倪思喃看向她,眼睛漂亮勾人。

"现在这样比较丑。"孟芯闵嘴硬。

"我知道你在嫉妒我。"倪思喃叹了口气,"我老公说我怎么看都好看。"

她把傅遇北拉出来当挡箭牌,不管他说没说现在都是说了。

孟芯闵咬牙:"我哪里嫉妒了?"

倪思喃说:"那就是羡慕吧。"

倪思喃见她无语,忍不住笑出声,故意告诉她:"等你以后结了婚,也会有的。"她慢慢放下头发,"既然你说了,我就放下吧,毕竟这么大大咧咧地露在外面,对你这样的单身狗是一种刺激。"

孟芯闵说不过倪思喃,丢了个白眼,径直走向里面。

周未未从里面出来,撞上进去的孟芯闵,摸不着头脑:"她怎么了,气得脸都红了,你又和她说什么了?"

倪思喃轻笑:"习惯就好。"

她和孟芯闵的相处模式就是这样,见面了必然要互相讥讽两句,朋友做不成,但也不是仇人。

晚上十点,乔路跟在傅遇北身边,坐上车才小声提醒道:"现在外面的流言换了个风向。"

傅遇北当然知道。

乔路压低声音将来龙去脉说了一遍,着重描述倪思喃在宁园的事。

"她们注意到项链,夫人就解释说是您送的,所以现在大家都清楚是怎么回事了。"

傅遇北面色不改道:"我知道了。"

傅遇北捏捏眉心,不知道是该笑还是该叹。他从来不在意名声这回事,没结婚前外面关于他的传闻都是商业上的,或者说他冷情冷血。结了婚之后,忽然间又多了个宠妻的名头,偏偏这事也没办法澄清。

傅遇北正出着神,手机响了一声。

倪思喃发来消息:"老公,你听到风声没?"

坐在回四季湾的车上,倪思喃心情很好。

白天还在传她要离婚了,晚上突然听到"送给老婆""豪掷千金"这样的事实,大家确实比较吃惊。倪思喃作为主人公很高兴,虽然多花了钱,也提前知道了生日惊喜,但傅遇北能这么做就说明把她放在心上。

而且自己拍的,和别人送的,收到后是两种心情。

今天一上午的风言风语,苏淮觉得不大好,把多出来的一百万美元捐了慈善机构,还用了傅遇北和倪思喃的名字。这下总算是舒坦多了,不然他拿着心慌,万一这夫妻俩因为这个离婚,那他岂不成了罪魁祸首?到时候两家都看不惯他,那就完了。

然而晚上得知真相,苏淮又有点无语。

倪思喃现在和傅遇北撒起娇来是越来越得心应手。她等了几分钟,收到了傅遇北的回答:"你是指项链的事?"

倪思喃一下子就看懂了他的意思,假装不知道:"当然是项链。"

这种事倪思喃在外面可以肆无忌惮,但一到傅遇北面前就羞赧起来。

傅遇北:"哦?我还以为是关于我的事。"

倪思喃干脆关了手机不回了。

傅遇北意料之中地没收到倪思喃的回复,也不恼,反而唇角微微扬起。

回到四季湾,房子里灯火通明。两只小羊喜滋滋地要去顶倪思喃,把用人吓了一跳,但这是羊的天性,没办法。

"没事。"倪思喃躲开了,摸了摸它们的耳朵,小羊的耳朵立刻就上下摆动,"你们爸爸待会儿回来就这么做,知不知道?"

小羊:"咩。"

倪思喃说:"好,就算你们答应了。"

果然是自己的宝贝,听自己的话。

倪思喃心满意足地上楼换衣服,周未未给她发了好几条消息,都是关于今天的事。

因为在换衣服,倪思喃索性开了语音通话。

"孟芯闵的小姐妹真的是个个和喇叭一样,都不用宣传,全世界都知道了。"

倪思喃说:"正好不用我费力。"

傅遇北换下鞋,用人都不在。

其实是之前倪思喃的话，她们怕两只小羊玩得过火，闹出事来，就连人带羊都走了。

一个用人回来说："夫人在楼上。"

没敢提夫人回来时说的话。

傅遇北"嗯"了一声，一边脱外套一边上了楼，打开卧室门时正好听见倪思喃的抱怨声——

"要不是他揶揄我，我能那么说吗？"

周未未感觉她在秀恩爱，但想着自己是她的知心好友，还是给她出主意："你也揶揄回去！"

她的声音中气十足，倪思喃还没回答，傅遇北开门的动作顿住，一时之间不知道该担忧自己还是该进去。

第12章

倪思喃正和周未未聊得欢快,哪里能听到后面的声音,两人你一言我一语,傅遇北看着背对着自己的倪思喃,屋内开了两盏灯,明亮的光线自上而下,映出一大片雪白的肌肤,漂亮的蝴蝶骨清晰可见。

傅遇北走进一步,合上门。

听到动静,倪思喃下意识回头,看到他在往这边走,吓了一跳。

她伸手拎起裙子,又腾出一只手要去关语音通话。

"我回来了。"傅遇北忽然说。

倪思喃愣了一下,电话那头的周未未刚才还在疑惑怎么突然没声了,现在赶紧挂断。

刚刚的对话傅老板是全听到了,还是只听到后面啊?她还让倪咩咩也揶揄回去,周未未欲哭无泪,虽然倪思喃口中的傅老板是另外一个样子的,但她其实还是害怕。

"你怎么回来得这么早?"倪思喃装作无事般捧着裙子,这下还怎么换衣服?

傅遇北的目光落在她身上，似有若无地勾唇，徐徐说："不早了，已经十点了。"

倪思喃被他这么盯着实在心慌，索性直接开口："你转过去，我要换衣服。"

傅遇北说："你我是夫妻，是一体的。"

倪思喃觉得这话有点耳熟，但顾不得太多，瞪着他："反正你转过去。"

她此刻的样子，倒是有点像小羊。傅遇北一动不动，视线所及是她白皙圆润的肩头，长而卷的栗发垂在背后，衬得线条弧度流畅。她的脖颈上还戴着那条项链，灯光下，整个人和珠宝一起被照出流光溢彩。

倪思喃被他看得耳根发热时，傅遇北才慢吞吞地转过身背对着她。明明没什么，此刻他却眸色深了深。

半天，终于响起声音："好了。"

傅遇北转过身，看见丢在一边的裙子，松了松领口，解开纽扣："其实我都见过了。"

倪思喃从鼻子里"哼"了一声，那能一样吗？

倪思喃别扭完又觉得自己小题大做，傅遇北说的也没错，她刚刚似乎是太刻意了。

"我下次会注意的。"傅遇北突然坐在她面前，伸手撩开她的长发。

倪思喃压根儿没反应过来，就感觉他的手指抚过自己的皮肤，麻了一下。

"还有下次？"倪思喃撇嘴。

"凡事都有可能。"傅遇北不急不缓，"要是你不开心，你也揶揄回来？"

他肯定是听到自己和未未的对话了！

倪思喃拨开他的手："我又不是你。"

傅遇北轻轻"嗯"了一声，看着她明媚的容貌，笑了一下："这项链果然很适合你。"

倪思喃心神一动，好话谁不爱听，尤其是来自枕边人的。

傅遇北不知道她的想法，站起来的时候顺手把她的裙子拿起来放到了房间别的地方。

大概是倪思喃的抱怨起了作用，晚上洗完澡都十一点多了，两人盖着被子睡觉。

倪思喃问:"今天有没有人问你?"

傅遇北说:"问什么?"

"当然是拍卖会的事,我没有出门的时候,没人问你到底是什么情况吗?"

"没有。"

倪思喃惊了,居然都没人问。

她后知后觉地想,可能是不敢,毕竟她第一眼看见傅遇北的时候也觉得不敢招惹。可现在结了婚,她反而得寸进尺,有猴子称大王的迹象。

"昨天晚上我爷爷打电话过来。"倪思喃凑在他身边,瞧着男人凌厉的轮廓,声音小小的,"他又提到孩子了。"

说起这事来,怪害羞的。倪思喃总觉得自己还小,都还没有过多久快乐日子,怎么就要生孩子了?

傅遇北说:"不急。"

大晚上的,倪思喃的脑子可能有点混乱,说:"爷爷暗示我,傅叔叔你都三十岁了呢。"没听到回答,她小声说,"我没有别的意思。"

倪思喃陡然清醒了不少,有点心虚,要是别人这么说她,她非得骂上两句才行。

"我自觉还不老。"傅遇北稍微侧了下头,"不过你要是时常说,那后果自负。晚上是最容易冲动的时候,咩咩,你再多说两句,保不准我待会儿会改变主意。"

倪思喃立刻闭嘴。

傅遇北的耳边终于清静下来,心中叹息两声,也不知道是愁还是笑。

被这么说了之后,倪思喃偷偷摸摸往外移了移,生怕男人改变想法。好在她很快就来了睡意。

此时傅家大宅里。

傅成川今天没有局,从京际离开后就直接回了家,毕竟拍卖会的事他也不能和同事说。不过他也有交心的朋友,晚上通话时就不可避免提到了这事。

"我叔叔比我当初还过分。"傅成川露出一个笑容,"这么当众打她的脸。"

朋友没有说话。

傅成川笑了一下,问:"怎么不说话?"

朋友这才支支吾吾地开口:"成川你还不知道宁园发生的事吧?今天倪思喃戴着你叔叔拍的项链去吃饭了。"

傅成川一愣:"她戴着?"

那他刚刚岂不是白开心了?本来还觉得这两人能打起来,说不定还会离婚。

朋友说:"是真的。"

他不禁想起傅成川刚刚的话,一时间分不清他到底是喜欢还是讨厌倪思喃,怎么这么关注她,或者是不甘心作祟?

毕竟傅遇北回来后,京际集团就回到了他手上,傅成川之前的野心谁都清楚,他们也唏嘘过,但没有办法。平心而论,傅遇北的能力谁都清楚,比傅成川不知道强了多少,长辈们全是赞赏,要不然,京际也不会发展到现在的模样。

晚上,倪思喃没梦到傅遇北,却梦到了鸡腿,因为平时顾及形象,她很少吃这类食物,因此在梦里就比较放肆,谁知道鸡腿会跑,她努力才抓住。

半夜的时候,傅遇北被身旁的动静弄醒,倪思喃早就靠了过来,他的胳膊动弹不得。不知道她梦到了好吃的还是什么,用力抓着他的胳膊,唇就贴在肩头,像是要上来咬一口的样子。

傅遇北恍了恍神,结果就在这一刻,肩上传来一种异样感。

倪思喃还真咬了。好在她力气小,不疼,反而痒。

他垂目,倪思喃皱着眉退开,大概是下嘴后发现比较硌,十分不满意。

傅遇北闭目入眠。

第二天醒来,倪思喃一点也不记得昨晚的事,精神很好,醒得早,也不赖床。

换衣服的时候,她和傅遇北同在房间。倪思喃不想让他看自己换衣服,但是自己看他换衣服倒是不眨眼。

傅遇北的身材着实好,倪思喃不禁转了个圈,余光瞥见他肩头的印子,好奇道:"这是什么?"

以前好像没有。

傅遇北顺着她的视线看过去:"有人咬的。"

倪思喃一听,下意识就要发火,这种肩头的印子谁敢?肯定是女人。下一秒她又清醒了,好像这家里就她一个能做出来这事。

倪思喃歪了歪头,心虚道:"我干的?"

傅遇北看她一眼,颇有"看来你也知道"的意思。

"我不记得了。"倪思喃认认真真回想了十来秒,"说不定是昨晚小羊偷渡上来咬的。"

反正先甩锅。她真的一点印象都没有,而且自己昨晚睡前离他可远了,说不定是傅遇北故意碰瓷儿的。

"你说是就是。"傅遇北不和她计较,穿上衬衫,慢条斯理地扣好最后一颗纽扣。

倪思喃很满意这个回答:"小羊真淘气。"

还真演上了。

傅遇北想起来一件事,提醒她:"你的股票赚钱了。"

倪思喃"呀"了一声:"赚了多少?"

她都快忘了这回事,之前还说要等等,这就有结果了,赚钱还是很快乐的。

男人没有回答她,直到打好领带,转身看到妻子期待的目光,忽然起了逗她的心思:"因为拍卖会的事情,赚的刚好抵消。"

这还是人吗?她就知道傅遇北是个打死也不吃亏的人。

倪思喃一下子跳起来:"那是你自己加上去的,又不是我逼你的,我不管。"

傅遇北不为所动。

用人敲门说早餐已经准备好了,傅遇北"嗯"了一声,正好乔路打来电话,他就去了阳台。

"你说的事我有数,今天去公司会……"

就这么不说了?倪思喃等了半天,这通电话没完没了,她气鼓鼓地下了楼,还不忘控诉傅遇北小气,怎么不去苏淮那里赚回来?就知道剥削自己人。

但显然,这个男人铁石心肠,丝毫没有改变主意的意思,倪思喃气得多喝了一碗粥,就连可爱的小羊都不能让她回心转意。

倪思喃招手让用人过来:"待会儿你家先生下楼,你就这么说……"

傅遇北下楼时,倪思喃正坐在椅子上,拿着几根草逗小羊,咩咩声环绕在餐厅里,真的很热闹。

傅遇北吃了几口,想起一件事:"下周蒋家有个宴会。"

以蒋家和他的关系,他必然是要出席的,倪思喃和他是夫妻,自然也要参加才行。

他说完没听到对面的声音,就见倪思喃小脸绷着,给一旁的用人递了个眼神。

用人心领神会,看向傅遇北,一本正经地开口:"夫人说,从今天开始,她不想和您说话。"一顿,又说道,"什么时候还钱了,夫人才理您。"

用人看向自家先生的目光十分诡异,她在傅家待了近十年,看起来先生不像借钱不还的人哪。

第13章

傅遇北被逗笑了。

倪思喃在用人说完之后点点头,静静地看着对面的男人,等着他还钱。

但她显然猜错了。

傅遇北对用人说:"今晚的晚饭不用做我的。"

倪思喃一愣,不好好哄你老婆,说什么无关紧要的话?

用人还没反应过来,就听倪思喃叮嘱道:"今晚多做点好吃的。"

用人赶紧说好,心里十分无语。这夫妻俩干什么呢,先生哄哄夫人不就好了吗?把她当传话筒,万一最后气发到她身上怎么办?

傅遇北低头喝甜汤:"蒋家的宴会很多人会去。"

倪思喃当然知道。这场宴会是蒋谷奶奶的八十大寿,蒋家地位不低,再加上和傅遇北的关系,有头有脸的人物必然都会去,她还得想想该送什么礼物才行。

和傅遇北结婚后,夫妻俩可以一起送礼,但她和蒋谷是好友,也可以单独再送一份。

倪思喃回过神,摸摸小羊的脑袋,意有所指:"可怜你们这么可爱,投胎投错了人家,以后还不知道会不会被吃掉。"

收到暗示的傅遇北哂笑:"我不吃羊肉。"

倪思喃没理他。

她自己说出来的话当然要做到,比谁都正经,她和用人说话,和羊说话,就是不和傅遇北说一句话。

傅遇北有心看她能坚持多久,就没动作。

乔路来接自家老板去公司的时候,见到夫妻俩,一开始还没觉出来,等察觉到这诡异的沉默之后,他瞄了好几眼,难道是昨天晚上又吵架了?

一路上十分平静,司机和乔路都不敢多嘴。

倪思喃在微信上和周未未一起控诉了傅遇北好几分钟,周未未十分愤慨。

周未未:"士可杀不可辱,钱不可夺!"

周未未:"让傅老板冷静冷静。"

当然这些话她也就只敢和倪思喃说,要是傅遇北在,她绝对是不会说出来的。

倪思喃满意地关掉手机,看向前方:"乔路,你觉得欠钱不还合适吗?"

乔路大惊:"我没有欠钱。"

倪思喃若有若无地瞥了一眼傅遇北,"哼"了一声:"你当然没有,可有些人有呢。"

乔路回过味来。

傅遇北眉梢挑了下,十分淡定地划过屏幕上的新闻:"钱生钱,你难道只想赚第一天?"

他当然不会真的吞了她的钱。

倪思喃转头看他一眼,然后扭过头。等她在南山路下车后,连句晚上见都没说。

乔路等了一会儿,试探地问:"先生和夫人吵架了?"

傅遇北说:"没有。"

没有怎么可能跟冷战一样,乔路才不信。他想了想,出声说:"其实吵架是很正常的事，都说婚姻里互相让步，说两句软话就好了。"

乔路又想起倪思喃之前的问题，瞅了自家先生好几眼，不会是借了夫人钱没还吧？自家先生不缺钱啊，这又是情趣吗？

乔路正想着，看到傅遇北凉凉地扫了他一眼。

好吧，闭嘴。

傅遇北看完一则新闻，车停在京际大厦，他随口说道："不过是讹了她的钱而已。"

不过……而已？

乔路面无表情地想，难怪夫人不想说话，要是有人把他的奖金扣了，他肯定不高兴。先生真是不解风情。

Muse工作室现在也算名气不小。设计师得了奖，而且这工作室还是倪思喃创办的，背靠着倪家和京际集团的傅家，所以这段时间来定制礼服的人不少。

辛禾将昨晚的一件事着重说了一下："因为对方是当红明星，所以要求比较多一些。"

倪思喃看了下名字。她平时很少关注娱乐圈，唯一了解的一个就是赵绪，但是有名的明星她还是能认出来的。

这个女明星叫陈嫒，因为一部电影火了，现在正当红。

"要求我看看。"倪思喃说。

陈嫒的要求不是一般的多，再过两个月有一个颁奖典礼，她获得提名是必然的，所以要求设计师在礼服上多上点心。

辛禾说："我还没有答应下来。"

陈嫒的助理暗示说小设计师肯定不行，最好是和大牌联名，这样就是独一无二的，格调也不低。

倪思喃看了一下，这分明就是外行人的说法，有些要求加在一起不仅突兀还特别丑。她开工作室可不是为了砸自己的招牌。

倪思喃挑了挑眉："打电话过去，说这两个不行。"

辛禾立马拨通那边的电话。

此刻陈媛正在摄影棚里拍广告,助理接的电话,小声说:"是Muse工作室的。"

陈媛点头:"接。"

一接通,辛禾就把倪思喃说的话重复了一遍:"所以希望你们能再认真考虑一下。"

这段时间因为陈媛火了,助理受到的待遇也变得不同了,还是头一回遇到这样不卑不亢的员工。

"要求达不到?"他直接问。

"不是,而是不合适。"

"不要管合不合适,我们要求这样,你们做就行。"助理打断辛禾的话,"其他的不用管。"

辛禾说:"那可能这次无法合作了。"

助理觉得不可置信,一笔订单不便宜,就这么拒绝了吗?而且还是因为设计方面的要求。

"谁说的不合适?"

辛禾:"我们老板。"

助理还没回过神来,陈媛开口道:"既然不行,就把要求删掉一些,我相信傅太太的眼光。"

辛禾愣了一下。

陈媛其实也听说了之前拍卖会的事,心里十分羡慕,她如果能这样该多好。拍卖会上傅总豪掷千金,就为了给倪思喃一个惊喜,最后还多花了一百万美元。

陈媛看到新闻时不是没有心动过,但她很快就想明白了,这些人不是她可以应付的,还不如与倪思喃交好。

陈媛回过神来,没忍住打听:"傅太太最近忙吗?我的这个单子是——"

辛禾不露声色:"我们会选择最好的设计师。"

陈媛一听有点失望,但还是重新敲定了一番设计要求。

挂断电话后,助理才说:"其实这些店都是那些富家子女开着玩的,平时不会上心，那些话肯定是设计师说的。"

之前还有不少这类店倒闭了呢，这个Muse工作室也不知道能坚持到什么时候，说不定哪天傅太太就回家当全职太太去了。

陈媛瞥了他一眼："那也是她的店。"

她选择Muse工作室就是想跟倪思喃扯上点关系，据她所知，现在还没有女明星去她店里定制礼服。这夫妻俩随便拉她一下，她说不定就更上一层楼了。

倪思喃听到辛禾的回话，一点也不惊讶，漫不经心地说："让秦乐负责。"

对于这样的人，她并不讨厌，再说也是个免费宣传，何乐而不为？

下午蒋谷正好说到宴会的事情，其实蒋奶奶今年七十九岁，蒋家想凑个整提前过八十大寿。

周未未认真道："那我得好好想想送什么礼物。"

蒋谷故意说："老太太喜欢你那匹马，你送过去吧。"

"那不行。"

那匹小马现在还在蒋谷家里住着，老太太平时无聊，家里儿子儿媳又经常在公司，反而是小马和她相处时间最多。要不是身体不允许，她说不定就骑马了。

倪思喃的视线在两个人身上来回转了一圈，眼睛眨了眨，仿佛得到了什么很重要的消息，问："不给邀请函？"

"你们两个还需要邀请函吗？"蒋谷笑了笑，又问道，"我小舅到时候和你一起吧？"

倪思喃撇嘴："不知道。"一想这话传出去说不定又会有人说他们两个感情不和，连忙改口道，"应该一起。"

话音刚落，手机就响了一声。

倪思喃低头，本来以为是谁的消息，结果发现是银行发来的短信，一打开就看到好几笔转账。她盯着数字数了数，确定高于自己的投资成本。那剩下来的就是赚到的钱？傅遇北的眼光这么好，别人中大奖也没有这么多。

周未未凑过去："看什么东西这么入神？"

倪思喃压根儿就没避讳,所以她清楚地看见转账信息,数了数数字后面的零。周未未羡慕极了:"倪爷爷给你的零花钱?"

倪思喃说:"不是,我买了两只股票。"

周未未恍然大悟:"羡慕了,原来这就是拥有一个投资高手老公的快乐吗?"

倪思喃压住要上翘的唇角,看来不和傅遇北说话还是很管用的。

正想着,傅遇北的微信消息就发了过来。

"晚上一起吃?"

倪思喃停了半分钟,才回道:"好。"

还特地打了个句号,表示很冷静。至于今天早上她赌气对用人说的那些话,已经被忘在了脑后。

倪思喃抬头:"晚上我就不和你们一起吃了。"

周未未啧啧道:"知道了知道了,你要去吃烛光晚餐嘛。"

傅遇北看着消息就能猜到倪思喃是什么样的表情,他勾了勾唇,让家里用人不用多做晚餐。

用人提醒:"夫人说——"

傅遇北淡声说:"夫人和我一起。"

用人立刻回道:"好的。"

这夫妻俩早上还冷战把她当传话筒,现在就和好了?果然是新婚小夫妻。

傍晚,倪思喃坐上傅遇北的车。

因为早上的事,现在有点小小的尴尬,她正琢磨着怎么开口,就听见傅遇北问:"想吃什么?"

倪思喃脑袋一空:"烛光晚餐。"

她说了什么?晚餐就晚餐,西餐不行吗?说什么烛光晚餐!

倪思喃不知道为什么一瞬间说出了周未未之前的调侃,赶紧闭嘴,之前的尴尬变成了羞恼。

身旁的男人轻笑:"好。"

倪思喃"嗯"了一声，淡定得假装刚才说话的不是自己。

车里又安静下来，这时，倪思喃的手机振动两下，是周未未发来的："你老公又上新闻了，呜呜呜，下次你们赚钱记得带上我，我的好姐妹！"

她也想看到好多个零！

倪思喃："我试水成功，马上带你飞。"

倪思喃点开她发来的链接，是一条财经新闻，提到了最近股市的情况，说很多人投资都亏了，就傅遇北最惹眼，因为他赚了不少。

倪思喃默默心想，其实他老婆也赚了不少。

新闻底下评论不少，因为基金跌了，事关自己，很多人都会出声。

倪思喃看得津津有味，不知道为什么突然涌起一股自豪，大概有点像自家孩子被认为是神童。

周未未又发来消息："你知道你老公现在身价多少吗？来看看。"

倪思喃对这个挺好奇的，周未未发来的图片上的内容是媒体在傅遇北回国后写的，一眼看上去十分夸张，但又是事实，无怪乎这么多人觉得他惹不起。

倪思喃盯着数字看了看，又默默算了算自己的零花钱和那点房产，可能就是个零头吧。

她支着脸叹了口气。如果这些钱是自己的该多好，倪思喃内心深处的财迷被唤醒，看到图片里还有两条热门评论。

"这要是离婚了得分一半吧！"

"我每天都在思考，如何得到傅总的财产。"

她作为老婆思考这个还差不多。

不过这条评论倒是让她灵机一动，正好因为烛光晚餐的事她不想说话，干脆就去搜了一下。

"看什么这么入神？"

倪思喃正看得入迷，压根儿没听见他的声音。

傅遇北倾身过去，瞧见她低着头出神，瓷白的脸精致漂亮，他似有所觉，视线往下，手机屏幕上来不及遮掩的几行字映入眼帘。

只见搜索栏里的问题是"如何得到丈夫的财产",下面是网友们给出的回答。
"把他变成前夫!"
"离婚还要各自分钱,我觉得继承遗产更好!"

第 14 章

傅遇北的目光从屏幕上移开,轻咳一声。

倪思喃立刻关掉手机,扭头看他一眼,又低头看看手机:"我刚刚在看新闻。"

他应该没发现吧?

傅遇北淡声问:"是吗?"

倪思喃当然不可能告诉他自己在看怎么得到他的财产,小鸡啄米地点头:"一个社会新闻。"可能是心虚,为了佐证自己这话的真实度,她随口胡诌了一个内容,云淡风轻道,"争夺一点家产闹出来的。像我们这样有钱的,不用考虑。"

"还是需要的。"傅遇北顺着她的话说。

闻言,倪思喃望向他。

男人在她求知的目光中浅浅笑了一下,勾唇说:"毕竟万一身体或者婚姻出现意外……"

倪思喃没听懂,十来秒后突然一惊,这是不是在暗示她什么?倪思喃立刻意识到刚刚该不会傅遇北看到了,这是在提醒她吧?

那对漂亮的眼明亮动人，倪思喃清了清嗓子："傅叔叔你说什么呢，那是别人家，你肯定会长命百岁的！"

傅遇北头一回被噎住。

倪思喃就是见人说人话，见鬼说鬼话，比谁都会说。

经过这一茬，她是不敢再看那些评论了，说实在的，她还觉得很热闹呢，干脆去和周未未聊天。

倪思喃："如果一个人被另一半知道自己在查怎么才能得到对方的财产，会怎么样？"

她刻意模糊了一下。

周未未："躺平等死。"

倪思喃："就没有别的可能了？就只是想想啊。"

周未未："恕我想不到。"

倪思喃："那还被当面暗示了呢？"

周未未回过味来："这个人是你吗？"

倪思喃："不是我！"

瞧见这感叹号，周未未就直接确定了，说："撒个娇不就好了。"

要是别人，说不定要闹，但傅老板肯定不会在意，说不定还在想，倪思喃要从他这儿偷偷摸摸分财产，前提是她自己有本事才行。

倪思喃看到回复，忽然觉得真简单，撒娇对她来说不就是手到擒来的事吗？

不过现在车上还有司机，她不太好实施，想着干脆回到家再说。但是回到家里她就忘了这事，和小羊玩耍去了。

小羊现在正是爱玩的年纪，时不时要换着顶她，还要去咬她的裙子，这把倪思喃吓了一跳："傅遇北！"

傅遇北站在楼梯上："怎么了？"

"管管你儿子！"倪思喃气呼呼地说，提着裙子往楼梯上走，"它再过来就把我裙子扯坏了。"

小羊跟在后面，小蹄子嗒嗒的。

第14章

倪思喃吓了一跳,赶紧躲在傅遇北身后,抓着他的衬衫,使劲揎掇:"管管。"

傅遇北气定神闲:"你白天不还自称它们妈妈?"

倪思喃说:"俗话说严父慈母。"

傅遇北没回她这话,小羊现在已经能上楼梯了,和他四目相对,大概是感觉到了什么,没轻举妄动。

倪思喃看得稀奇极了。

实在是小羊歪头耳朵上下动弹的模样太可爱,她又忍不住伸手去逗。

还没等她碰到,傅遇北就抓住她的手,声音低沉,语气平淡:"你再故意惹它,小心你裙子。"

倪思喃仗着他在:"你挡着。"

傅遇北哂笑:"是吗?"

他直接将倪思喃抱起来,倪思喃压根儿没料到这一情况,下意识地搂着他发出惊呼。

"你干什么?"

小羊站在楼梯上看着远去的两人,不懂。

"你要知道,子肖父。"傅遇北低头瞥她一眼,只丢下这句简单的话。

这有什么关系吗?

等回到卧室,倪思喃终于明白傅遇北这话的意思了。他竟然也想扯坏自己的裙子!

但显然他比小羊要斯文一些,将她放在床上,倪思喃整个人陷进柔软,身下软绵绵的,长发散在被子上,有种凌乱美。

被傅遇北这么居高临下地看着,她怪别扭的,坐了起来:"我要卸妆。"

理由很正经,也很必要。

"嗯。"

倪思喃进了洗手间,还没回过神来,傅遇北居然就这么放过她了?

美滋滋地卸了妆,泡个澡,但显然她放心得太早了。

倪思喃总算明白男人的秋后算账了。他绝对是在报复自己要谋夺财产的事!

小气鬼!就只是想想,又不会少一分钱。

倪思喃内心十分愤恨。世界上还有她这么惨的人吗?没有!

她的手摸了摸旁边,然后拍了一下傅遇北:"喂。"

"什么?"

"什么什么呀,刚刚有人说话吗?"倪思喃闭着眼睛说瞎话,还不忘占据制高点指责他,"还让不让人睡觉了?"

傅遇北差点被气笑。

好在这事很轻松地就过去了。第二天醒来倪思喃已经把昨晚的事忘了,像条七秒记忆的鱼,潇洒自由,好不快活。

这段时间工作室结了单,尾款一笔笔打来,赚了不少钱,再加上在傅遇北那边的投资,倪思喃体会到了赚钱的快乐。

于是这周她开始忙碌起租房的事。当然,以倪思喃的生活作息,苏华只有在她喝下午茶的时候才能带着文件过来。

倪思喃笑眯眯地说:"喝茶,这里的茶很有名的。"

苏华"嗯"了一声,说起正事。

因为现在是倪思喃管着这些房子,打算全部租出去,所以他之前把房子的问题都列了出来。

"这些都是你一个人做的?"倪思喃翻开厚厚的一沓纸,十分惊讶。

苏华点头:"是。"

倪大小姐的房子,他哪里敢含糊。

倪思喃毫不吝啬自己的夸奖:"没想到苏经理能力这么强,来管房子简直是屈才了。"

"哪里哪里。"苏华被夸得心花怒放,"这些是房子里需要添置的一些电器,还有一些家具……"

总的来说很多。苏华说得口干舌燥,喝了口茶:"如果尽快到位,最快这星期就能租出去一小半。"

因为位置太好,又不是天价租金,很多上班族看到后思考一两天就会定租。

有十几栋楼的房子面积不小,几个卧室,可以专门拿来合租,很划算。

倪思喃说:"行,你等着消息。"

苏华本来以为倪大小姐贵人事忙,可能要等好几天,没想到傍晚就有人打电话给他:"我们是给倪小姐送东西的……"

一看清单,居然都买全了。苏华摸了摸额头,跟着这么一个行动力满满的大小姐做事,实在是太轻松了点。

他收起多余的心思,抓紧时间安排,然后在周末的时候,把租房的消息发了出去,不到晚上就有好多人来询问。

倪思喃放权给他处理,苏华自然不敢轻视,一个个约见租客,顺便观察人品。毕竟这房子是租出去的,到时候还是要回到倪大小姐手上。

周一时,倪思喃的租房App终于收到了钱。因为现在大多是押一付三,所以乍一看,她收到的租金不少。虽然比起她的零花钱不算多,但看着就舒坦。

倪思喃这一高兴,去蒋家参加宴会的首饰就多买了两套,虽然她只能戴一套。

寿宴是在蒋家大宅举办的。

这也算是倪思喃和傅遇北在拍卖会谣言之后,第一次一起出现在公共场合。他们的车到达外面时,里面还没开场,音乐声和聊天声交相辉映。门口汇聚了不少人。

有人在后面问:"是谁来了吗?"

"京际傅总。"

"傅总和倪大小姐。"

虽然倪思喃和傅遇北结了婚,但很多人还是习惯性称呼她倪大小姐,必要场合也会称呼傅太太——虽然倪思喃觉得这个称呼显老,但在外面还是笑容以待。

有人说了傅遇北和倪思喃后,众人瞬间停下之前的话题,看向大宅门口。

倪思喃挽着傅遇北,一袭浅咖色的长礼服,腰部做了镂空设计,精致大方,底下是盈盈流动的大裙摆。站在男人身边,真是一对璧人。

不少人眼里闪过惊叹。以前只是见过照片,这次真人出现在自己面前,不得不说，光看脸就没人说不配。

蒋谷和父母一起迎上去。

倪思喃对蒋谷眨了下眼："未未呢？"

蒋谷小声说："在里面呢。"

因为这对夫妻的到来，接下来半小时，所有人的讨论中心就没有更改过。

"傅总和倪大小姐挺般配的。"

"这要是在几个月前，谁会猜到最终把这位大小姐娶回家的是我们清冷的傅总呢？"

"我现在觉得拍卖会的谣言是有人用脚传出来的了。傅总是瞎了才会拍了送给别人，美娇妻就在身边，别人哪里还能入眼？"

很快话题又不可避免地讨论到之前的拍卖会，实在是当时谣言太过信誓旦旦，就连一些公司老总都信了。

这次的宴会傅成川也来了，虽然他和蒋家关系一般，但面子上过得去，尤其是他也算蒋谷的表兄弟。

这种场合，再避讳，他也能听到大家说倪思喃和他叔叔的事。傅成川心道，早知道就送个礼，不来了。

倪思喃压根儿就没看见他，跟在傅遇北身边见了一些叔叔阿姨，笑眯眯地打招呼。

"哎呀，您就别调侃我了。"她看了傅遇北一眼，两人对视，她恰到好处地抿唇露涩。

这在别人眼里就基本定锤了。都结婚快两个月了，还这么害羞，夫妻感情肯定好。

倪思喃在长辈面前是懂事大方的，不然也不会牢牢占据南城的名媛之首。

过了许久，傅遇北才说："自己去玩吧。"

倪思喃迫不及待道："好。"

她提着裙摆离开，众人会心一笑，纷纷打趣道："傅总这也太宠老婆了吧？"

傅遇北淡笑不语。

回到名媛圈，倪思喃又收到不少吹捧，她已经习惯了，弯着唇静静听着，听完了才虚情假意地说："你也很好看。"倪思喃又看向另外一人，"这条裙子选得不错。"

被夸的人喜笑颜开，倪思喃在时尚方面是出了名的品位好，被她夸就说明是真的不错。

傅遇北端着酒杯，他不嗜酒，虽然酒量好，但今天来敬酒套近乎的人很多，不免多喝了两口。

原本说的都是客套话，时间久了，话题难免随意一些，况且前段时间破谣言的人是倪思喃，他们还不清楚眼前这位的态度。

有好事者忍不住询问："傅总，不久前苏家拍卖会的那个乌龙，可算是好奇死我们了。"

"是啊，好在是假的。"

"我女儿回来跟我说这项链尤其配傅太太。"

兜兜转转回到最终目的："那天到底是什么情况呀？"

平时再怎么样，大家现在都很好奇，尤其还是傅遇北的感情八卦，没有什么比从正主嘴里听到答案更兴奋的事了。一向以严谨、正经出名的傅总会给出什么样的答案，他们十分好奇。

傅遇北晃了晃酒杯，微微抬眼。

不远处倪思喃被千金们围着，众星拱月，裙子层层的纱叠在一起，长发遮掩不住背后精致的蝴蝶骨。

傅遇北淡然一笑："情趣。"

第 15 章

听到这两个字,众人不自觉惊了一下。要是以前,他们是怎么也不会相信居然能从傅遇北的嘴里听到这两个字。结婚后改变这么大吗?

再看傅遇北的神色十分淡然,一点也没有调侃的意思,不由得让人信服。

半晌,有人主动开口:"哈哈哈,傅总真会……"

傅遇北并不答,喝了口酒。

对于这桩联姻,有了傅遇北的主动承认,众人不免多猜了些。

"说不定是真的一见钟情。"有人说。

"我记得倪家那个成人礼,难不成傅总是在那儿对倪大小姐一见钟情的?"

"那时候还是……的未婚妻吧?"旁边人忽然提起某件事,又自动带了过去。

"这都是猜测,你们可别乱说,怎么说都是解除婚约之后才开始的。"

"没想到傅总居然好这一口,怪不得我们以前都没听过什么绯闻。"

自从傅遇北离开后,这边的议论就没停过。傅遇北阔别南城多年,这算是头一次参加宴会,正是大家都好奇心重的时候。

而倪思喃对这里的事一无所知,正接受着众人吹捧,好不快活。

"怎么不戴那条项链啊?"有千金挤眉弄眼。

倪思喃浅浅一笑:"上次戴过了,不新鲜。"

这又是秀恩爱又是炫耀的,可谁也没办法,谁让她有这个资本。

倪思喃其实真没想炫耀,她有短时间不戴重复首饰的习惯,除非特别喜欢。那项链之前惹出那么大的风波,今天要是戴出来,指不定又会引起什么麻烦。虽然没什么好害怕的,但能避免就避免吧。

有人随口说:"刚刚那边在往这里看,不知道在说什么。"

倪思喃看过去,只看到傅遇北的侧影,和场上大腹便便的男人一比,他实在是鹤立鸡群。

倪思喃心里很高兴。

"在看傅总呢?"有人凑上前,"思喃,要不和我们说说,你和傅总是怎么认识的呀?"

"对呀对呀,我们可好奇了。"

"没想到你居然是我们这里结婚最早的。"

喝了酒的倪思喃面色微红,添了几分明媚娇艳,但她没醉,收回目光道:"偶遇的。"

其实她也没说错,偶遇了好几次,还是每一回她想干坏事的时候,总是被傅遇北看到,除了第一次在红绿灯前的对视。

倪思喃不想说太多:"你们玩,我去看看未未。"

她到现在都没和周未未好好说上话,在这儿虚与委蛇也没什么意思,扭头离开了原地。

众人对视一眼,小声地议论,对于倪思喃刚刚最后一个问题的答案将信将疑。她们以前的猜测是倪思喃在倪宁的成人礼上认识的傅遇北,那次傅遇北还特地给倪思喃准备了礼物,说不定就是因为这个。

以前她们对傅遇北毕恭毕敬,甚至有点害怕,但傅遇北和倪思喃结婚之后,传出来的各种照片、传闻都让她们欣羡。别说联姻,就是谈恋爱结婚的,都未必做得到这一步。

前段时间她们想看倪思喃的热闹,不少人都幸灾乐祸,没想到最后自己成了热闹。

试问南城的公子哥哪几个能做到这样?最终有人轻轻叹了口气:"倪思喃结婚后,好像比以前过得还奢靡。"

倪思喃从包围圈里出去,一路上感觉有不少人在看自己,但又不是什么坏感觉。

见到周未未时,她说了这事。

"你怎么突然疑神疑鬼?"周未未说,"你今晚这么好看,大家都看你不奇怪。"

"不是,不是这种感觉。"倪思喃从小到大接受各种羡慕嫉妒的目光,但刚刚的眼神不是这样的。

周未未猜测:"是因为拍卖会上的事?"

倪思喃抿了抿唇:"可能吧。"

两个人正在聊天,蒋谷从前面过来,递给她们一点吃的东西,问:"怎么待在这儿?"

"这边清静。"

"这里可以看马。"

两个人的回答截然不同。

蒋谷耸肩,想起自己来的目的:"对了,我来是为了说件事,和你有关。"

倪思喃惊讶:"什么事?"

"刚刚有人问我小舅拍卖会的事是什么情况。"蒋谷停顿了一下,"你们猜小舅说了什么?"

"蒋谷你真烦人。"周未未没好气道。

"他说那是情趣。"蒋谷笑嘻嘻的,"看不出来,我小舅这么有情调的,哈哈哈。"

倪思喃恍然大悟,怪不得刚刚那些人那么看她,敢情源头在这儿。

周未未小声惊呼:"傅老板真是这么说的?"

蒋谷"嗯"了一声。

周未未立刻接上话："哎呀,这么一说,咩咩你可算是被秀了一波恩爱,傅老板真会说话。"

她从来没想过傅遇北居然会这么说。

倪思喃故作镇定："实话实说而已。"

说是这么说,她还是挺喜欢的,又有点羞恼,傅遇北怎么堂而皇之地把误会说成情趣,这男人的嘴比她还不能信。

晚上十点,宴会完美结束。倪思喃和傅遇北一起回去,有点想提寿宴上的事,但又觉得自己要矜持一点,所以车里格外沉默。

快到四季湾时,倪思喃的耐心终于到了终点："老公,你今天在寿宴上是不是说了什么?"

傅遇北"嗯"了一声。

倪思喃立刻追问："你怎么说的?"

傅遇北偏过头看他："我说了很多话,你问的哪一句?"

她就不信,他能不知道她问的是哪句!

傅遇北逗了她,才闲闲开口："别人问了,我自然就说了,你觉得不好吗?"

倪思喃想矜持一点："这样太明目张胆了吧?"

"我不觉得。"傅遇北否定她的话,如了她的意。

倪思喃忍到这时候,立刻笑起来："好嘛。"

她趁他不注意的时候偷亲了下他的侧脸,然后又端坐着,看起来比谁都一本正经,偏偏那染了绯红的脸颊惹人流连。

车外夜幕星河,夜风微凉。

头一回这么放肆,倪思喃后知后觉地害羞起来,拿手挡住自己,一双眼睛里水光粼粼。

得益于寿宴的事,倪思喃和傅遇北最近相处十分融洽。她觉得自己有点像谈恋爱，但又没有宣之于口，是那种只有你知我知的感觉。

可倪思喃没谈过恋爱，又不想和别人说，什么都说的朋友就只有周未未和蒋谷，这种事当然不能和蒋谷说，那就只能和周未未说，但周未未就只知道夸傅遇北，毫无用处。

用人们眼睛毒，一眼就瞧出来先生和夫人之间的气氛有所不同，个个喜闻乐见。

月底那个女明星的单子结束，倪思喃请周未未去吃海鲜自助，周未未拍了好几张照片。

倪思喃说："吃东西还玩手机？"

周未未随口说："给蒋谷发过去，让他羡慕一下。"

倪思喃"哦"了一声，没太在意。

大概蒋谷在忙，没回周未未。

吃完饭，两个人又去逛了会儿街，各回各家时已经傍晚了，吃完晚餐已经天黑。

周未未回到家，终于收到了蒋谷的消息。

蒋谷："晚上的自助味道怎么样？"

看到这条消息，周未未一头问号，好心地提醒他："我是中午吃的自助！"

蒋谷后知后觉："记错了……"

这个对话被周未未截图发给了倪思喃，倪思喃差点笑死，蒋谷还有这么敷衍的时候。

周未未又提了一些有关蒋谷的糗事。比如他说要带她出去玩，有好多好多人，到地方一看就两三个人，其中还有一对是情侣。

倪思喃大晚上的愣是在床上笑得乐不可支。不知道为什么，联想到中午吃饭的事，她品出了点味儿，周未未和蒋谷的关系好像有一点不一般。

倪思喃越想越觉得自己猜的是对的，再联系以前的各种小事，隐隐约约觉得蒋谷和周未未有苗头。

但这两个人比谁都迟钝，好像并没有发现。作为他们的好朋友，她要发挥作用，发光发热。

正好周未未过来询问："对了，蒋谷的生日快到了，你说我送点什么比较好呢？你打算送什么？"

倪思喃回忆了一下前几年周未未送给蒋谷的生日礼物，好像都普普通通，甚至还有零食。

倪思喃想了想，提议："送块腕表？"

周未未："可他不戴手表啊。"

这可难倒倪思喃了，她从来没注意蒋谷戴不戴手表。

她忽然想起很久之前蒋谷的调侃，说她要是和傅遇北结婚，他就能和世界顶尖超模吃烛光晚餐，显然目前这是无法实现的。

傅遇北觉得今晚的倪思喃特别奇怪，抱着手机不撒手，好像沉迷游戏一样，以前也没见她这样。

他不经意间瞄了一下，就看见什么送男朋友礼物排行榜。

倪思喃也没挡着不让他看，给周未未发去清单："这个吧，这么多总有一个是合适的，你挑挑。"

周未未："咩咩你真懂我，我马上就去看看。"

"给谁送礼物？"傅遇北在她耳侧问。

"蒋谷生日要到了，未未不知道送什么。"倪思喃一副我干了大事的表情，"还是我聪明。"

她和周未未真是一个敢教，一个敢学。

"你这是什么表情？"倪思喃扭头看他，凑上去摸了摸他的下巴，有点扎人又有点好玩。

"没什么。"傅遇北打开平板看股市。

"明明就有。"倪思喃坐起来，强迫他和自己对视，"你是不是偷偷在心底嘲笑我？"

"你想多了。"傅遇北无奈，漫不经心地提了一句，"周未未和蒋谷的事你不用多插手，一切顺其自然。"

倪思喃说:"我这个成功案例在前,不够吗?"

现在南城所有人都认为她婚姻幸福,拿出去就是活案例,说明她眼光好。

傅遇北顺着她的话说:"够。"

他正在看一只股票的走向,倪思喃洋洋洒洒说了一大篇,偶尔听到他的一声应和,等发表完意见回头发现他还在看股票,压根儿就不关注自己。

她伸手就拿走平板,没好气道:"就知道看股票,股票有什么好看的,有你老婆好看吗?"

"没有。"

"那你还看,都下班了。"

傅遇北摸了摸她的脸,软软的,明眸皓齿,无比鲜活生动:"不好看,但是能养你。"

第 16 章

倪思喃听过那么多好听的话,都没有这一瞬间心动,尤其是傅遇北说的。

这样一本正经地说情话,这应该可以算作情话吧,反正就算不是,她也当成是,谁让她听着开心呢。

倪思喃不闹了:"那你看吧。"她躺回床上,压不住扬起的唇角。

倪思喃打算继续和周未未商讨给蒋谷送生日礼物的事情,再给自己的好友好好暗示一下恋爱的事。

傅遇北好笑地说:"这么不坚持?"

倪思喃奇怪地看他:"为什么要坚持?有人给我花钱我当然要鼓励他啊。"

尤其他还是自己的丈夫。

"说得挺有道理。"傅遇北是坐着的,从这个角度看倪思喃特别乖巧。

倪思喃小声地哼哼两下。

接下来的半小时里两个人各做各的,安安静静,很和谐,有种突如其来的岁月静好。

周未未:"男朋友看了都感动哭了?"

她是顺着名单上的东西一个个搜的,看到这里一脑袋问号,给倪思喃发来截图。

倪思喃打开一看,也觉得好笑,一本正经地回复:"要不你就说你想不到送什么礼物,只说一句生日快乐。"

周未未拒绝道:"这怎么可以!"

虽然她平时和蒋谷打打闹闹,但他帮了自己很多,枣红小马还养在他家里呢。

没多久,周未未发来语音:"你说如果我把那匹小马送给蒋谷,他会觉得很好吗?"

倪思喃想了想说:"可能不会。"

本来枣红小马就养在他家,再当作礼物送给他,估计蒋谷会觉得很郁闷吧。

周未未很失望:"好吧。"

两个人又就蒋谷的喜好进行了一番讨论。

因为过于安静,傅遇北抽空瞥了一眼,看到她们的聊天记录,一时陷入沉默,想不到平时看起来聪明得不行的倪思喃在这方面居然出的都是馊主意。

他略一思忖,这样也可以,免得容易被别的男人骗。

倪思喃察觉到他的视线一直停在自己身上,扭过头,看到他的表情,问道:"你是不是有话说?"

傅遇北说:"没有。"

"明明就是有。"倪思喃打破砂锅问到底,"你是觉得这礼物不好还是怎么?"

傅遇北气定神闲道:"蒋谷喜欢就好。"

倪思喃"哼"了一声,知道他是故意的。不过她不觉得自己能管多少,礼物最后还是得周未未选,干脆放下手机。

安静躺了一分钟后,倪思喃开口:"我觉得我可以当月老。"

傅遇北的目光没从平板上离开,一心二用对他来说并不难,随口道:"红娘比月老好看。"

倪思喃觉得他说得十分有道理。她这个人吧,别的不说,就是对自己十分有自信，自信自己长得好看，自信自己什么都行，就是牵红线，她也觉得自己特别会。

倪思喃扯了扯他的睡衣，甜着嗓子，十分温柔地询问他的意见："你有没有别的建议？"

一时没得到回应。

半晌，傅遇北的视线终于从起伏颇大的股票上移开，说道："开一个恋爱补习班？"

她怎么觉得这是在嘲讽，并不是建议。倪思喃郁闷，干脆决定不搭理他，让他好好去挣钱吧。

等傅遇北放下平板时，才察觉到倪思喃似乎格外安静，他低头，发现她已经睡着了。

她背对着他，后背贴在他腿边，鼻梁十分秀挺，睡着的样子像一个孩子。傅遇北盯着看了半晌，嘴角微微扬起。

他轻轻地收拾好躺下，身边的女孩连动都没动，呼吸平稳，显然睡得很熟。

本来傅遇北还没有困意，却很快就睡着了。

翌日，倪思喃半梦半醒间看到傅遇北下床，因为窗帘没拉开，还以为是在夜里，嘟囔了两句又继续睡了。

等她再次醒来已是九点。倪思喃打开手机，微信上有好几条周未未的未读消息，都是无关紧要的小事，她正要回，接到了家里的电话。

爷爷让她回去吃晚饭，让傅遇北也一起。

他们婚后回倪公馆的次数不多，爷爷这么一提，倪思喃就很羞愧，立刻答应下来，给傅遇北发消息："爷爷让我们晚上回去吃饭。"

发完，倪思喃起床洗漱，下楼时，两只小羊在底下的楼梯口仰着头看她，呆萌的样子像网上流传甚广的表情包。

倪思喃立刻拍了下来。虽然她不常用表情包，但周未未爱用，这些照片发给周未未，她就能做出来新的表情包。

"你们吃过了吗?"倪思喃揉揉它们的脑袋,小羊立刻咩咩叫。

这种感受很奇妙,因为别人叫她咩咩时也是这样的声音,但又是完全不同的感觉。

倪思喃突然又想起之前傅遇北让她咩咩叫的事,脸色变得古怪起来。

不过这种事随便想想就忘了,倪思喃的心情又好起来,打了个视频电话给周未未:"怎么样,一夜过去,你的礼物选好了吗?"

"不急。"

"昨晚还火急火燎的,现在又不急了。"倪思喃无语。

"我现在比较关心孟芯闵的事,她昨天好倒霉,听说裙子被钩破了,你知不知道这事?"

倪思喃还真不知道。

周未未滔滔不绝,说孟芯闵一向喜欢组织什么茶会沙龙,昨天特地穿了一条新定制的裙子去炫耀,可刚好不巧,那层楼有人在组织活动。

孟芯闵被当成了穿仿大牌的,被嘲讽了一番,气得当场让主办方把这群人赶走,结果有人临走时把她的裙子钩破了。

"我听说后来谁刚好路过,把外套借给了她。"周未未也不清楚是谁,"还说让她不用还了。"

倪思喃啧啧两声:"孟芯闵要气坏了。"

这倒是真的。自从这事发生之后,孟芯闵的心情就没平复过,近段时间是不打算再开茶会了。

倪思喃打算慰问一下孟小姐。上次在温泉度假村之后,她们两个其实是有互留联系方式的,只不过从来不聊天。

倪思喃发了个小羊的表情包过去:"想开点。"

孟芯闵一开始还没明白这三个字是什么意思,后来反应过来她说的是昨天茶会的事,顿时气到晕厥。最烦的就是自己的对头知道自己出丑的事。

孟芯闵:"不过一条裙子而已,倪大小姐不会以为我很伤心吧?"

倪思喃看见这话弯唇笑了,没再继续和她说。

第16章

她正想着,手机响了一声。

傅遇北:"好。"

傍晚,傅遇北路过Muse工作室时把她接上。

离倪公馆越来越近,倪思喃就莫名想起之前爷爷和她说的事。她凑到傅遇北身边,小声说:"爷爷今晚指不定要说孩子的事,你知道怎么回吧?"

老人都想要抱小孩,倪老爷子也不例外。他觉得自己已经老了,没有多少颐养天年的日子,想在这段时间里看到倪思喃生子。

但倪思喃确实还年轻,觉得自己不适合做母亲。

傅遇北"嗯"了一声,然后说:"说你不想。"见倪思喃表情气愤,他才勾唇道,"放心。"

逗人就这么好玩吗?倪思喃发现他是越来越爱逗自己了,有时候一本正经的样子不知道是在说真话还是在逗她,比如之前的股票事件。

倪公馆今晚全员到齐。

本来倪健安夫妻今晚是想着出去应酬的,但一听老爷子说傅遇北要过来吃晚饭,立刻就推了。这可是难得的机会。

"我大伯说什么都不用管。"倪思喃丝毫不留情面,"到时候我爷爷会收拾他们的。"

倪思喃头一回像个老妈子一样叮嘱不停。傅遇北笑道:"好。"

正要进去时,傅遇北忽然开口:"不挽上?"

倪思喃一愣,眉眼弯弯地伸出手。

他们到的时候,只有倪宁在客厅里看剧,听见动静抬头看过来,看见两个人这么亲密的样子,惊住了。

大概是因为上次咖啡店的事,倪宁现在很别扭,她确实觉得自己是倪家人,虽然不喜欢倪思喃,不喜欢爷爷偏心,但说倪家不好她也是不乐意的。她又不蠢。

那天在咖啡店门口被倪思喃嘲讽之后,她气得要死,最烦自己的难堪被人看到,尤其是被倪思喃看到。

后来回到学校,倪宁不再像以前那样,她以前最好面子,对人特别大方就很容易受到吹捧,谁不爱时时刻刻撒钱的人?自从小心谨慎之后,倪宁果然感觉到了人间冷暖,虽然也不是特别冷,毕竟家世摆在那里,但被社会打击过,她老实了不少。

现在看到倪思喃,倪宁十分尴尬,不情不愿地叫了声:"姐,姐夫。"

她声音有点小,但倪思喃还是听清了,一时间没反应过来:"你叫我什么?"

今天太阳从西边出来了吗?她们两个不和那么久,倪宁从来没叫过她姐,只有自己偶尔想逗她的时候才会说两声妹妹。

倪宁狐疑地看过来,倪思喃不会是故意找碴儿吧?还想让她再叫一遍?想得美,她叫一声是小狗。

下一秒,倪老爷子下楼的脚步声响了起来,倪宁瞬间后背挺直,闭上眼大声叫道:"姐!"

声音太大,回荡在客厅里。

倪思喃很淡然地"嗯"了一声,转头看傅遇北,小声说:"她是不是想从我身上得到什么?"

不知道是不是在想什么歪点子。

倪宁也看向傅遇北,目光充满期待,他应该不会认为倪思喃的鬼话是真的吧。

然后倪宁就看见傅遇北若有所思,压低音量回答倪思喃:"也有可能。"

第 17 章

倪思喃本来只是随口一说,没想傅遇北能给出什么回答,听到他一本正经的答案,忍不住笑了,居然还当着倪宁的面说有可能。

倪思喃扭头看倪宁,果不其然一副快要晕过去的模样,怕是刚刚真的被气到了,眉眼弯弯地说:"你别多想。"

这不是废话吗?都当着她的面这么说了,还说别多想,越说她越多想,就越觉得倪思喃不好。其实上次拍卖会的事传出来后,倪宁还幸灾乐祸了一段时间,后来又十分气愤。毕竟如果是真的,倪家自然会被影响,但澄清之后,倪宁又有点嫉妒,心里十分矛盾。

倪老爷子下楼,见她们相谈甚欢,问:"这么早就来了?"

傅遇北温声开口:"爷爷。"

其实倪老爷子早就做好了准备,但被他这么叫还是不太习惯,毕竟辈分也不是一时半会儿能忘的。

倪思喃立刻松开他,过去挽住老爷子的胳膊,撒娇道:"爷爷您怎么才下来?"

"听到了你们的声音。"倪老爷子说。

倪宁闷声叫道："爷爷。"

因为她最近比较安静，表现较好，倪老爷子的态度也好了许多："嗯，你爸妈呢？"

"在楼上。"

说着，倪健安夫妇就下了楼，看到傅遇北后笑容渐大。倪健安熟稔地打招呼："遇北来了啊。"

傅遇北对他颔首："大伯。"

倪健安一顿，他平时在外就自称是京际傅总的大伯，但被这么一叫，还有点心虚。好在用人过来说晚餐准备好了，大家这才一起去往餐厅。

倪健安瞅着傅遇北和老爷子聊商场的事，十分心痒。他今晚回来就是为了搭上傅遇北的线，毕竟老爷子还没把公司交给他，他目前管的只是一部分。

餐桌上，倪思喃和傅遇北坐在一起。

现在傅遇北成了自己的侄女婿，张婉恨不得自己失忆，忘了以前的事，笑着夸道："思喃和遇北看起来真般配，上次的事我可听说了啊，小年轻乐趣真多。"

谁能想到结果是那样的，尤其是蒋谷奶奶寿宴上又有了新的恩爱传言。

倪思喃作出害羞的样子："大伯母别说了。"

对面的倪宁看得一清二楚，偷偷翻了个白眼儿，倪思喃要是有害羞这种情绪，她现在就把碗扣在自己脑袋上。

倪健安应和："是啊。"

倪老爷子对这夫妻俩的心思一清二楚，转移了话题，傅遇北很沉稳地回答，一问一答，十分和谐。

一顿饭结束，气氛相当融洽。倪思喃之前的猜测没有错，果不其然又提到了孩子的话题。

"遇北也不小了，打算什么时候要孩子？"

傅遇北不动声色地回："暂时还不急。"

"怎么不急？"倪健安插嘴，看了一眼倪思喃，"我这侄女平时被宠得太过，这种事别依着她。"

倪思喃扯了下傅遇北的衣服。

傅遇北感觉到了，面上云淡风轻："大伯说的哪里话，思喃很乖，我很喜欢。"

倪健安郁闷，倪思喃却很高兴，扭头对傅遇北眨了下眼，实际只是鼓励他多说两句夸夸自己，但落在其他人眼里就是夫妻恩爱。

倪老爷子十分欣慰。虽然知道傅遇北是最好的选择，但两人年龄差距较大，他确实担忧过，现在亲眼看到终于放心了，人没选错。

傅遇北的手放在腿上，捉住倪思喃还没收回去的手，捏了捏，软得过分，皮肤很嫩，手感很好，他就没放开。

倪思喃想拽出来，没成功，又不好动作幅度太大，免得被其他人看到。

桌子底下的动作自然没人注意到，但倪宁不同，她本来就心眼儿小，又格外注意倪思喃的一举一动，稍微一点不对就能发现。

他们两个好像靠得太近了吧？在做什么呢？

反正大人聊天也不会有她说话的机会，倪宁装作东西掉了，弯腰去桌下捡，然后就亲眼见到傅遇北握着倪思喃的手，两人的表情十分正经。

还让不让人吃饭了！

晚上，倪老爷子想让他们住在倪公馆，但四季湾离公司比较近，最后还是让他们回去了。

路上，倪思喃左思右想，问："你有没有觉得倪宁后来看我们的眼神不太对？"

尤其是从餐厅离开之后，表情怪异。

傅遇北压根儿没注意："不清楚。"

他哪里会去关注倪宁。

倪思喃本来是想得到答案，一听他这么说，忽然就升起一种隐秘的开心，压不住上翘的唇角："你怎么这么敷衍？"

明着嗔怪，实则撒娇。

傅遇北虽然不清楚她的情绪变化，但并不妨碍他喜欢她现在的样子："没有。"

倪思喃哼了一声,凑上去小声说:"老公。"

傅遇北"嗯"了一声:"怎么了?"

倪思喃把他的脸掰过来,一双手捧着他的脸,本来想说的话突然忘了,只好说:"明天我给你刮胡子怎么样?"

好像长出来了。

傅遇北挑眉:"好。"

说是这么说,他其实担忧她手生。

倪思喃保证:"你别小看我。"

傅遇北轻笑一声,低头亲了她一下,下巴触碰到她的脸,有点戳人,她想躲开。

傅遇北不让她躲,反而扣住她的手,倪思喃瞪了他一眼。

傅遇北道:"快到家了。"

倪思喃没说话。

第二天,倪思喃起晚了,本来和周未未约好去购物的,顺便给蒋谷挑选生日礼物,现在也泡汤了。

周未未打电话时她还在睡觉,就直接来了四季湾。

倪思喃下楼时她正坐在沙发上玩手机。

"未未,今天要下午才能出门了,你中午就在这儿吃吧,不然明天也行。"

没人吱声。

倪思喃说了半天都没得到回应,走到沙发边:"未未,我说话你在听吗?你在和谁聊天这么入神?"

"不是聊天,我在看热搜。"周未未终于抬起头。

倪思喃毫不在意:"什么热搜有我好看?"

周未未晃了晃手机:"网上有个博主发的内容,要是真备案了,不邀请你我绝对不看。"

"什么东西?"

"一个综艺节目。"

因为前段时间一个综艺节目火了，现在很多重复的综艺节目大家都不太想看，想看创新的。本来当初好几十个嘉宾一公开，网友们都在期待，但事实距离他们的预期有点遥远，尤其是那个综艺节目播出结束后，有个博主觉得空虚，发了条微博："难道就没有一个公开名媛的生活的综艺节目吗？"

这条微博一下子火了，网友们纷纷留言。

"谁不想看呢。"

"我已经能想象到画面了！想想就好刺激！"

"让名媛们一起生活，绝对好看！"

"邀请谁去比较好，你们有没有好的提议？"

"我已经想好名单了。"

倪思喃看了一下，随口说："这种节目还真有人会参加？"

周未未见怪不怪："你要是去，肯定是美翻全场。"

"谢谢夸奖。"倪思喃十分受用，"不过我是不可能去的，有那个时间不如多逛两次街。"

"说是这么说。"周未未点点头，"万一真的邀请你呢？"

第18章

第二天,倪思喃和周未未打着给蒋谷买礼物的旗号,出门逛街。她们走在商场里,身后是拎着袋子的保镖,吸引了不少人的视线。

有几个经常上网的女孩认出了倪思喃,没敢上前,就只拍了拍照。

没过多久,就传出了倪思喃出门逛街的消息,拍到的照片美翻了。倪思喃今天穿得漂亮优雅,隐隐带着一种港风美。

"这架势好足!"

"还有比傅太太更美的人吗?没有!"

"忽然想起那个综艺节目,我看傅太太就很符合嘉宾人选。"

"对对对!我也是想到这个!"

"不仅可以秀生活,还可以秀恩爱!有没有导演想拍这个的?"

在倪思喃有限的几条公开新闻里,不管是家世,还是时装周,网友们记忆犹新,要说名媛,那她绝对是排在头一个。

但很快有人泼冷水。

"想也知道不可能来的,闲得慌吗?自己想想就行了,别认真。"

而且那个综艺节目到现在也就是一个博主的想法而已,很快就被网友们遗忘了。

倪思喃和周未未正在逛一家领夹店。

店员眉开眼笑地介绍:"这两款是我们新到的,不管是送男朋友还是老公都非常合适。"

周未未一听,放下领夹:"那你买吧。"

倪思喃忍俊不禁,捏着一枚领夹放在光下转了转,深色看上去低调内敛。她想象了一下傅遇北戴上的样子,耳后不禁有点发热,立刻放下:"就这个吧,包起来。"

"好,请您稍等。"

店员离开后,倪思喃才转向周未未:"她说的都是推销语,哪有只能送这两种人的,你到现在都没选好,不如就选领夹。"

周未未一想也是,于是在倪思喃的怂恿下,买了另外一款领夹,包装得非常精致。

逛完街已经夕阳西下,两个人决定去吃私房菜。

"下周末是你生日,要好好玩玩吗?"周未未问,"前两天还有人向我打听。"

"当然的。"倪思喃笑道。

这是她婚后的第一个生日,肯定要好好办一次,虽然以前的生日宴也办得很好。

周未未忽然问:"这次的生日请孟芯闵来吗?"

"干吗不请?"

"孟芯闵是肯定会来的,就是不知道高不高兴了。"

"在我的生日宴上,我得温柔一点。"倪思喃一本正经,"我们还是可以和谐相处的。"

周未未对此保持怀疑。

提到生日宴,倪思喃的注意力就转移到这上面来,还有一周的时间,足够准备一切了。

晚上，她对傅遇北提起这事："你觉得在哪里比较好？"

傅遇北翻过一页书："你想在哪里？"

倪思喃想了想，之前都是在倪公馆办的，后来她有了自己的房子，就在自己那儿办的，现在住在四季湾，干脆就在四季湾办好了。

"要不就在家里？"倪思喃眨了眨眼，提醒他，"到时候家里会来很多人，而且很多东西也会乱七八糟的。"

傅遇北对此有概念，很可能就是和之前在巴黎的房子一样，里面都下不去脚，外加更吵闹罢了。他问："那天我需要在家吗？"

"在不在都可以。"倪思喃还没想好，"要不然你想一个能'闪瞎'她们的出场方式？"

傅遇北一顿："怎么才能'闪瞎'？"

倪思喃也就是随口一说："不知道，等我想好再告诉你，要不然你在生日宴上再送我一件可以炫耀的礼物？"

"如果我没记错的话，"傅遇北挑眉，看向她，"你的生日礼物已经有两份了。"

倪思喃说："可是没有当场给的刺激啊。"

见傅遇北不为所动，她鼓了鼓脸，忽然想起白天买的领夹，这时候不用什么时候用？她爬下床，拿出来献宝似的递给他，然后抵在他腿边乖巧道："老公，好不好？"

傅遇北眉心跳了跳。

倪思喃眼波流转，直勾勾地盯着他，大有不改变主意她就不移开视线的打算。

"就这个？"男人拿走领夹。

"这个还不够吗？"倪思喃露出"你居然这么贪心"的表情，夸张道，"这个好贵呢。"

当然是假的，傅遇北信她就怪了。

他将领夹和书一起放到床头柜上，深邃的眼眸转向她瓷白的脸："加上你，勉强可以。"

傅遇北很直接。

倪思喃认真考虑一下，稍稍矜持了十来秒，小幅度地点点头："那好吧。"

其实她一点都不亏。

第二天醒来，倪思喃发现领夹不见了，大概是被傅遇北带走了吧。

她下楼时逗了一会儿小羊，问用人："先生今天早上戴领夹了吗？"

用人努力回想，说："戴了。"

果然。倪思喃微微一笑，心情特别好。

因为生日宴不能含糊，所以她接下来的时间全花在这上面。三天后，很多东西已经基本准备好，鲜花当天空运过来，装扮也会有专人处理。邀请函都写好了，就等着送出去。

给孟芯闵的那一份是倪思喃亲手写的，送过来时，她正好在和小姐妹们聚会。

小姐妹们不屑地说："我看倪思喃就是故意的，芯闵咱们不去她那边，让她自己玩，说不定她都想好怎么炫耀了。"

"就是，芯闵咱不去吧？"

"为什么不去？"孟芯闵看到倪思喃的笔迹，十分受用，"她能把我吃了还是怎么样？"

她倒要看看倪思喃这次生日会能不能办出朵花来。

小姐妹们一脸茫然："真要去啊？"

孟芯闵点头，还得想想给倪思喃送什么生日礼物，免得到时候被倪思喃找碴儿说她抠门。

而傅遇北思来想去叫来乔路，冷静询问："让你看的结果怎么样了？"

乔路说："已经买下来了。"

傅遇北领首："夫人生日当天晚上送过去。"

难道不是买来自己用的吗？居然又是送给夫人的。不是都送出去两份了吗？现在生日礼物都要准备好几份才行吗？还是他家老板老树开花，管不住自己了？

乔路发现自己真是不懂了。

生日宴前一晚，倪思喃已经准备好一切，就差傅遇北给她准备的礼物了。

她好奇地问："你准备了什么？"

傅遇北说："明天你就知道了。"

倪思喃更好奇了："提前让我有个心理准备呀。"

"没什么好准备的。"傅遇北不为所动，关灯，"时候不早了，早点睡。"

倪思喃憋着气睡的。

第二天下午，四季湾里忙碌得不行，用人们来来回回穿梭在房子里，像电影似的。

"刚刚空运过来的花，玫瑰摆在那儿，其他的都送到客厅和餐厅去。"

"酒都准备好了吗？"

"好了。"

"香薰谁选的？有客人对这个味道过敏，赶紧换一个。"

"菜单拿过来我看看。"

傍晚，一切都准备好了。

周未未来得特别早，和倪思喃一起挑选今天的礼服，最后挑了一件浅黄色的裙子，大裙摆上缀了星星点点，并不繁复，走动间如同夜空里悄然流逝的流星，如梦似幻，绚丽多姿。

倪思喃挥挥手："别发呆了。"

"这不是你太好看了嘛。"周未未回过神，"对了，上次的小皇冠呢？戴上。"

客厅里已经来了不少人，三三两两在一起聊天。他们还是第一次来倪思喃家，打量几眼就暗自咋舌，看着没什么，但真是大手笔，而且据说还养了两只羊，傅总居然都没阻止。他们不禁感慨，倪思喃可真是好命。

"寿星还没出来吧？"

"快出来了吧——来了来了。"

正说着，倪思喃和周未未一起从楼上下来，一瞬间仿佛所有的灯光都汇聚在她身上。她头上的皇冠格外引人注目，这件饰品大家都知道，不禁在心里羡慕起来。

"思喃今天戴的皇冠真漂亮。"

"这项链是不是就是傅总上次在拍卖会上拍的啊?"

倪思喃浅浅一笑:"嗯,提前的生日礼物。"

大家笑了笑,又就着这个话题恭维了几句,簇拥着她进了客厅。

倪思喃大大方方道:"今晚大家放开玩,不用拘束。"

这次的生日宴有好几个活动,场上十分热闹。

蛋糕是倪老爷子订的,特别大。趁着还没有切开,大家在蛋糕后一起拍了几张合照。

拍完照后,大家嘻嘻笑笑。

孟芯闵撩了撩头发,不经意地问:"今天你生日这么重要的日子,你老公不在啊?"

倪思喃也不知道傅遇北的礼物什么时候来,但她应对自如,恰到好处地抿唇一笑:"我老公说要给我一个惊喜的。"

"我都说了普普通通地过就行了。"倪思喃叹了口气,"而且生日礼物都提前给过了。"

大家笑嘻嘻地说着傅总真有情调,夸着夸着玄关那边传来动静,客厅里的所有人立刻停下讨论,齐刷刷地看去。

倪思喃也支起身子。

屋子里的灯光特意做了处理,比平时要亮许多,傅遇北从转角走进来,出现在众人的视线里,矜贵优雅。

倪思喃看着那道身影走向她,明明客厅里花香浓郁,她却感觉闻到了他身上的味道。

傅遇北站在她面前,递过去一个盒子,声音低沉,温声开口:"生日快乐。"

客厅里很安静。

"谢谢老公。"倪思喃故作惊讶地伸手接过,眉眼弯弯,"让我好惊喜。"

第19章

倪思喃知道傅遇北不会让自己失望,在众目睽睽之下打开盒子,里面装着一把钥匙。

虽然不知道是什么钥匙,但她知道不会差的。

围观的人比她还要好奇,想知道傅遇北送的钥匙是开什么的。

有人出声:"傅总送的什么钥匙呀?"

"会不会是一套别墅?"

"有可能,但看起来又不像是房子钥匙,而是别的东西,我感觉见过类似的。"

客厅里议论纷纷。

倪思喃的视线转了一圈,弯唇问:"老公,这是什么啊?"

闻言,傅遇北淡笑:"游艇。"

倪思喃还真没想到这个,但很快就反应过来,给出了最佳回答:"那我以后可以坐游艇去我的岛上度假了呀。"

她不好意思地冲众人笑了笑。

好家伙,这又爆出来一个劲爆消息,之前谁也没听说倪思喃是有岛的,那就只可能是傅遇北给的。

傅遇北失笑,虽然他见过倪思喃作怪的模样,但这样明目张胆不加掩饰还是头一回。他转向其他人:"你们随意。"

"等等。"倪思喃上前挽住他的胳膊,"我要许愿了,你和我一起切蛋糕。"

傅遇北动作一顿:"好。"

今天是她的生日,依她。

他这么好说话,声音又温柔,倒是让不怎么见到他本人的其他人吃了一惊。都说京际傅总雷厉风行,不苟言笑,可谁知道他私底下在倪思喃面前竟然是这个样子的。

趁着倪思喃许愿,孟芯闵的小姐妹嫉妒又愤慨:"芯闵,倪思喃这也太能装了吧?"

孟芯闵盯着里面,而后睨她一眼:"是你,你不装?"

"这……"小姐妹十分尴尬,"芯闵你最近好像和以前不一样了,是不是倪思喃怎么样你了?"

"她能怎么样我?"孟芯闵反问。其实不知道是嫉妒还是什么,她有些感慨,未来她会不会和倪思喃一样运气好呢?她有些担忧。

倪思喃要吹蜡烛,烛光映出她漂亮精致的脸,头上的皇冠闪闪发光。傅遇北目光流连,今日她是很美的。

倪思喃吹灭蜡烛,在掌声中抓住他的手,撒娇说:"你和我一起切,这么多我切会累的。"

傅遇北还没回答,其他人先默默翻白眼,这秀恩爱没完没了了。

倪思喃就是故意的,但两只手都被他握住,包裹得完全,他掌心的温度清楚地传达至她身上。

所有人都在看他们,倪思喃的心尖颤了颤。

察觉到她在发呆,傅遇北没戳破,主动带着她在蛋糕上划下一刀,强势又温柔。

第19章

倪思喃就这么晕晕乎乎地切了好几块，直到耳边传来男人刻意压低的磁性嗓音："你是准备发呆到什么时候？"

倪思喃被唤醒，耳朵红了。她瞅瞅周围，见大家都没发现，这才松了口气，唇角翘起一点："太高兴了嘛。"

傅遇北知道她在瞎说。

两个人说悄悄话的画面落在一圈人眼里，又是恩爱得羡煞旁人。

宴会结束时已经是半夜，大家各回各家。

倪思喃站在玄关处，等所有人离开后才关上门，想起今晚的场面，忍不住"啊"了一声。大家都很羡慕她的生活呢！倪思喃给自己比了个耶，一边走一边夸自己："倪咩咩啊倪咩咩，你怎么那么优秀呢——"

后面的话戛然而止。

傅遇北站在客厅里，伸手拿了个掉下来的气球："你也知道自己很'秀'，嗯？"

他还穿着正装，身后是可爱活泼的装饰物，完全不搭，可就这样的氛围，让他增添了几分烟火气。

这男人怎么这么好看。

倪思喃回过神来，走到他面前，她今天高兴，心情完全平静不下来，忽然搂住他的脖子："老公。"

嫌这样不够，她原地猛地一跳，傅遇北反应迅速，将她托住才没让她跳空。

"今天你可让我出了大风头。"倪思喃蹭在他脸边，"我得好好谢谢你。"

她使劲亲了两口，还带着声的。他今天这么配合自己，好好感谢一番也是应该的。

傅遇北第一回感受到如此热情的娇妻，余光瞄了一下，绷着脸提醒："这是在客厅。"

"这是在我们家里。"

倪思喃纠正，她当然看到了刚刚打算出来收拾却连忙缩回去的用人。

这男人一本正经的样子好可爱哦。倪思喃笑嘻嘻道："傅叔叔你上班是不是就这么正经的?"

傅遇北眉心拢起。

倪思喃说出自己的目的:"咱们生日过了,蛋糕也吃了,时间不早了。"

她趴在他肩上,贴着他耳边,说话时呼出来的热气洒在傅遇北的皮肤上,嗓音娇甜,还能听出一丝羞涩。

"我们回房洗洗睡吧?"

"洗洗?"傅遇北意味深长地看着她,明知故问,"这一屋子的东西就这样?"

倪思喃好不容易鼓起勇气,一听就要下去:"既然这么说,那你就待在楼下收拾吧。"

"逗你的。"傅遇北亲了下她噘起的嘴。

用人们听到脚步声逐渐远去,出来打扫卫生。

说起来当初傅遇北结婚,谁想得到会是这样?不过夫妻感情好也是好的,他们乐意看这个,要真一天到晚吵架那就没个安宁了。

次日中午,倪思喃终于醒来。因为昨晚快到天亮才睡,她压根儿就不清醒,摸到手机,发现好几个未接电话,有周未未的,也有蒋谷的。

出什么事了吗?

倪思喃一下子清醒过来,回拨给周未未:"未未,你早上打那么多电话是怎么了?"

周未未懒得询问她不接电话的理由:"你还不知道吧,我们的合照不是发到朋友圈和社交软件了吗?然后火了。"

"哦。"一听是这个,倪思喃放松下来,合照她都看了,没什么好担心的。

"你还'哦'?"周未未忍不住说起现在的情况,"现在大家恨不得拿着放大镜分析我们的合照。"

倪思喃打了个哈欠:"担心什么,一张照片有什么好分析的。"

周未未竟然被她说服了。

等倪思喃洗漱完,终于清醒过来,早餐和午餐撞到一起,一边吃一边看微博。

第19章

昨天来的人很多,有几个人的社交平台有不少粉丝,参加倪思喃的生日宴,合照肯定是要发的。这一发,就被无数人看到了,现在最热的一条微博已经转发将近五万,评论四万,讨论度很高。一时间热热闹闹,倪思喃早已见怪不怪,这事不去关注也就热闹一会儿,第二天压根儿不会有人记得。

生日宴后,倪思喃就开着新游艇带周未未度了个假。反正工作室单子不多,有辛禾在没什么大问题,自己线上指导就行。

本来是打算在自己的小岛上快乐玩耍的,但天气不适合,而且那边还是个半成品,完全建好估计要等到明年。

等她们回国已经是半个月后,倪思喃还没倒好时差,辛禾就打来电话:"老板,有个自称是导演的人说有事找您。"

"导演?"

"对,他没有您的联系方式,就找到工作室这里了。"

倪思喃想了想,自己认识的人里面没有当导演的,倒是有开娱乐公司的,问:"找我什么事你知道吗?"

辛禾记得很清楚:"他说他刚筹备了一个综艺真人秀,想邀请您去当一期嘉宾,如果能常驻那就更好了。"

倪思喃被逗乐了:"他知道自己找的是谁吗?"

她怎么可能会参加一个综艺节目?这导演想得可真美。

第 20 章

倪思喃从来没考虑过参加综艺节目,她连娱乐圈都不关注。

"那我马上回绝对方。"辛禾说。

"等下,什么节目啊?"倪思喃脑洞大开,"难道是夫妻一起参加的那种?"

她记得好像有这种类型的节目,是拍夫妻一起生活的。现在邀请她,也是为了这个吧?不管是她还是傅遇北,都是很大的亮点。

辛禾愣了一下,解释:"不是,吴导演说这个综艺节目名字叫《她们的生活》,顾名思义,就是邀请几位嘉宾,向大众公开她们的一些日常生活。"

倪思喃总觉得怪耳熟的,挂断电话后忽然想起来,这不就是周未未之前提到的那个吗?那时候还只是一个博主的提议,没想到动作这么迅速,这就要真的拍节目了?还邀请到她头上了。

倪思喃摸了摸下巴,觉得他很有眼光,不过她感觉去参加也不太好,一公开自己连隐私都没有了,便让辛禾打电话回绝了吴忠雨。

晚上和傅遇北一起吃饭时,倪思喃提了这事:"有人邀请我去拍综艺节目,你觉得怎么样?"

傅遇北抬起头:"不怎么样。"

倪思喃虽然不想去,但听到他这句话,立刻追问:"为什么,你不想让我露面吗?"

她立刻觉得这男人肯定是因为占有欲,然后听到了傅遇北平坦的回答:"你不会喜欢那种氛围的,一句话能剪辑出十个版本。"

倪思喃觉得有点失望:"你怎么这么清楚?"

傅遇北看她一眼:"我的产业涉及娱乐圈。"

倪思喃问的才不是这个,很快把他的话忘到脑后。

这件事倪思喃并没有放在心上,倒是周未未很关心,问道:"那你去拍吗?"

"不拍。"倪思喃无语。

她觉得拍这个有什么用,还不如多拍几张好看的照片挂在家里欣赏。衣帽间里就挂着她的一张油画,是去年请一位油画家画的,她留了下来。

周未未对此倒是没什么想法,不过看着傅遇北和倪思喃越来越亲密,她很高兴,姐妹幸福就是自己幸福。她喝了口咖啡,又问:"说起来你们要办婚礼吗?"

"当然。"倪思喃捧着杯子,微微眯眼,明艳动人,"你觉得我会省略这一步骤吗?"

周未未说:"那我要当伴娘,你得给我包个大红包。"

倪思喃爽快地答应下来。

不过婚礼的事还没定下来,本身她和傅遇北领证就很仓促,她的婚礼必然是要最盛大的,毕竟是一生中最重要的日子。她想过举办婚礼,但没想过要什么样的,傅遇北也没提过。倪思喃认认真真地思考,他不会是不想办婚礼吧?她得好好问问才行。

"咩咩我得先走了,小马好像生病了。"周未未接了个电话就站了起来。

"去吧去吧,我待会儿要去医院。"

倪思喃留在原位喝咖啡。

第20章

她本来打算如果周未未那边情况严重，她就过去看看，又想起昨天傅遇北说要记得体检。正好医院离这里不远，她开车直接过去，检查完前几项，见到了熟人。

孟芯闵也来这儿了。她今天穿了一条浅紫色的裙子，显得很温柔。

医院人多，挡住了倪思喃，孟芯闵没看见她。

孟芯闵是一个人来的，手上还拎着一个纸袋。

体检还能巧遇，倪思喃本打算打个招呼做做样子，就见孟芯闵进了一间科室，将纸袋递了过去，浅浅一笑："江医生，上次谢谢你。"

从倪思喃这个角度，只能看到桌前男人的一半侧影，她有印象，是叫江凛吧？

孟芯闵是来送礼物的还是有什么别的事，倪思喃琢磨了一会儿，忽然想起之前孟芯闵裙子被钩破的事，周未未好像说有个路过的人借了外套给她。

江凛面无表情："不客气。"

他拿起桌上的东西，站起来，白大褂穿在他身上为他添了几分冷淡气息。

孟芯闵一时之间不知道怎么开口。

见她站在那儿，江凛的声音温柔了点，问："孟女士哪里不舒服？"

她没有不舒服。

孟芯闵手撑在桌上，头发垂落在胸前，问："江医生晚上有空吗？我想请你吃顿饭。"

江凛很直接地拒绝了。

办公室里年长一点的一个医生笑着调侃："想请江医生吃饭的人可多了，就是没有能成功的。"

孟芯闵没再问，正好江凛要去查房。

他查的第一个病房就在走廊对面。

孟芯闵走到那儿又停了下来，站在走廊中央就能看见男人正在低头询问，她鬼使神差地拿出手机，结果忘了关闪光灯。

病房里的江凛似有所觉，偏过头，对上孟芯闵的视线，蹙了下眉，没说什么，又转了回去。

"扑哧——"

听到笑声,孟芯闵回过神,看到倪思喃俏生生地站在那儿,吓了一跳:"你怎么在这儿?"

刚刚都被看到了?孟芯闵感觉自己尴尬极了。

"我体检。"倪思喃扬扬手里的纸,刻意拖长调子,明知故问,"孟小姐今天也过来体检啊?"

孟芯闵心虚:"嗯……"

至于这里不是体检的科室,她怎么会在这儿,一个不解释,一个也不问。

倪思喃往病房里看了一眼,故意嘀咕:"这个江医生长得怪好看的,我给未未看看。"

她也拿出手机来拍。

孟芯闵在一旁冷笑。

倪思喃刚笑完孟小姐忘了关闪光灯,就忘了自己的其实也开着,又一道闪光,这就十分尴尬了。

连续两次闪光,江凛停下笔,走到门边。

倪思喃不慌,收好手机,假装无事发生。反正她对医生没什么兴趣,不过是揶揄孟芯闵而已,尴尬一秒就消失了。

孟芯闵抿着唇,扯出一个笑。

被两次闪到的江医生目光在她们身上转了一圈,然后不近人情地关上了病房门。

倪思喃转向孟芯闵,笑了笑:"既然孟小姐都来了,不如我们一起去体个检?"

我和你的关系有这么好吗?而且哪有人邀请别人体检的?孟芯闵还记得之前被她看到的事,皮笑肉不笑:"不用了,你去吧,我很健康。"

倪思喃遗憾道:"那好吧。"

等分开之后,孟芯闵才没忍住"啊"了一声,今天都叫什么事,不仅被倪思喃看到,还出了糗。

好在倪思喃也忘了关闪光灯,孟芯闵这么一想,大家半斤八两,突然平衡了许多,连邀请江医生被拒绝的失落都遗忘得一干二净。

而倪思喃压根儿没把刚才的事放在心上,给周未未发消息:"我遇到了上次借外套给孟芯闵遮裙子的男人。"

周未未有点茫然:"谁啊,你怎么知道的?"

倪思喃发语音把医院里的事说了一遍,差点儿没把周未未笑死,最后发来一句话:"你们不愧是死对头,连闪光灯都一起开。"

倪思喃猜测:"我怀疑孟芯闵看上他了,你觉得呢?"

周未未:"我也觉得。"

周未未:"等一下,到现在都没有照片,让我看看长什么样值得你们两个一起拍。"

倪思喃发过去照片,周未未点开,惊叹一声:"哇,这个医生是我见过最好看的医生了。"说完又补充,"当然你家傅总最好看!"

在倪思喃眼里,傅遇北真的是长了一张得天独厚的脸,越看越好看,她谦虚地回消息:"谢谢,我也觉得我老公最近越来越好看了。"

周未未无语,好看是好看,但这"越来越"是加了爱情滤镜吧?

倪思喃明谦暗夸,觉得很有必要让当事人知道自己的心意,就截图发给了傅遇北。如果他能礼尚往来,夸夸她那也很美好。

傅遇北收到截图,看到最后一句话无声地笑了下,目光往上,看到了周未未的话和一半照片。

她今天去体检他知道。

倪思喃的手机响了一声。

傅遇北:"原来体检还有空闲可以拍医生。"

第21章

倪思喃被这一句话气笑了。她的关注点是这个吗?还是男人的关注点都是与众不同的?

倪思喃:"长得好看拍一下怎么啦?"

她就是要让他吃瘪,自己好多次被他堵住,好不容易有机会终于可以揶揄他一下了。

傅遇北一看就知道她是故意的,抿唇回复:"是挺好看的。"

倪思喃盯着这五个字看了一会儿,装模作样地叹了口气,她大方一点,原谅了他,随口解释这是拍给未未看的,把这事圆了过去,反正傅遇北很清楚。

回到家后,这事就被她忘了,倒是孟芯闵给她发了条消息:"不准说出去!"

倪思喃觉得好玩:"我已经说出去了,怎么办呀?"

她最近和傅遇北聊天经常撒娇,所以手快加了语气词,看起来有点可爱。

孟芯闵看到这句话皱了皱眉,倪思喃不会是吃错药了吧?

她抓住重点:"你说给谁了?"

因为一直显示正在输入中,却没有消息发过来,孟芯闵的心就像坐过山车一样。一分钟过去了还没发过来,这是告诉了多少人!

孟芯闵要气晕过去了,终于看到聊天框里出现了两个人名,周未未和倪思喃她老公。

孟芯闵:"这几个字要打一分钟?"

倪思喃乐不可支:"郑重一点呀。"

孟芯闵的心放了回去,发了个白眼过去就没再搭理她,免得自己又被气到。至于知道的那两个人都不算什么,只要不是在南城公开就行。

回到家后,倪思喃照例和小羊们亲昵。这么久的时间,它们已经完全熟悉了这个家,不像以前那么欢快,开始懒洋洋的,就好像巡视自己的草原一样,看起来比她还像主人,倪思喃觉得又好气又好笑。

第二天,和周未未喝下午茶时,倪思喃听到咖啡厅里有人正在打电话。

"我让你给我租的房子找到了吗?"那人说着停顿了一下,"租金我可以接受,确定了今天就可以付款。"

倪思喃忽然想起一件事:"我上个月的房租信息还没看。"

正说着,倪思喃接到了苏华的电话。

"倪大小姐。"苏华没有客套太多,"我这边告知您一下,因为出租房的很多东西是房东补充的,有些家具坏了,需要添置新的,我列了清单,您可以看一下。"

倪思喃瞄了一眼:"都可以。"

苏华松了口气:"那我就安排人送过去了?"

倪思喃"嗯"了一声。

苏华又道:"房子已经租出去有段时间了,您看看有时间要不要过来看一下,顺便还可以考察考察?"

倪思喃说:"可以啊。"

于是就这么暂时定了下来。

到了时间,苏华带倪思喃和周未未一起去实地体验了一番,周未未也当了一回"包租婆",代入感十分强。回来的时候,她们被别的事情吸引了注意力——孟芯闵从一个男人的车上下来。

孟芯闵一下车就看到对面的两个人,下意识地扭头看江凛,见他没发现,又转回来瞪了一眼。

倪思喃笑眯眯地招手。

孟芯闵狠狠地翻了个白眼,无视这两个人,倒是江凛看了过来。

"这就是那个江医生?"周未未问。

"是啊。"倪思喃弯唇,"不过他们之前像陌生人。"

半个月前连约饭都没成功,这就已经坐上对方的车了,进展迅速啊。

她瞧着江凛那张冷漠的脸,虽然长得好看,但这么冷的性格倪思喃一点兴趣都没有,还是傅遇北好,会笑会开玩笑,多有趣呀。

时间不早了,倪思喃就没和周未未一起吃晚饭,直接回了四季湾。

用人过来询问晚上吃什么。

倪思喃揉着两只小羊的脑袋,听着它们咩咩的叫声:"先生晚上回来吗?"

用人说还没问。

倪思喃不知道哪里来的兴致,兴冲冲地说:"我自己做个菜吧。"

她说得很自信,用人也没怀疑。

倪思喃亲自给傅遇北打电话,声音相当甜:"傅叔叔,晚上回来吃吗?"

傅遇北本来想说不回来,但她打电话过来,应该是有事,便问道:"怎么了?"

"今天我下厨!"倪思喃声音轻快。

傅遇北有些意外,询问道:"你会做菜?"

没听说倪家大小姐有过人的厨艺,以他的了解,她可能连厨房都没进去过几次。

"这叫什么问题?"倪思喃不满道,"老公,你也得相信一下你聪明能干的老婆吧?"

乔路在办公桌前目不斜视。

傅遇北思索一番，说："好，晚上我回去。"

等挂断电话后，乔路立刻出声："那今晚原定的——"

"推到明天。"傅遇北十分冷漠。

显然，还是妻子亲手做的第一顿饭吸引力比较大。

晚上七点，傅遇北回到四季湾。他往里走，就看见家里几个用人趴在厨房门口朝里张望，走近了听到他们的说话声。

"夫人围上围裙也好看。"

"先生今天有口福啦。"

傅遇北个子高，在用人们叽叽喳喳的议论声里看到了里面的倪思喃。她背对着门口，围裙的系带是两只猫爪，十分可爱。

傅遇北不记得家里有这样的围裙。

厨房里还有一个用人，倪思喃把东西一拿好，用人立刻说："以我说，就夫人这犀利的动作，做出来肯定特别好吃。"

"我也觉得。"倪思喃一点也不谦虚。

反正傅遇北又没回来，她吹点牛不算什么。

有了捧场的人，倪思喃瞬间忘记了自己是个新手。

用人笑道："先生回来会高兴的。"

感觉到身后的动静，几个用人回头一看，立刻收起笑嘻嘻的表情，正要张口叫人就被阻止了。

傅遇北递了个眼神，他们立刻跑开，他这才慢慢走进去。

倪思喃转过身，举着一把刀，眉眼弯弯："你回来啦？"

"把刀放下。"傅遇北叮嘱。他看了一眼，又问："你要做什么？"

倪思喃乖乖放下刀，仰着头说："红烧肉。"

灯光下这张瓷白的脸娇俏艳丽，傅遇北心头一动，低头轻吻她。

倪思喃脸颊有点红，严肃道："不要动手动脚。"

傅遇北笑了笑，越发觉得她可爱。

倪思喃推他，撒娇道："你出去，等好了会叫你的。"

"好。"

他回来得巧，倪思喃正好在切肉，傅遇北还没走出厨房，转身望了两眼，她切肉的动作看起来十分有大厨风范，而切出来的肉歪歪扭扭，特别丑。

傅遇北的眉心跳了跳。

倪思喃切了一会儿，觉得是刀的缘故，又换了一把刀继续切。

傅遇北在一旁看得仔细，轻咳一声吸引她的注意："咩咩，还是让她们来吧。"

倪思喃扭头看他："你不相信我？"

傅遇北和她对视，深邃的眼眸一深，十分认真地开口："当然相信，我只是不想你太累。"

倪思喃一时被甜言蜜语蒙蔽，听了很受用，说："你这样为我好，我更要亲手做了。"

傅遇北看了一眼她兴致勃勃的表情，顿了顿，改了主意："好，你想做什么就做什么。"

吃一次也没什么，她应该不会做出有毒的食物，顶多味道不好。他对自己的忍耐力还是有信心的。

倪思喃却突然笑了起来："我还不知道你在想什么，不就是怕我做的饭不好吃吗？"

傅遇北一怔。

倪思喃放下刀："我不做了。"

他都做好心理准备了。

倪思喃笑眯眯的，勉为其难地开口："如果你实在想吃，我还是可以动手的。"

男人想也不想地拒绝了。

最后倪思喃让出厨房，确定她不会再改变主意后，傅遇北眉头一松。

用人进去之后，看到案板上的肉，憋住笑，怪不得先生要让夫人离开呢。

晚餐过后，傅遇北饶有兴趣地问："怎么突然改主意了？"

"我发现动手太累了。"倪思喃理直气壮，"还是让别人做吧，爱心不缺这点。"

第二天，傅遇北接到秦世越的电话："我今晚到南城，来宁园一起吃个饭。"

"行。"

他出国一个月，这次回来也算是很久不见，几个兄弟都过来给他接风洗尘。

"其他的没什么，主要是相亲的事太烦了。"秦世越抱怨起来，"我妈你们还不知道吗？"

大家哈哈大笑，幸灾乐祸。

"对了，听说你和倪大小姐也发生了不少事啊？"秦世越的表情有点怪异。

傅遇北不动声色，仿佛说的不是自己。

陆运揶揄道："那么明显，你还不明白吗？"

秦世越瞄过一眼，顿时恍然大悟。以前他只以为傅遇北看中了倪思喃，毕竟她长得也漂亮，从没想过他们结婚之后会如何。

"你不知道，他们之前又是去看秀又是去听演唱会，比谁都恩爱。"陆运说。

"你和倪大小姐……"秦世越看向傅遇北，"没想到你居然会去听演唱会。"

傅遇北抬眸，慢条斯理地说："挺好，放松自己。"

好冠冕堂皇的理由。

秦世越认真思考半天，严肃地问："你是不是真的喜欢上倪大小姐了？难道当初一开始就不是单纯的联姻？"

傅遇北瞥了他一眼，唇角扬起："我说过是联姻吗？"

大家一愣，好像还真没说过。

他们还在出神，傅遇北晃了晃手中的酒杯，随口说："昨天思喃打算亲手为我做饭。"

几个兄弟顿时回过神，再看傅遇北淡定地秀恩爱，纷纷露出一言难尽的表情。

陆运拒绝道："我们是来聚会的，不是来听炫耀的。"

傅遇北淡淡开口："我没有炫耀，我只是在说一件小事。"

你就是在炫耀。

远在四季湾的倪思喃还不知道自己被拉出去秀了一把。如果有人和她说，她不一定会信，因为在她心里傅遇北并不是这样情绪外露的性格。

第22章

又一日晚上,倪思喃和傅遇北去吃烛光晚餐。

因为吃的是牛排,傅遇北很绅士,帮她切好后才推给她,倪思喃拍了两张照片。

她平时经常拍照,技术不错,再加上傅遇北优越的容貌,连滤镜都不用加。

倪思喃发到朋友圈,正要关手机,心神一动,想起自己一直没怎么经营过的微博,将图片模糊了部分内容,发了上去。

傅遇北看过来:"吃饭还玩手机。"

他让她改坏习惯的语气一向都是这样。

倪思喃乖宝宝似的收好,不告诉他自己发了微博。

不少人都在关注她的微博,有人立刻闻风而动:"nsl发微博了!"

评论里很热闹。

"楼主你是不是n、l不分?以后还是不要缩写了,人家明明是n哈哈。"

"我反应了半天这指的是谁。"

"所以楼主想干什么？自己吃狗粮就算了，还想让我们也跟着吃！"

"还好我失明了。"

"还好我家没网，图片加载不出来。"

不管评论里怎么耍宝，谁能想到倪思喃平时不发微博，现在一发就是秀恩爱，大家不禁想看更多。

"拍傅总，我们想看傅总！"

"对啊对啊，合照！"

周未未看到了也有点失望，打电话问倪思喃："你和傅老板的感情这么好，打算什么时候更进一步？"

这一步，自然就是孩子。

"这才哪儿到哪儿。"倪思喃"哼"了一声，"再提这个话题——"

"不说了。"

虽然暂时不要孩子，但老是被别人说，倪思喃不免想到以后有孩子会是什么样的，会像她一样聪明可爱，还是像傅遇北一样正经严肃？

倪思喃琢磨了一会儿，忍不住笑起来，把周未未笑得莫名其妙，起了一身鸡皮疙瘩。

第二天一早，傅遇北一醒，倪思喃也跟着醒来。

他进衣帽间换衣服的时候，她也跟着进去，挑了好几条裙子。

"这条怎么样，是不是不够低调？"

"这条墨绿的会不会太成熟了一点？"

"好难选。"倪思喃坐下来，看傅遇北系好衬衫，"老公你怎么不帮帮我？"

傅遇北头也不回道："我的喜好和别人不同。"

倪思喃眉毛一挑："哪里不同了，之前你都说好看的。"

这句话显然是有陷阱的。傅遇北动作一顿，转过身，低头看着明艳动人的她："是好看，只不过有更好看的。"

"什么？"她追问。

傅遇北并未回答，倪思喃反而被他勾起兴趣，站到他面前挡着："我要听。"

傅遇北不为所动。

倪思喃灵机一动，伸手拉住他的领带不放手，威胁他道："你不说就不准去公司。"

这显然是很有用的。

傅遇北无奈道："我喜欢你穿旗袍。"

听到这回答，倪思喃愣了一下，又很快想明白，她的身材很适合旗袍，只不过平时从来不穿，仅有那么一次穿过。

她神色一动："那我穿旗袍？"

傅遇北说："不用。"

她穿旗袍的样子只要给他一个人看就可以了。

倪思喃反应过来他的想法，心口一颤。这种占有欲并不会让她讨厌，反而让她觉得欢喜，毕竟证明了自己的魅力。

最后两个人在衣帽间里磨了半个小时，终于选好了今天要穿的衣服。

倪思喃拎着衣服，见他换上西装，知道拖了太久，在他快要离开前亲了他一口。

"晚上见。"

傅遇北眸色渐深，淡笑道："嗯。"

乔路在楼下多等了半小时，什么也没问，只是不经意抬头时，发现自家先生摸了摸侧脸，笑了。

新的一月，倪思喃最终还是没有承受住节目组的疯狂邀请，受邀参加了那个生活类综艺节目，为期一天。

原本只是在不涉及隐私的情况下普通地展示自己的日常生活，却不料最后一天出了意外。

这个意外，就是傅遇北。

当时，天已经黑了，倪思喃打算去吃晚餐，她可是饿了，便说："今天就拍到这儿吧。"

导演一听就紧张起来:"还有一半没拍呢。"

倪思喃蹙眉说:"这都天黑了,还是不拍了吧。"

导演说:"没事,还差一半时长,明天可以继续。"

"我以为只拍一天呢。"倪思喃笑道。

"哪里,得保证节目时长。"导演说。

其他人点头如小鸡啄米。

半晌,倪思喃勉为其难地点头:"好吧。"

事实上,倪思喃的确是觉得累了,但节目组意思那么明显,她就没拒绝。等节目组离开后她偷偷去泡了个脚,结束之后都快十点了,倪思喃累得不想动,打电话给傅遇北:"老公,我好累,你来接我。"

软乎乎的嗓音一下子就让傅遇北心头一软。

傅遇北低声说:"等我。"

倪思喃在泡脚店等得快要睡着,终于被店员叫醒:"傅太太,您老公来了。"

她一下子清醒,看着推门而入的男人。

此时已经进入夏末初秋,晚上天气渐凉,傅遇北臂弯里搭了一件外套,眉宇俊朗。

他停在她面前:"起来吧。"

"走不动。"倪思喃嘟囔着伸出手,眉眼弯弯地娇声说,"你抱我呗。"

傅遇北站在原地停了几秒,看着她脸上明显的倦意,蹲下来说:"今晚不回四季湾。"

"啊,那住哪儿?"

"你忘了自己的房子?"

倪思喃慢吞吞地点头,任由傅遇北给她穿上外套,像个乖宝宝一样,可爱极了。

当初结婚时,倪氏给倪思喃陪嫁的房子离这儿很近,就在几百米外,是公寓顶楼的大平层,平时不对外出租,每天有专人打扫。

第22章

得知傅遇北和倪思喃要来，底下的人立刻趁着还没过来的时间把房间收拾好了。

晚上的南城灯火通明，傅遇北背着倪思喃下了车。

倪思喃趴在傅遇北后背，闭着眼，迷迷糊糊地说："你要把我带去哪儿，可别想卖了我。"

傅遇北失笑："有人敢买你吗？"

倪思喃没有回应，他耳边听着平稳的呼吸声，估摸着她已经睡着了。

回到房子里，她也没醒，傅遇北不是第一回做老妈子，熟练地给她洗澡，然后叫醒她刷牙。

倪思喃还不清醒，靠着男人，还好牙刷是电动的，不然这牙都刷不了。

傅遇北说："张嘴。"

倪思喃听话地张开嘴。

傅遇北仔仔细细地看了一遍，确定刷好后才捏了捏她的脸："好了，可以去睡了。"

这一觉倪思喃睡得熟，傅遇北却是半夜才睡的，她白天太累，走路又多，他给她揉了半小时腿。

一觉睡到了第二天上午，倪思喃醒来时已经天光大亮，傅遇北并不在房子里，手机里有他留的消息："早餐在厨房里温着，今天晚上我回来吃晚饭。"

倪思喃坐在床上，眨了眨眼，半晌蹬腿叫了两声。让人好害羞呀，傅遇北还帮她刷牙呢。

倪思喃吃早餐的时候还是忍不住笑，周未未打视频过来时看到的就是她这副样子。

"你好像春心萌动一样。"周未未吐槽。

"我都结婚了。"倪思喃故作淡定。

周未未翻白眼："你昨晚没回四季湾啊？"

倪思喃"嗯"了一声："昨天太累，晚上就近睡了。"

中午，节目组众人出发，开始补拍任务。

忙忙碌碌一下午，拍摄临近尾声，一行人又回到了倪思喃的公寓拍摄收尾部分。

趁着等待的时间，导演问："傅太太晚上有没有……"

"有。"倪思喃说得十分直接，俏皮道，"晚上我和老公约好了，所以不能给你们拍。"

话音刚落，眼前的门突然打开，一道高大的身影出现在门后。

随着镜头移动，傅遇北的面容逐渐清晰。

他已经脱下正装，换上家居服，领口半开，休闲轻松，身后的灯光将他分割成明暗几部分。

不说节目组众人，就连倪思喃都有点呆。

"你……你怎么在这儿？"倪思喃问。

傅遇北的目光扫过后排的几个摄像机，还有装作鹌鹑的导演，视线回到倪思喃脸上。

这是忘了自己昨晚也住在这儿了？

傅遇北的手搭在门上，姿态过于优美，见倪思喃茫然又脸颊微红的模样，心神一动，漫不经心地问："要收我的过夜费？"

嗓音性感低沉，令人沉醉不已。

倪思喃被这么一问，猛然回过神，没有回答傅遇北的问题，而是眼疾手快地迅速关上门，转向镜头，装作无事般微微一笑："忘了我老公回来了。"

第 23 章

不管众人有多期待,那扇门还是严密地关着,没有要开的迹象。

倪思喃反而比谁都淡定:"我没说假话,是他提早回来了。"

只出现在财经新闻里的傅遇北一向正装严谨,他们从没听傅遇北说过什么废话。毕竟傅遇北不经常接受采访,以前上过的杂志也是文字形式,人们对他的了解少之又少,都觉得这个人距离很遥远。可刚刚开门之后,穿着家居服十分休闲的傅遇北让他们一时吃惊又惊艳,后面的话更是突如其来。

门后的傅遇北倒是十分悠闲,整理了一下,又泡了几杯茶放在桌上,才打开门。

门外,倪思喃正在说:"好啦,今天到这里就结束了。"

门突然被打开,眉目俊朗的男人再次出现,倪思喃还没注意到,节目组的人提醒她:"门开了。"

倪思喃扭头,听见傅遇北温声说:"都进来吧。"

节目组按捺住激动的心情,迫不及待地往里走,镜头一半在倪思喃身上,一半在傅遇北身上。

倪思喃小声问:"你怎么又开门了?"

傅遇北说:"来都来了。"

倪思喃"哦"了一声,虽然不太情愿,但想了想也没什么问题,反正又没什么不该看的。

她自认为说得小声,但忘了自己身上戴着麦克风,被听得清清楚楚。

大家都快要笑死了。之前倪思喃一直走的是气质大小姐路线,第一回看到她这么可爱的一面,让人很惊喜。

助理在一旁小声问导演:"我们要不要采访采访?"

导演还没想好,眼前的夫妻二人聊得欢快,没给他说话的机会。

拍摄刚一结束,倪思喃就下起了逐客令。

节目组询问为什么,她笑眯眯地说:"约会。"

节目组只好十分遗憾地离开了公寓。

这集节目开播后,大多数人都看得很开心,也有人怀疑太假了,前一晚住在哪儿都能忘?认为这些都是节目组安排的。

网友们分成两派,吵来吵去,不可开交,直到有人发了当时拍摄的花絮。

只有十几秒,是节目组趁机问傅遇北:"怎么会突然想到昨晚住在新公寓?"

傅遇北眉梢轻扬,慢条斯理地说:"昨晚思喃太累了,这边比较近。"

借着这个花絮,大家对傅遇北也有了新的认识,原来他私底下脾气看起来挺好的。

视频网站里有人剪辑了倪思喃和傅遇北的片段,还有以前的照片和视频,两人甜蜜得让大家都忘了很久以前有人觉得这两个人的名字南辕北辙。

网上这么热闹,京际的人不知道都不行。

"傅总原来这么有趣。"

"我看到傅总说过夜费的时候,差点没笑死。"

"你们说傅总平时和太太是什么相处模式?"

大家对视几眼，终于有人笑了笑，说："不是我说，傅总再怎么厉害，私底下和老婆感情好也很正常。"

下午正好有一场会议，乔路推开会议室的门，里面的董事纷纷扭过头，看向他身后一丝不苟的男人。

他们的内心非常复杂，今天的事大家可都看见了，傅总居然能如此调侃，他们的眼珠都要瞪掉了。

傅遇北大步踏进来，坐在最后，将笔搁在桌上，抬眸看向众人："都看我做什么？"

众人齐刷刷地转回去。

傅遇北说："开始吧。"

中午，周未未约倪思喃吃饭，一路上就没停过嘴。

"你老公居然提前回来了，为了跟你约会？那过夜费你收了没？这起码也要和上次生日礼物一样……"

倪思喃夹起一块肉放进她嘴里："吃你的肉吧。"

周未未只好闭嘴，过了一会儿又含糊不清地问："你们那天到底怎么回事？"

"都说了是因为那天我太累了。"倪思喃没好气道。

回到家，倪思喃翻出手机，浏览网上的相关消息。

"发什么呆？"

傅遇北回来时，就看到她坐在沙发上，呆呆的。

"没有。"倪思喃猛然回神。

这么一说，傅遇北反而停下脚步，目光搁在她的脸上："是吗？"

倪思喃嗔道："说了没有。"

傅遇北挑眉，视线从她反扣的手机上掠过，漫不经心道："我说了有什么吗？"

倪思喃说不过傅遇北，他就是个老狐狸，直接转移话题："你什么时候拍的花絮？"

她居然都不知道，而且看起来就是在公寓里拍的。

傅遇北从厨房里走出来,随口说:"当时你在卧室。"

倪思喃回忆了一下,好像还真是。

"待会儿出去吃?"傅遇北看向沙发上的人,灯下看美人莫过于此,"今晚家里没人。"

用人请假了。

"好。"倪思喃没拒绝。

"你知不知道网上怎么说你的?"倪思喃凑到他身边,又问,"你看了节目吗?"

"还没来得及看。"傅遇北说。

"那你赶快看。"倪思喃不满意,"怎么这么迟?"

傅遇北瞄她一眼,徐徐开口:"我白天很忙,你应该清楚,公司里的事情……"

"知道了知道了。"倪思喃听起来就觉得很啰唆,捂住自己的耳朵,假装听不见。

傅遇北失笑:"觉得烦?"

倪思喃眨眼:"下班了还说什么公司的事?"

傅遇北"嗯"了一声,没再提刚才的事。

他以往的生活除了公事就是公事,回家也是处理公事,和倪思喃结婚之后,反而是属于自己的时间变多了,可以说是倪思喃改变了他的生活习惯。傅遇北并不觉得不好,反而觉得生活精彩了不少,倪思喃鲜活,令他每天都惊喜。

倪思喃拿出手机,有心给他念一下网上是怎么说的:"我给你看看,有人说没想到傅总穿家居服这么帅。"

她笑嘻嘻地上下打量他。今天傅遇北回家时穿的是正装,出门前刚好换了休闲装,和评论里正好一致。

傅遇北面色不改。

倪思喃又继续念:"我看看……下面这条评论说房子太多也是麻烦,傅太太昨晚和傅总是经历了什么——"

她闭上嘴,停了下来。

第23章

傅遇北:"怎么不念了?"

倪思喃关掉手机,一本正经地说:"没了。"

傅遇北没听她的,故意摆出求知的语气:"咩咩,你不说完,实在是吊人胃口。"

倪思喃觉得他是故意的,诱惑她继续念,但她是那么容易被诱惑的人吗?当然不是!

倪思喃把手机递给他:"那你自己看。"

傅遇北没推辞,看到剩下的内容,眉梢一挑,余光瞥见倪思喃,轻笑一声:"看完了。"

倪思喃故作镇定地收回手机:"嗯。"

傅遇北这才慢条斯理地开口:"他们不知道内情,这么猜也很正常,毕竟我们新婚宴尔。"

"都多久了还新婚。"

"难道不是?"

西餐厅近在眼前,倪思喃不和他争执,今晚吃的西餐,勉强算是烛光晚餐。她挽着他的胳膊,一起走进去。

倪思喃今天心情好,她心情一好就要喝酒,压根儿忘了自己酒量不好。

傅遇北眼神一闪,没有阻止她。不过十分钟,倪思喃面上就染了绯红,俨然有了几分醉意,面若桃花,姝色艳丽。

结束时,她尚且还能站稳。虽然迷糊,但走路还是可以的,倪思喃抓着傅遇北不放,亦步亦趋地跟着,特别乖巧。

临到门口,她停了下来。

傅遇北不明所以:"怎么了?"

倪思喃说:"走不动了。"

这才走了多久就走不动了?

倪思喃没察觉到他的无语,抓着他的袖子,小声说:"老公,我们坐车吗?坐车吧?"

"不坐车坐什么?"傅遇北反问,调侃道,"要不要给你去找一辆南瓜马车?"

倪思喃喝迷糊了，被这么调侃也不气。

倪宁正好也在这里吃晚饭，看到两个人时还以为自己看错了，结果发现真的是这两个人这么腻歪。

倪思喃侧对着傅遇北，很轻易就看到了倪宁，但一时之间没认出来，毕竟喝迷糊了。

"有个人一直盯着我。"她小声和身旁人说，"是不是想把我拐走？"

闻言，傅遇北转头看到倪宁。

倪宁尴尬地笑了一下，挥了挥手，迫不及待地离开了。

等离开后她才后知后觉，他们都不尴尬，她一个路过的，有什么尴尬的？

磨蹭了许久，倪思喃终于和傅遇北上了车。不知道为什么，她今晚在车上十分不安分，动来动去，像多动症。

傅遇北按住她："乱动什么？"

倪思喃眨了下眼，明亮的眼睛里盛着星光似的，和他对视："我们在车里。"

傅遇北"嗯"了一声，毕竟酒鬼说什么只要附和就行。

倪思喃不满意，又说了一句："我们现在在车里。"

"是。"傅遇北很有耐心，安抚她，"我们在回家的车里，在自己家的车里。"

夜晚的南城灯火通明，前方的车灯映出五颜六色，倪思喃竟然看到了一点彩虹色："有彩虹。"

傅遇北看着倪思喃的侧脸，皮肤白又嫩，毫无瑕疵，睫毛长而卷，眼瞳熠熠生辉，比彩虹还要漂亮。

"老公。"倪思喃扭头，在他还没有反应过来时，偷偷靠近他。

倪思喃还迷糊着，忽然就被男人封住唇，身体也被扣住，不得动弹。

结束时，傅遇北抵在她的额头上，让倪思喃忍不住要躲。

"痒……"

正好到了四季湾，夜深天凉，傅遇北将自己的外套裹在倪思喃身上，把她遮得严严实实，只露一张脸在外面。

倪思喃没钻出来，不高兴道："傅遇北。"

傅遇北不为所动。

倪思喃又叫了一遍，傅遇北将倪思喃整个人一卷，打横抱起来。

四季湾里并没有其他人在，倪思喃在傅遇北怀里叽叽歪歪，小声地不知道在说什么。

他听不清，低头凑近勉强听到了几个字，无非是在抱怨他，反正都是些鸡毛蒜皮的小事，到最后甚至就连没结婚前的事都能拎出来说。

傅遇北听到最后，没忍住笑了一声。

被放在床上，倪思喃的酒意散了不少，睁开眼和傅遇北正好四目相对。

傅遇北十分淡定，摸了摸她的脑袋，翻身下床进了浴室。

很快水声从浴室里传出来，倪思喃这才恢复心跳。

第24章

倪思喃正发着呆，手机响了一声，是周未未的消息："睡了没？"

倪思喃不想打字，发语音："谁会睡这么早？"

周未未也发来语音："那可不一定，谁知道你们夫妻俩会不会早睡。"

倪思喃哼哼两声："什么事？"

周未未说："哎呀，就是今天有人拍到你们出去吃西餐了。"

倪思喃"哦"了一声，没当回事。

周未未说了这事后就没有再说什么，倪思喃累得懒得去看，闭目假寐，过了一会儿真的睡意蒙眬。

傅遇北出来时倪思喃快要睡着了，毕竟醉酒，精神不佳。

他下楼泡了一杯茶，上楼叫醒倪思喃。

倪思喃眼睛掀开一条缝，嘟囔着："干什么……"

扰人清梦不是一个好人该做的事。

"醒醒酒。"傅遇北淡声说，将她抱起来一点，靠在枕头上，"喝了。"

倪思喃闭着眼被喂了一口,皱着眉拒绝。虽然她平时不是个矫情的人,但此时此刻就是不想喝,而且一点也不好喝。

"不要了。"

傅遇北不为所动:"不行。"

他的语气不容置喙。

其实认识以来,他很少语气很重地对她说话,毕竟在他眼里,她是个吃软不吃硬的性格。他拿出了自己百分百的耐心,平常可以依着她,但有些事是不可以的。

"我累了。"倪思喃闭着眼,"咽不下去,我的嗓子可能坏了。"

傅遇北听得哑然失语,看她往底下缩了缩,把她的小心思看得明明白白。她在他面前抱怨的都是一些鸡毛蒜皮的小事,有点撒娇的意思,现在也是。

"我听你说话挺流畅的。"他提醒。

"哪里。"倪思喃故意咳嗽起来。

傅遇北盯着她素净的脸看了半天,良久将茶杯送到她唇边,低声说:"一口。"

倪思喃非常吃这一套,终于张开嘴喝了一口,一点也不多喝,仿佛多了就是亏了。

"一点也不好喝。"她喝完还不忘抱怨。

傅遇北擦掉她唇上的水,挑了下眉,随口说:"吃得苦中苦,方为人上人。"

倪思喃十分惊讶:"你居然会说鸡汤。"

他一本正经说这句话时可信度很高,但从他嘴里说出来又让她觉得好笑。

傅遇北神色淡然:"哪个老板不会说?"

倪思喃心说自己就不会,自己会直接以奖金鼓励员工。

"去刷牙。"傅遇北又说。

"不想动。"倪思喃仗着自己现在累了,两条胳膊从被子里探出来,"你抱我去吧。"

傅遇北挑眉,将人连着被子抱起来。

倪思喃被裹得严严实实,没忍住笑了起来,嗓音里带着独特的清脆娇媚。

她靠在他怀里，觉得自己这婚结得挺好。

当初傅遇北在她面前提结婚时，她还觉得他脑子进水了，或者是想借着倪氏更上一层楼。后来她觉得没必要，因为京际集团已经足够强大了。

傅遇北说服她的理由其实蛮好笑的，但确实让她心动，刚好那时候她讨厌傅成川。再说，傅遇北没回国前，傅成川是南城的第一位，他一回来，无人可及。

他是最好的选择。

倪思喃看着镜中的自己，在商场上无往而不利的男人正抱着她在洗手台前刷牙。谁能想到私底下的傅遇北是这样的人，那些网友因为看到另一面的他而格外惊讶，而这样的他，现在是她的丈夫。

倪思喃心头莫名一软，漱完口搂住他的脖子，娇声道："睡觉。"

傅遇北凝望着她："嗯。"

"你觉得我重吗？"倪思喃忽然小声问，刷完牙之后她的瞌睡就基本跑完了。

这问题不用想也知道怎么回答。傅遇北说："不重。"

倪思喃嘀咕："我感觉我最近好像胖了，你想想我都多少天没去锻炼了，大部分都怪你。要不是你，我现在应该在楼下健身。"倪思喃越想越觉得有道理，"再过段时间，你可能就抱不动我了。"

傅遇北思索三秒，说："我觉得我应该没有那么弱。"

他顺手颠了颠怀里的人，表明自己说的并不是假话，以免她没事就胡思乱想。

谁知道他这么一说，倪思喃的眼神忽然锐利起来，问："你的意思就是我真的重了？"

傅遇北无奈道："没有，如果能真的长点肉也好。"

倪思喃听着高兴，唇角抑制不住地往上翘，嘴上却谦虚道："真的哦。"

她埋在他胸前偷笑，没有什么比说自己身材好更好的夸奖了。

这一晚，倪思喃睡得非常好，没有做梦，一觉睡到天亮，睁眼就看见了漏进来的阳光。

她侧头，看见傅遇北没醒。倪思喃很少比他醒得早，今天好像是第一次。

他睡在靠近阳台那侧，阳光照在他的脸上，五官深邃，睫毛很长，安静又好看。

倪思喃盯着他，直到他睁开眼。

"挺早。"男人的视线停在她身上，漫不经心地说了一句，清晨的嗓音微哑，如同裹了沙。

倪思喃一时听呆了。

好在傅遇北并没有注意到她的走神，自顾自去了洗手间。

傅遇北去公司后，倪思喃先看了一会儿网页。

周未未说的晚餐照片还挂在网上，有人拍到了他们一起下车，不得不说，技术还不错，没把他们拍成一米五，就是距离太远，脸看得不是很清楚。

"夫妻俩小日子过得悠哉。"

"所以别总说忙了，傅总都有空陪老婆吃饭约会，你没有傅总的事业，能比他还忙？"

这条评论被顶上热门，倪思喃竟然觉得十分有道理。

吃完早餐之后，她回了倪公馆。

今天是周六，老爷子在家休息，他现在身体不太好，比以前更注重养生。

老爷子正在家看电视，戴着老花镜，对她招手："咩咩，过来，拍节目累不累呀？"

倪思喃笑了笑："还好。"

老爷子这人虽然温和，但也十分偏心："我看就我们咩咩最可爱。"

倪思喃听得好笑又感动。她在倪家就是家里的小祖宗，因为父母不在，爷爷对她多有怜惜，可以说是有求必应。然而现在，记忆里那个康健有力的爷爷已经头发花白，不戴老花镜都看不清字。

倪思喃蹲下来，趴在他腿上，仰头问："爷爷，你要是喜欢看，我可以多拍点。"

"那多累。"老爷子板着脸，"这样就够了。"

"其实挺好玩的，不累。"倪思喃说。

老爷子转而问起这段时间她和傅遇北的相处情况，这才安心。

不管怎么说，他还是担忧，自己年迈，到时候只剩下她一个人，他再怎么相信傅遇北,还是会担忧,忧心自己走后她的生活。

中午吃完饭,倪宁也回来了。

看到倪思喃,她下意识地就要出口呛声,最后还是忍住了,一来爷爷在,二来自己理亏。

不过倪宁不是个能憋得住的性格,忍了一会儿就开了口:"学校里全在问你的事,烦死了。"

倪思喃看向她:"是吗?"

见她这么云淡风轻,倪宁气得慌:"我有必要骗你?"

话音刚落,肚子就叫了一声。倪宁最讨厌的就是在倪思喃面前出丑,自己中午没吃就回来了,居然在她面前饿得肚子叫。

倪思喃多看了她两眼。

"看什么看!"倪宁瞪了她一眼。

"别人问你,你不搭理不就行了?不用管他们。"倪思喃随口说,"厨房里还有吃的。"

倪宁不知道为什么有点感动。自己以前天天和她吵架,现在和她也是一见面就吵架,她居然还能对自己这么温柔。

见她发呆,倪思喃挥了挥手:"别想太多。"

倪思喃在倪公馆待了一整天,下午老爷子要睡午觉,晚上陪老爷子出去散步,十分安逸。

回来后,老爷子觉得时间不早了,让她今晚在这儿睡,她笑眯眯地答应了,然后给傅遇北发消息:"我今晚不回去了。"

他没回,估计有事。

退出聊天框,倪思喃随手刷了下朋友圈,发现蒋谷发了他和周未未的聊天记录——

蒋谷:"我昨晚梦到你了。"

周未未:"你吹吧。"

底下的评论除去周未未的一个问号,剩下的全是哈哈哈,还有在心疼他的。

倪思喃也觉得好笑。虽然没头没脑的,但也能看出来蒋谷可能意识到了什么,只是周未未这没心没肺的回答太搞笑了。

屏幕忽然亮起傅遇北的名字,倪思喃接通电话,听见他问:"需要我过去吗?"

"不要。"她想也不想地拒绝,"我又不是小孩子。"

傅遇北不置可否。

倪思喃想起刚刚的朋友圈,说:"虽然我不在你身边,但你晚上可以梦到我,就当我陪在你身边了。"

傅遇北觉得可以,但没必要。他们只是分开一晚而已,被她说得仿佛要分隔好几年似的。

第25章

半天没听到傅遇北的回答,倪思喃眼睛一眯,问道:"你是不是不愿意?"

"没有。"傅遇北捏了捏眉心,"不要胡思乱想。"

还算识相,倪思喃在心里"哼"了一声,下巴抬起来,像一只漂亮的白孔雀,只可惜对面的人看不见。

"那我挂了。"倪思喃语气一转,甜滋滋的。

"晚上不要熬夜。"傅遇北叮嘱了一句。

"知道啦知道啦。"听起来像是嫌弃他啰唆,实际上有点撒娇,"挂了挂了。"

挂断电话,她自顾自地对着空气笑了,心情一下子特别好,又点开微信,问周未未:"蒋谷那朋友圈什么情况?"

周未未:"能有什么啊,他肯定做的不是好梦。"

倪思喃:"你怎么知道?"

周未未:"上次他说梦见我,结果是一个噩梦,今天又说,能有什么好的?"

倪思喃没想到还有这个"狼来了"的典故,不过蒋谷的态度她作为旁观者已经有所察觉,就看周未未能不能开窍了。她还挺想看这两个冤家戳破窗户纸的,但别人的感情自己插手不太好,倪思喃还是决定围观。

时隔许久,再回到自己的卧室,还是挺怀念的。这里的衣帽间里还有不少衣服,当初她嫌麻烦没有带到四季湾去。倪思喃打开衣柜,发现了一条白色长裙。

她记得是去年在一个以婚纱为主题的秀上看中的,是个私人设计师品牌。只不过因为这条裙子有点复杂,她一直没穿过。

倪思喃忽然来了兴趣,换上长裙站在镜子前。

镜中的人香肩半露、身材苗条、曲线完美,一袭白裙,在灯光下染上几分神圣的气息。倪思喃一时间看迷了,自己怎么这么好看?这还不是婚纱呢,真穿上婚纱岂不是要美死?

倪思喃换下衣服,坐在衣帽间里,想起自己的婚纱还没有定,心莫名其妙痒起来。她想穿婚纱了。

第二天,倪思喃在倪公馆吃完午饭去了工作室。

辛禾几天没见她,报告的事一堆接一堆,末了说:"老板,有顾客想指定你。"

"谁啊?"倪思喃好奇地问。

"她。"辛禾将资料递过去。

是国内一个知名模特,不久前在国际舞台上的走秀引起各国好评,她看过,是挺好的。

倪思喃想了想,说:"推了。"

辛禾说:"好。"

倪思喃没把这事放在心上,没想到辛禾拒绝之后,对方竟然来了电话:"傅太太是没有时间接吗?我真的很喜欢你的设计。"

倪思喃说:"时间倒是有。"

"那……"

倪思喃没想着隐瞒她:"今年剩下的几个月我要设计自己的,所以工作室的单子一概不接。"

为自己设计？对方几乎一瞬间就想到了是什么事。她和京际的傅总没有举办婚礼，她又是设计师，给自己设计婚纱是很有可能的事。

她兴冲冲地问："是婚纱吗？"

倪思喃莞尔，嘘了一声："不要告诉别人哦。"

听到她的调侃，模特耳朵一红，忙道："好。"

她对倪思喃的印象全来自网络，毕竟倪思喃又不像她一样经常露面，而且社交层次也不一样。之前觉得她性格应该很好，哪里想到她居然对女生说话都这么温柔，傅总真幸福。

要给自己设计婚纱的事倪思喃没有告诉傅遇北，毕竟他们连婚礼的时间都还没确定，反正会是一个好日子。

倪思喃在工作室待了一个小时，实在是没灵感，正好周未未约她去骑马，就立刻答应下来，说不定出去一趟灵感就来了。

今天蒋谷也在，周未未拉着倪思喃，调侃道："我现在发一张和你的合照，会不会火？"

"可能吧。"倪思喃捏着她的脸，"想火我可以带你火。"

周未未天真地问："怎么火？"

倪思喃说："拍张照片，修图把你脸修歪，保证马上火。"

周未未愣了一下，随即哈哈大笑。

趁着周未未去选马，倪思喃转向蒋谷："你做了什么梦？"

蒋谷反应过来："就梦，还能什么梦。"

"哦。"倪思喃意味深长，"我还以为是春梦呢。"

蒋谷没说话。

"我不会猜对了吧？"倪思喃被自己的猜测震惊了，挥了挥手，"蒋谷你——"

"你没做过春梦？"蒋谷反问。

"我没啊。"倪思喃理直气壮，"我用不着。"

好不要脸的一个人。

倪思喃调侃:"要不要小舅妈帮帮你?"

蒋谷被这个称呼雷出了鸡皮疙瘩。好在周未未牵着马过来,这个话题才算结束,但是接下来的几小时,倪思喃看向蒋谷的眼神都十分揶揄。蒋谷恨不得回到昨天删了那条朋友圈。

因为这件事,倪思喃的心情特别好,感觉自己像一个长辈似的,看着自家小孩打闹。

吃过晚饭,她回到四季湾。

倪思喃看到玄关的鞋就知道傅遇北回来了,一路上楼,推开卧室门,灯开着。傅遇北刚换上家居服,似乎正在系扣子,背对着门口,宽肩窄腰,黑发有点乱。

他听到动静,但没回头。

直到脚步声逐渐接近,忽然一双胳膊抱住自己的腰,柔软的身体贴上来,令他顿住。

"老公你想我吗?"倪思喃问。

声音顺着骨头传至他的耳朵,有点闷,但又带着乖乖巧巧的甜。

"你怎么不说话?"倪思喃不高兴,"我很想你。"

"说得好像很久没见的样子。"傅遇北徐徐开口,"不是才一天而已。"

倪思喃纠正:"明明都快两天了。"

傅遇北一想也是,昨天一天一夜,加上今天白天,还真是快两天了。

他们有过无数亲昵的动作,倪思喃也主动抱过他,但从背后抱似乎还是第一次。家居服薄薄的一层,他能感觉到她的手的温度,他伸手抓住,轻而易举地覆盖。

"想了。"傅遇北启唇。

这样直白的话从他嘴里说出来,倪思喃听得耳朵发热,努力忍住想要上扬的嘴,赶紧抽回自己的手,从他身后离开,嘀咕道:"这还差不多。"

傅遇北挑眉。

倪思喃得到了自己想要的答案,哼着小调去洗手间卸妆,把他一个人丢在房间里。

回来时，室内一片静谧。

大概是深夜容易胡思乱想，倪思喃没睡着的时间里就在思考。她翻了个身，手指点在男人的胳膊上，开始唠叨："傅叔叔，你有没有觉得我有时候有点无理取闹呀？比如这样那样的……"

她没说这样那样是哪样。

傅遇北第一次听见她这样反省，非常不诚心，觉得好笑，但没有笑出来。他是一个成熟的男人，所有的锐利都放在了外面，回到自己家自然随意许多，也包容许多。

"没有。"傅遇北回应。

倪思喃得到这个回答很满意，谦虚道："你肯定是在安慰我，我就知道。"

傅遇北不置可否。

过了一会儿，倪思喃又按捺不住自己的小心思，小声问："我们第一次见面是路上偶遇那次吗？"

傅遇北思索几秒，说："不是。"

倪思喃立刻竖起耳朵。

男人慢条斯理地开口："我记得你满月时我去过倪家，那时候你还只会吹泡泡，还没长牙。"

按照刚刚的思路，他不是应该顺着她的话说一些很有情调的话吗？怎么突然说婴儿时期？居然还说她没长牙！但这话是自己开头的，倪思喃只能在心里骂骂他，然后身体上做出反抗——翻个身背对他。

傅遇北看到她的反应轻笑一声，天真的，很可爱，她的脾气都摆在脸上，一眼就能看出来。

倪思喃本来等着他来哄自己，没想到身后的男人放下手中的东西，给她盖好被子后关了灯就躺了下来，连晚安都没说。

她腹诽半天，睡着了。

第二天醒来，时间正好，傅遇北刚好下床准备洗漱，倪思喃已经忘了昨晚的事。

用人上楼询问吃早餐的时间,傅遇北随口说十分钟后,倪思喃赶在他之前冲进去洗漱,仿佛打了胜仗一样。

傅遇北一时之间被她的幼稚震惊到无可奈何。

倪思喃洗漱完出来时,男人正在打电话,听着应该是乔路打过来的,聊的都是公事。她倚在阳台门边看他,阳光将他分割成两部分。

倪思喃看得迷了眼,正好一阵风吹过,把他的衣角吹起,她起了玩心,伸手进去挠他的腰。

傅遇北反手抓住她作怪的手。因为电话还没有挂断,他只警告地看了倪思喃一眼,倪思喃反而得寸进尺,又用另外一只手挠他。

"到公司再说。"傅遇北丢下一句挂了电话,看向倪思喃,"好玩吗?"

倪思喃说:"好玩。"

傅遇北眉头皱了皱,又被她突然踮脚凑上来亲了一口。

他叹了口气,松开她的手,径直去了洗手间。

倪思喃努了努嘴。

敲门声忽然响起。用人等了十分钟没等到人下来,又怕准备好的早餐凉了,只好上来催。

结果只看到倪思喃一个人下楼,用人好奇地问:"先生今天还没有起来吗?"

倪思喃咳嗽两声,清清嗓子,一本正经地说:"他在洗澡,等会儿就下来。"

用人点点头。

吃完早餐已经是九点,傅遇北很少迟到,今天实在是意外。作为助理的乔路自然猜到了一些,闭紧自己的嘴巴当什么也不知道。

倪思喃则去了工作室继续设计自己的婚纱,中午时分带着辛禾去外面吃了一顿大餐。

辛禾吹捧道:"老板你真好。"

闻言,倪思喃笑了:"带你吃饭就好了?哪天我把你卖了,你不会还帮我数钱吧？"

"别人卖不会。"辛禾一本正经道，"你卖就会。"

倪思喃被她逗笑了，正要继续说，余光忽然看到餐厅门口走进来的傅成川。

时隔很久没见，她都快认不出他了。

傅成川也看到了她，眼神复杂，她现在浑身上下都写着"幸福"两个字，明眼人都看得出来。

"好久不见。"他主动开口。

倪思喃云淡风轻："大侄子今天也来这儿吃饭？"

这个称呼让傅成川拧起了眉，但又没办法反驳，原本想说的话干脆咽回了肚子里。

遇见傅成川这事她没告诉傅遇北，他们的生活不用关注别人。

傍晚，她坐上傅遇北来接她回家的车。

外面红霞满天，恍然间，倪思喃忽然想起那个黄昏，她打开车窗时，看见对面的男人盯着自己，从此强势地进入她的世界。

以前，倪思喃曾仗着自己的小伎俩调侃他，每次都被他三言两语地挡回来，时间让傅遇北拥有足够的阅历与能力，去理解骄纵的她。

倪思喃忽然眨眼道："我今天做了一件大事。"

傅遇北眉梢一扬，声音温润："什么大事？"

倪思喃的唇角弯了弯："傅先生，我的婚纱已经开始设计，你打算什么时候举行婚礼啊？回答得不好，你的妻子可是会生气的。"

傅遇北低笑两声，沉吟道："看来我必须要好好想想。"

倪思喃狡黠一笑，在他思考的时候打开手机，因为路人偶遇她，拍照发了微博，又引起了不小的讨论。

倪思喃浏览了一下评论，小心眼儿地从底下扒出来一条酸言酸语，对傅遇北说："你的女粉丝说我配不上你。"

她不配难道别人配吗？做什么春秋大梦呢。

倪思喃回复对方："显然，我和他是佳偶天成，天生一对。"

"我没有粉丝。"傅遇北气定神闲地否认,看向面前鼓着脸的人,"再者——"他停顿了一下。

倪思喃心头一跳。

傅遇北看着她。

她那么鲜艳,在他的世界里绚丽夺目,搅乱他一成不变的生活,成为最耀眼的一束光,银河都不及她灿烂。

落日余晖透过半开的车窗漏进来,将两人笼罩上一层温暖的光,连带着说的话都覆上了温柔。

他说:"你我是天作之合。"

嗓音一贯冷静沉稳,像是在说一件很平常的事,但又实打实的可信。

风月倾城,他也浪漫。你如你的翩翩蝴蝶骨,振翅欲飞,落在我掌心,成为我的万中无一。

番外一

倪思喃和傅遇北的婚礼日期很重要,一来倪老爷子的身体逐渐不好,又是他最喜欢的孙女,自然要办得最好;二来傅遇北现在是傅家的掌权人,在南城属于头一位,又是京际集团的主人,自然不可能随意对待;三来倪傅两家的联姻人尽皆知,如果不办好肯定会有人说闲话。

虽然还没有公开,但不少人都听到了风声。

得知倪思喃开始设计婚纱后,周未未十分激动地提醒:"说好的我当伴娘。"

"不会忘了的。"倪思喃笑道。

"我一个也不够。"周未未摸摸下巴,余光瞥见孟芯闵的身影,"干脆把她抓过来。"

她的身份在南城可不低,能和倪思喃叫嚣,自然不会差到哪里去。

倪思喃顺着她指的方向看过去,想也不想就回答:"你也不怕她损你。"

"这多好的事啊!"周未未说。

"前提是她和我的关系好。"

"这个不用担心。"周未未放下话,眨眨眼,招了招手,叫道:"孟芯闵!"

孟芯闵正在和服务员说话,听到有人叫自己,回头看见倪思喃,立刻严肃起来。

服务员走后,她才姗姗而来。

大概是最近和倪思喃没碰上,长久以来的习惯让她条件反射地开口:"傅太太怎么不在家筹备婚礼啊?"

想到这儿,她有点心酸,怎么倪思喃结个婚都顺顺遂遂,她连谈个恋爱都那么艰难?

"这不是缺伴娘吗?"倪思喃笑道。

"你也会缺呀?"孟芯闵掩唇笑了,立刻神采飞扬,故意建议,"要不我给你介绍两个?"

她心里立刻盘算起来,南城就这么点儿人,自己圈子里的小姐妹性格家世她都清清楚楚,仔细一想,居然没人够格。

"一个就够了。"倪思喃谦虚道。

"你有想好的?"孟芯闵狐疑。

倪思喃笑眯眯的,手搭在椅子上:"孟小姐都这么帮我了,我盛情难却啊。"

她笑得明媚,孟芯闵反而觉得不妙。

果不其然,下一秒就听见倪思喃说:"我瞧着孟小姐就很合适,不如你来。"

孟芯闵怀疑自己耳朵出问题了。

倪思喃认真地给出理由:"你也没结婚,连恋爱都还没谈,我看南城就你最合适。"

孟芯闵琢磨她是不是在挖苦自己追人没成功,毕竟她和江凛的事也就倪思喃知道,最多再加上一个周未未。

她翻着白眼,转移话题:"你是不是没睡醒?"

倪思喃莞尔:"怎么,我不配让你当伴娘吗?"

其实她不讨厌孟芯闵,只不过两个人不适合当朋友,大多时候还是可以和平相处的。

她真正交好的只有周未未,再和她熟悉的反而是孟芯闵了,可能就是应了那句话,你的对手永远最了解你。

"不是……"孟芯闵伸手摸了摸她的额头,确定她没发烧,"你不怕我毁了你的婚礼?"

"你会吗?"倪思喃十分平静。

当然不会!她又不傻,那么重要的场合,她破坏了自己也不用在南城待了。

"既然你不会,那我担心什么?"倪思喃挑眉,"还是你担心自己不行?"

这可是戳了孟芯闵的痛点,她"哼"了一声:"你不行我都不会不行。"

不就是伴娘吗?做就做。换个方面想,是倪思喃主动邀请的,死对头亲自邀请,自己还是很有面子的,于是孟芯闵趾高气扬地走了。

"哈哈哈,她被忽悠了。"周未未差点笑死,明明是自己出的主意,结果倪咩咩三言两语就说服了对方。

倪思喃弯唇道:"我说的是实话,哪里忽悠了?"

周未未说:"好,你没忽悠。"

倪思喃没打算找多少伴娘,就像傅遇北也不会有多少伴郎一样,两个人就差不多了。

结束后,蒋谷来接她们。

"你是伴郎吗?"路上,倪思喃问。

"我怎么可能是?"蒋谷想也不想就回绝了,然后又迟疑起来,"难道我小舅提了我?"

他立即兴奋起来。虽然自己是小辈,但如果自家小舅没有伴郎,那他肯定愿意冲上去。

倪思喃淡定地说:"哦,那没有。"

蒋谷无语极了。

晚上回到家,傅遇北还没回来。

倪思喃现在可忙了,每天都会空出一点时间设计自己的婚纱,目前已经进度过半。伴娘服虽然不用她设计,但也要用心选。

正要上楼时,玄关处传来声响,倪思喃揉着两只小羊说:"你们爸爸回来了。"

小羊们已经长大不少,力气也大了不少,但和主人熟稔之后,它们的动作小了很多,偶尔也能听懂他们的话。

"爸爸"这两个词小羊们听过无数遍,立刻奔向玄关,本能地想去顶人,但清澈的两对眼一看到傅遇北,立刻刹住车,站在不远处瞅着他,耳朵动来动去。

"咩——咩——"

这个男人是它们惹不起的。

傅遇北抬头看了一眼,随手摸了两下,以他的性格,是说不出来"你们妈妈在哪儿"这样的话的。

一进客厅,就看见倪思喃窝在沙发上。

"怎么不回房?"他问。

"等你呀。"倪思喃眉眼弯弯。

傅遇北面色不改,将外套递给用人,这才开口:"你确定不是因为你刚回来?"

真是不懂情趣。她撇了撇嘴,招手叫来自家的小羊,随口许下承诺:"我看婚礼上不需要花童了,让咱们的咩咩上吧。"

倪思喃想了想那个画面,没忍住笑了。

傅遇北淡淡开口:"如果你不怕的话。"

倪思喃当然是开玩笑,啧了他一眼。

她和他一起上楼,说起今天傍晚的事:"我今天邀请孟芯闵当我的伴娘了。"

傅遇北扭头,有些意外。

倪思喃眉毛跳了跳:"是不是很惊讶?以为我不会,毕竟我和她可是死对头。"

她的表情太生动,傅遇北盯着,半响颔首:"是有点儿。"

倪思喃说:"我可没那么小心眼儿。"

对于这句话,傅遇北不置可否。她有时候十分大方,有时候又格外小心眼儿,尤其是涉及自己的美貌和资产。傅遇北甚至怀疑她可能有个记账本,如果自己哪天少给了钱,她说不定会翻脸不认丈夫。

两个人一起进了卧室，接下来最重要的一个问题就是谁先洗澡，最后还是倪思喃拔得头筹。

她洗完澡没进被窝，而是拿着平板看新闻，其实是可以看股票的，但她不太懂。反正有傅遇北在，不会让她亏的。

倪思喃登录自己的微博，长久不上，后台几乎要爆炸了。

倪思喃没开私信，看完最新的评论，有夸的，也有问她为什么还不秀恩爱的。

倪思喃看得挺开心，又往下翻了翻，没想到还有不少奇怪的评论。

看得太入神，连傅遇北停在她身旁都不知道，耳边响起声音："有人骂你了？"

"怎么会？"倪思喃立刻瞪眼，"我这么好看的小仙女，温柔又体贴，怎么会有人讨厌我呢？"

傅遇北眉梢轻扬，没有回答。

得益于这个插曲，接下来的半小时里夫妻俩十分平静，一个看股票，一个看新闻，很和谐。

关灯后，倪思喃感觉身旁的男人在靠近自己。

天气渐冷，傅遇北身上带着热度，独有的檀木香裹挟着她，令她目眩神迷。

"咩咩。"他低声叫道。

"嗯？"倪思喃努力保持冷静。

傅遇北在她耳畔出声，嗓音低沉："婚期我已经考虑好了，定在初春如何？"

万物复苏，春暖花开之际。

倪思喃的耳朵被他呼出的热气烫得发痒，她想伸手去摸，却碰到他微凉的唇。

傅遇北又问："怎么样？"

他的指甲划过她的手心。

倪思喃小声地"嗯"了一声，又扭了扭身体，撒娇道："就初春吧，我觉得可以。"

春天来临之前是冬天，倪思喃不太喜欢冬天，因为南城地处南方，冬天会冷到骨子里，出门要穿得特别暖和才行，她不喜欢把自己裹得像只熊，因此最喜欢的还是初夏和初秋，这样的天气可以尽情地展示她衣帽间里的战利品。

虽然不太喜欢，但冬天还是会来。Muse工作室里早早地挂上了冬天的装饰。

倪思喃的婚纱进入最后阶段，已经完成了百分之九十，还有一个月就可以试穿，其他的几件婚纱也都定制好了，就等着她去试了。

圣诞节前，周未未问倪思喃："要不要一起出来玩？我买了麋鹿角。"

她发来两张图，毛茸茸的，很可爱。

倪思喃本来没什么兴趣，十分懒怠，看到这图改了主意，说："行，我去你家。"

周未未说："好嘞，你老公来不来？"

倪思喃说："我得问问。"

实际上，她觉得答案很明显，傅遇北那样的人，怎么会过圣诞节？

晚上，倪思喃躺在他身边，随口提了一下这事："未未邀请我们去她家过圣诞，你去不去呀？"

果然，傅遇北说："你去吧。"

他自觉和一群小年轻没有什么共同语言。

倪思喃闭着眼，鼻尖红通通的，比圣诞老人更可爱，哼哼唧唧道："不去算了。"

虽然他不去，但可以送老婆去。

圣诞节当天，傅遇北亲自把倪思喃送到周未未家，然后说："晚上结束前告诉我。"

倪思喃亲了他一下，说："好！"

周家已经到了一群男男女女，热热闹闹，她脱了外套，露出里面单薄的针织衫和长裙。

"思喃，你这一身穿得显身材。"有人靠过来夸道，"刚才都没有看出来。"

周未未说话更直接："你外面穿得跟只熊猫一样。"

倪思喃现在一身轻，仿佛重获新生，靠在沙发上，随口说："熊猫还是国宝呢。"

众人冲她翻白眼。

这个活动就是吃喝玩乐，周未未给倪思喃戴上麋鹿角，大家纷纷和她一起合照，能摆的姿势全摆了，倪思喃差点以为自己是一个吉祥物。

深夜，倪思喃玩够了，坐上回四季湾的车，临走时周未未没把她的麋鹿角取下来。傅遇北看到了，过了一会儿，又多看了两眼。不得不说，她穿着宽大的羽绒服，巴掌大的脸一小半都被围巾挡住，很可爱。

倪思喃抬头问："看我干吗？"

"头上戴的不错。"傅遇北言简意赅地赞扬。

"我忘了拿掉了。"倪思喃这才想起来，伸手摘下来，在手里放了几秒，忽然抬头看向傅遇北。

男人垂目在看手机，恐怕又是什么经济方面的，专注的模样让人目不转睛。

倪思喃心神一动："老公。"

傅遇北扭头："嗯？"

倪思喃眉眼弯弯，柔声道："你别动，我给你理理头发。"

明着是理头发，实则都不掩饰，径直趁他没反应过来把麋鹿角发卡别在他的黑发上。

"傅叔叔你好可爱。"倪思喃打量着。

傅遇北神色复杂，没有扫她的兴，低头继续看文件，无视头上的东西。

倪思喃靠过去拿手机拍照，然后选了一张发到朋友圈，立刻收获了一堆点赞评论。

倪思喃心满意足地收了手机。

新年一过，倪思喃就坐上了去巴黎的飞机，试穿婚纱后回到四季湾，定好的婚纱则是直接送到举办婚礼的小岛。

听闻风声的媒体纷纷询问能不能进去拍摄，大部分都被拒绝，只留下了权威的三家。

婚礼前夕，倪思喃和倪老爷子去了小岛，老爷子倒是很喜欢这个静谧的海岛。

伴娘们也跟着提前抵达，周未未话就没停过："哇，我现在好紧张，明明我就是个可有可无的伴娘。"

"说明你心理素质不行。"孟芯闵在一旁凉凉地开口。

"我这是关心心切。"周未未"哼"了一声。

倪思喃弯唇:"我都不急你急什么?"

孟芯闵看她眉眼间都是幸福,压下心底的羡慕,表面上云淡风轻地说:"说不定到时候你会哭。"

"可能是你哭。"倪思喃扬眉。

孟芯闵感觉很迷惑,自己怎么可能会哭。

趁着周未未出去,倪思喃问:"这个时间,江医生是不是在放假啊?"

提到江凛,孟芯闵一顿:"放假吧,不知道。"

倪思喃很惊讶,难不成是告白不成闹掰了?

孟芯闵说:"你别管了。"

倪思喃点头:"好吧。"

周未未端着水果从外面进来,说:"要我说,男人哪里都有,江医生这么个大忙人,谈恋爱也不好玩。"

孟芯闵是个娇生惯养的大小姐,坐拥无数家产,而江凛只是个医生。

说到这儿,话题终止。

三个人去放婚纱的房间欣赏婚纱,顺便试穿新的伴娘服,因为婚礼有各种场合,所以伴娘服都准备了好几套。倪思喃自然不可能委屈了她们。

这件婚纱的主纱是倪思喃亲手设计的,她非常喜欢,到现在看过的人寥寥无几,傅遇北都没看过。

"傅老板看到后会不会忍不住?"周未未挤眉弄眼。

"男人都是那样。"孟芯闵说。不过这件婚纱她特别喜欢,她看向倪思喃,强调第二十遍:"说好的,当你的伴娘,你给我设计婚纱。"

倪思喃乐不可支:"不会忘的。"

孟芯闵满意地笑了。

她们帮着倪思喃拍了一张穿婚纱的照片,倪思喃想了想,截取一角发给了傅遇北,只能看到繁复的花纹刺绣,还有满目洁白。

她想看他是什么反应。

与此同时,国内。

因为接下来的一个月要为婚礼让步,所以傅遇北正在安排未来的工作,乔路都觉得自己掉了不少头发。

京际集团事务多,员工们早已适应,但最近一两个星期,他们敏锐地察觉到不对劲,最近工作好像变多了呀,有些工作明明是下个月的。

大多数人一时半会儿都想不到婚礼上,只能猜测是不是上面发生了什么事,需要加快进度。

月底,工作忽然变得轻松起来,签完最后一份文件,离开办公室后,乔路长松一口气:"终于可以放假了。"

"放什么假?"

"乔特助要放假了?"

好几个人不知道从哪个角落冒出来,包围乔路,眼睛里充满了疑问。

乔路微微一笑:"是啊,你们继续努力。"

不到十分钟,全公司都知道了乔特助要休假的事。

不管公司里如何疑惑,乔路已经安排好了一切。

彼时,傅遇北刚收到倪思喃发来的照片,入目是圣洁的白色,是婚纱。

他见过她穿过无数次白裙子,有性感的,有清纯的,此刻却想象不出来她穿婚纱是什么样子。傅遇北盯着图片看了几分钟,直到乔路推开门:"先生,可以出发了。"

傅遇北神色淡然,关掉手机,仿佛什么也没发生。

傅遇北乘坐专用电梯离开京际集团,所以直到下班,大家都不知道老板已经不在公司了。

下班前最后一分钟,终于有高层透露,傅总去结婚了。

这个消息如同插上了翅膀,飞进各个小组群,群里瞬间爆炸,消息一分钟刷新好几百条。

"真的假的?"

"我就说!一切早有迹象!"

"呜呜呜,我们能看到婚礼吗?"

"不能吧，傅总能保密到现在，就没有公开的意思。"

在京际工作这么久，他们清楚傅遇北的做事态度，他是务实派。

京际集团总公司上上下下好几万员工，根本守不住秘密，天一黑，这事就传了出去，就连微博上都开始有人询问："我听说傅遇北和傅太太要举办婚礼了？"

这时，有三家媒体齐齐放了预告："下周，我们将跟拍京际集团傅遇北和倪氏地产千金倪思喃的婚礼。"

等倪思喃看到的时候，已经上了热搜，评论里都在说婚礼的事。

"现场直播吗？"

"倪思喃穿上婚纱该有多好看啊！"

傅遇北到小岛上时，正是第二天清晨，阳光从海上升起。

三个女人在草坪上晒太阳。俗话说三个女人一台戏，倪思喃、周未未和孟芯闵在这个小岛上十分放飞自我。

"要我当伴娘，做好新郎被为难的准备。"孟芯闵吃着哈密瓜，放下大话。

周未未闭着眼睡在躺椅上，对此嗤之以鼻："你敢为难傅老板，马上一架飞机送你回家。"

故意的吧？找她当伴娘是不是就是为了损她？

倪思喃听得笑出声，正要说话，余光瞥见不远处挺拔修长的身影，脸色一正，清清嗓子："你想为难什么？现在婚闹要不得，一看你就是思想觉悟不够。"

孟芯闵一愣，就你思想觉悟高。

等傅遇北出现在大家的视线里，孟芯闵和周未未才回过神，合着这话压根儿不是说给她们听的。

孟芯闵和周未未对视一眼，一时之间竟有点同仇敌忾，一起翻了个白眼。

"既然你老公来了，我们就不打扰你们了。"孟芯闵吃不得狗粮，"我走了。"

她一走，周未未紧跟其后："傅老板恐怕讨厌电灯泡。"

傅遇北和她们点头示意，走到躺椅处时只剩下倪思喃躺在那里，眼睛一眨不眨地看着他。

"是不是接下来都在这儿了？"她问。

"嗯。"傅遇北颔首。

单纯的婚礼自然不需要一个月时间，剩下的时间是预留出来度蜜月的，他这段时间为了空出这么点时间，工作量比之前多了不少，面上的疲惫显而易见，这个躺椅倒是让他放松了下来。

"婚礼前期的准备差不多了，不过鲜花要等到当天才能送过来。"倪思喃和他细细说着，"对了——"

她扭头，看见傅遇北闭眼休憩，凑近能听到平稳的呼吸声。

她靠着躺椅中间的小桌子，撑着手肘捧着脸，睡着的傅遇北很平和，看不出在商场的说一不二，就连胡茬都冒出来了一点。

傅遇北的生活习惯很好，不管是工作还是生活，倪思喃和他结婚这么久，从来没有听过他打呼噜。

盯着看了许久，她起身把自己身上搭的小毯子轻手轻脚地盖在他身上。还好这躺椅够大，不然他这身形，估计很委屈。

倪思喃回了屋里，孟芯闵和周未未边吃早餐，边就以前的事拌嘴。

"是你太趾高气扬，谁想理你啊？"

"你怎么不说是你没眼光，想理我的人多了去了——你看看谁家还养马？"

"养马怎么了？咩咩还养羊呢。"

两个人的话题转得非常快，誓要压过对方，结果为了说服对方，把自己气得冒烟。

倪思喃压根儿不管，从她们面前走过，两个人停下来，扭头看着她："你老公呢？"

"他在休息。"

"好不容易过来相聚还要休息。"孟芯闵说。

"傅老板日理万机，休息是很正常的。"周未未说。

倪思喃就说了四个字，两个人自说自话，不过这段时间有了孟芯闵，热闹了许多。

半小时后,傅遇北回到室内。周未未和孟芯闵忙自己的事去了,倪思喃正在餐厅里坐着看工作室那边传来的消息。

"怎么不叫我?"傅遇北问。

大概是刚醒,他的声音很有磁性。

倪思喃最爱听这种嗓音:"看你太累了。"

她走过去摸摸他的下巴。

傅遇北蹙眉,见她一会儿皱眉一会儿笑,表情生动,垂目道:"这两天比较忙,没打理。"

"那可不行。"倪思喃仰头,眨眨眼,乖巧地认真说,"过几天就是婚礼了,我可不要看见一个邋遢的老公。"

"邋遢?"傅遇北挑眉。

"没找到合适的形容词。"倪思喃狡辩,理直气壮,"反正就是这个意思。"

傅遇北轻笑一声。

倪思喃睨了他一眼:"要是被拍到,信不信我们立马各大网站头条——惊,京际傅总不满婚姻,婚礼现场状态不佳!"

"新闻标题起得不错。"傅遇北夸道。

"那当然。"倪思喃骄傲道,反应过来这件事有什么好骄傲的,咳嗽两声,瞪了他一眼。

傅遇北摸了摸她的头发。他喜欢看她胡思乱想的鲜活样子,连带着自己原本一成不变的生活都变得有趣起来。

古代,新婚夫妻结婚前是不允许见面的,但现在不一样了,婚礼前一晚,倪思喃和傅遇北还睡在一起。

孟芯闵很不赞同:"明天早上要早起做造型,你俩干脆各睡各的比较方便。"

周未未头一回和她想的一样:"对对对。"

"不用。"傅遇北面色不改。

周未未和孟芯闵有点怕他,见他这么严肃,也不敢直接反驳,一起望向倪思喃:"你觉得呢?"

就分开睡一晚,有什么大不了的。两个目前还是单身的女人对于他们现在的纠结十分不理解。

倪思喃想了想,说:"要不分开?"

傅遇北看她一眼:"我也要早起。"

正主都这么说了,她们做伴娘的还能怎么着。

因为第二天要早起,晚上一到九点,傅遇北就没收了倪思喃的手机,不准再看。倪思喃躺在床上,特别不高兴,控诉道:"你不让我看,你自己还在那儿看?"

哪有这样的人!

傅遇北回复乔路之后,才开口:"是这几天公司里的事,现在处理总比明天晚上处理好。难道新婚夜你想看见我在忙工作?"

倪思喃想了想那个画面,如果真要处理工作,她会郁闷死的,就算是赚大钱也不行,她又不缺这点钱。

倪思喃嘴一噘:"好吧。"

傅遇北见她不情不愿的模样,觉得好笑,放下平板,关灯后躺在她身侧。

"怎么不处理了呀?"倪思喃问。

"结束了。"傅遇北低声说,"现在开始休养比较重要,睡一个美容觉?"

倪思喃被他逗笑了:"应该给你敷面膜的。"

傅遇北不置可否。

原本倪思喃是不紧张的,但头一次睡这么早,她睡不着,脑海里不禁想象着明天的婚礼,不知道过了多久,才终于睡着。

再次醒来是凌晨五点,和傅遇北可不同,她还要做造型。

她本来想动作轻一点,没想到身旁人率先下了床。

男人以为她没醒,叫道:"咩咩,起床了。"

倪思喃清醒地享受到叫醒服务,心里美滋滋的,假装刚睡醒道:"你居然这么早。"

"总不能迟了。"傅遇北看向她,"婚礼只有一次。"

倪思喃没说话，但翘起的唇角彰显着她心情很好。

过了十分钟，敲门声响起。

"倪思喃，你好了没？"

周未未和孟芯闵比倪思喃还激动，等她洗漱好就把她抓到另一个房间，换上婚纱。

饶是见过那么多次，现在还是很惊艳。虽然她素面朝天，但容貌明艳，反而添了几分姝色。

"傅太太太漂亮了，不化妆都可以。"造型师们回过神，让她坐在梳妆台前。

怕被人碰到弄乱婚纱，所以众人都小心翼翼的，光是助理和造型师都来了好几个，就怕出问题。

"就怕到时候傅老板走不动路。"周未未调侃，"孟芯闵，你说是吧？"

孟芯闵难得点头："虽然不想承认。"

她别扭的样子逗笑了倪思喃，从镜子里看着她，说："放心，等你结婚那天我会化个素净的妆。"

孟芯闵无语："我会怕你盖过我的风头？"

旁边的造型师急忙说："周小姐、孟小姐可别在这里聊天了，二位也是要做造型的。"

初升的太阳光线明亮，顺着窗子洒进来，桌上放了不少首饰，此刻熠熠生辉，晃着亮眼的光。

被邀请的三家媒体的记者和摄影师早在昨天晚上就抵达小岛，虽然现在还拍不到新郎和新娘，但已经布置好的婚礼场地还是可以拍的。

很快，国内的网友就浏览到了图片。

所有对这件事感兴趣的网友都关注了三家媒体，论坛上还开了婚礼直播帖，随时搬运图片。

上午八点，阳光明媚，海岛四季如春，温度适宜，即使太阳高悬也热不到哪儿去。

九点，有人敲门。

倪宁："爷爷让我来问怎么样了。"

看到里面人来人往，她着实惊了一下，又好奇起来。每个人都在她面前说倪思喃美，她和倪思喃住在一起十来年，自然清楚，此刻又不禁好奇今天盛装出席的倪思喃该有多好看。

几个人一回头就看到倪宁呆呆的样子，不由得笑出来："马上，快了。"

以前倪宁说话确实不好听，但她年纪小，又被宠坏了，现在脾气改了不少。

倪宁瞪了两眼，关上门跑没了影。

快要到时间了，宾客们已经坐下来，三三两两地讨论今天的婚礼。

"我还以为傅总不举办婚礼呢。"

"其实吧……我也这么想过。"

大家对视一眼，默默地笑了。

倪老爷子今天也是精心打扮，头发染黑了，比起之前精神了很多，看到倪思喃一袭婚纱，连声说："好。"

"爷爷。"倪思喃没忍住红了眼眶。就算是领证那天，她都没有今天心情复杂。

"哭花了可就不好看了。"倪老爷子依旧笑着，"到时候可不要找爷爷抱怨。"

倪思喃父母不在，今天牵着她走向红毯尽头把她交给傅遇北的是倪老爷子。

说实在的，倪老爷子心头有点酸，自己捧在手心里的宝贝孙女就要亲手交给别人了。

上午十点，一切就绪。

宾客和媒体记者们等待许久，终于看到了重头戏，纷纷扭头看向红毯一头的祖孙俩。

倪思喃头上戴着头纱，依稀能看见明艳的五官。

老爷子走路不快，这段路走了好几分钟，大家都没有着急，耐心地等着。

一直到终点，倪老爷子看向傅遇北，微微一笑："喃喃我就交给你了。"

眼前的男人是自己选中的，他相信傅遇北。

傅遇北牵过倪思喃的手。

海岛艳阳高照,无数人见证傅遇北与倪思喃共同宣誓,交换戒指,最后在众人的期待下揭开倪思喃的头纱。

郎才女貌,天作之合。

番外二

这场婚礼过后,国内热闹了好几天。虽然只有三家媒体去了,但消息一传回国内就被无限转发,一天后甚至出了精修版的视频。

不过倪思喃和傅遇北毕竟不是公众人物,婚礼过后就消失在大众视线里,网友们乐了一段时间,这事很快就被遗忘了。

倪思喃和傅遇北去旅游了大半个月,把周未未羡慕坏了。

一开始去的地方是比较冷的国家,每天把自己裹成团,朋友圈的照片里都看不到全脸。傅遇北觉得她这个打扮好笑,说:"不知道的以为我和谁在外面度蜜月。"

倪思喃看他一眼,十分自信:"不应该隔着围巾帽子都能认出我的美貌吗?"

傅遇北挑眉,不置可否。

原本他以为这就是最复杂的装扮了,没想到到了热带地区,比这个还夸张。因为倪思喃怕晒黑。傅遇北无奈地笑了一下,恍惚间仿佛回到了刚认识没多久在马场的那一次,倪思喃也是把自己遮得严严实实。

蜜月结束前一晚,周未未打来电话:"可算要回家了!"

倪思喃:"又没人绑住你的脚,你自己也可以出去玩啊。"

"一个人玩多没意思。"周未未说。

"找个人陪着呗。"倪思喃意有所指,"我听说蒋谷最近不是空闲着吗?"

这事是真的。年前蒋谷就进了自家公司,最近刚好完成一个项目,就给自己放了半个月的假。大家调侃他努力一个月放假半个月,以后要是这样,那一年有一小半的时间都在放假。

周未未嘟囔起来:"不好。"

倪思喃问:"哪里不好?"

周未未说:"就我和他两个人出去玩多没意思啊。"

倪思喃陷入沉思,还以为周未未要说孤男寡女不合适,没想到理由这么正经,是自己的思想太不正经了。

第二天上午,倪思喃和傅遇北准备回国,私人飞机早就安排好了,随时可以出发。

傅遇北正在阳台和乔路通话,倪思喃则一条腿搭在床上给自己抹防晒霜,这么久的时间,她半点没晒黑,白嫩的肤色与深色的床铺形成鲜明的对比。

傅遇北进来就看到这么一幅活色生香的画面。

倪思喃正听着歌,沉迷于这项护肤行为,直到头顶的目光越来越不可忽视,才抬起头问:"忙完了?"

傅遇北颔首:"嗯。"

倪思喃"哦"了一声:"等我抹完防晒霜就可以出发了。"她正要把防晒霜丢进包里,看到傅遇北从自己面前走过,抓住他,"等等。"

"怎么了?"傅遇北问。

"给你也抹一点。"倪思喃理直气壮,"最后几个小时也不能松懈。"

傅遇北失笑:"我不需要。"

倪思喃仰头看他,说:"不行,黑了多不好看。"

傅遇北只好停下来,在她往自己的脖子上涂抹时,说:"几个小时应该不是问题。"

倪思喃才不想和他说废话。对于这些瓶瓶罐罐，男人都是不清楚的，防晒霜要是一点作用都没有，怎么会有人愿意买？

她就近打量傅遇北，不枉自己这段时间天天给他涂防晒霜，只晒黑了一丁点儿，反而增添了几分魅力，怎么看自己的老公都好看。

从天气炎热的地方回来，因为国内的气温不是很高，所以倪思喃里面穿得单薄，外面穿了一件长风衣，酷得像模特。

他们的回国时间并没有告诉别人，但媒体不知道从哪儿得到消息，才落地，他们的照片就被传了出去。

倪思喃困得不行，只和熟悉的人说了几句就去倒时差了。傅遇北倒是没有这么夸张，第二天早上又兢兢业业地去了公司，他还有许多事要处理。

倪思喃被手机铃声吵醒，点开手机，发现好几个人给她打了电话，不仅如此，就连微信消息都有很多条，不仅有朋友的，还有老爷子的。

虽然不知道发生了什么，倪思喃还是猛地清醒过来，找到周未未的电话拨了出去——她肯定是最了解情况的。

过了十来秒，周未未才接通："你终于醒了，我的天，你又上热搜了，而且还是劲爆消息！"

"什么？"倪思喃迷茫。

"你怀孕了！"

"怀什么啊？"倪思喃想也不想地反驳，"我这婚礼才刚结束，怀什么孕啊？"

"不是我说的，媒体说的，昨天你和傅老板被拍啦，这会儿还在热搜第一呢。"

周未未三言两语说不清，挂断电话后，倪思喃清醒了，飞速登录微博。

热搜第一果然是她怀孕的话题，点进去是自己穿着风衣的照片，被风一吹，看起来宽松很多，也看不出身材，标题写着"傅太太衣着宽松，穿平底鞋，傅总一路护着，疑似怀孕"。

倪思喃穿平底鞋是因为落地了打算直接回四季湾睡觉。

不管她怎么想，网友们却半信半疑。

"说的和真的一样，这就怀孕了？"

"不说别的，宽松是被风吹的吧……"

"媒体就知道乱写，明明前几天才办婚礼。"

"楼上的，婚礼都结束三个星期啦。"

"好像真的比之前圆润了一点，是我的错觉吗？"

看到这条评论，倪思喃大惊，立马下床，直奔体重秤，看到数字比一个月前只多了0.9这才松了口气。

倪思喃主动发微博辟谣："没怀孕，也没胖。"

网友们闻风而来，忍不住笑了。

倪思喃打电话给傅遇北："热搜看到没？"

傅遇北按按眉心："公关部已经在处理了。"

这件事很快沉寂下来。

不过倪思喃和傅遇北是热点人物，接下来的一个月，上热搜的次数猛增，次次都是疑似怀孕。网友们都感觉这是现实版狼来了，前两次还能期待一下，后面一看到就直接不相信，哪有一个月怀孕四五次的？

也许是因为每个月都能看到自己因为怀孕上热搜，倪思喃就对怀孕这件事特别不上心，倒是每次一回倪家，老爷子就会询问。

离开时，倪宁别扭地告诉她："每次看到新闻，爷爷都以为是真的，我一说假的他还不信。"

倪思喃忍俊不禁："以后就习惯了。"

晚上，倪思喃问傅遇北："你喜欢女儿还是儿子？"

傅遇北翻书的动作停住，转头看她："有了？"

他向来情绪不怎么外露，此刻倪思喃看出了一点惊喜，连忙说："没呢！"

傅遇北又把头转了回去："都喜欢。"

倪思喃打破砂锅问到底，想问出个三五六。

"儿女双全我不是体会到了。"傅遇北一本正经,语气平静,"你自己说过的。"

倪思喃蒙了一下,过了好半天才反应过来傅遇北是在说家里两只羊的事,她经常在小羊面前提起傅遇北就是"你们爸爸",没想到他记得这么清楚。

倪思喃笑得不行。

最近半个月比较懒惰,她上午都不去工作室了,每天睡到九点才起来。要不是因为被傅遇北勒令必须吃早餐,用人会来准时敲门,她可能会睡到十点。

临近五月,南城的天气逐渐变热。倪思喃穿起漂亮的裙子,活力恢复不少,约周未未一起出门逛街喝下午茶。

"孟芯闵当你伴娘的事,现在一提起大家都是不理解。"周未未说,"我都快一个星期没见你了。"

"不太想动。"倪思喃懒洋洋地说。

"这个天气吃雪糕还算舒服。"周未未十分享受,看向对面的倪思喃,"山珍海味吃多了都没胃口了。"

倪思喃煞有其事地点头:"是啊。"

周未未上下打量着自己的好友,忽然眼神一凝。

"这么看我干什么?"倪思喃问。

"你最近是不是圆润了点?"周未未没说"胖"这个字。

"你才是。"倪思喃一听就精神了,掐住自己的腰,"不要试图造我谣。"

周未未一口气吃完雪糕,问:"你是不是怀孕了啊?"

倪思喃一愣:"不可能吧,我都没想吐。"

她越说心里越没底。

"又不是每个人的反应都是一模一样的。"周未未说,"每个人体质不一样。"

十分钟后,两个人到达医院,准备做检查。

很久之前傅遇北给倪思喃配了两个保镖,现在只剩其中一个在职。

倪思喃一进医院,傅遇北就收到了消息,只不过保镖不清楚内因,导致他第一反应是倪思喃身体不舒服,直接打电话过来询问。

倪思喃已经检查结束,坐在那儿等结果。她接到电话,犹豫了几秒:"体检。"

傅遇北蹙眉："你不是两个月前才体检过吗？"

正要回答，倪思喃看见周未未进去，没过几秒拿着单子出来，对她比手画脚。向来淡定的倪大小姐心跳如鼓。周未未不可能让她空欢喜，这反应大概率是真怀孕了。

电话那头还有傅遇北的叮嘱声，她听得不太清楚。

乔路推门进来："会议还有五分钟开始。"

傅遇北"嗯"了一声，就要挂断电话。倪思喃回过神，盯着周未未摊开的检验单，磕磕巴巴地说："老公，我怀孕了……"

"又怀孕了？"傅遇北第一反应是媒体又在乱写。

倪思喃气道："什么又，就这一次！"

傅遇北按按眉心："公关部会很快处理的。"

倪思喃差点没被气死："这次是真的。"

她刚刚的害羞散尽，一点不想和这个男人说话，直接挂了电话，气呼呼的。

听着忙音的傅遇北有点蒙，后知后觉地回过味来，想起倪思喃最后那句"这次是真的"，一时间更蒙了。

乔路再次推开门："老板，会议——"

傅遇北猛然回过神："知道了。"

会议当前，又是十分重要的项目，他不可能直接推掉，干脆速战速决。

走进会议室大门，他发了一条消息给倪思喃。有周未未和倪思喃在一起，应该没有大问题。

医院里，周未未安慰道："别气啦，谁让无良媒体经常说你怀孕，傅老板没反应过来很正常。"

说是这么说，但就是生气啊。倪思喃都想好了傅遇北可能有的反应，这是他们的第一个孩子，他会惊喜还是会怎么样，结果得来一句"又怀孕了"。

"气死我了。"倪思喃呼出一口气，手机响了一声，低头打开，是傅遇北发来的消息。

傅遇北:"我会尽快回来。"

周未未:"可能是傅老板头一回当爸,喜不自胜,所以人不清醒了。"

倪思喃被她逗笑了。

其实她想过自己怀孕的事,但是有媒体天天造谣,她都快麻木了,没想到这时候给了她惊喜。现在想想,前段时间天天不想动说不定就是因为怀孕,只不过他们没经验,都没发现。

倪思喃摸了摸自己的肚子,依旧是平坦的,什么也感觉不到,任谁也想不到有个孩子会从里面孕育而出。几个月后,她就会成为一个母亲。

她们又去医生那儿听了一些注意事项,回到四季湾天色还早,家里用人还什么都不知道。倪思喃坐在客厅里把医嘱仔细看了几遍,等回过神来太阳已经落山,橙红色的晚霞遍布整个天空。

她打电话给倪公馆:"请爷爷听电话。"

老爷子的声音很快响起:"咩咩是不是要过来吃晚饭啊?"

"不是。"倪思喃否认,随后扬唇道,"我是要告诉爷爷一个好消息的,您猜猜。"

老爷子乐呵呵地说:"这我可猜不到。"

倪思喃不卖关子了:"您马上就要抱曾孙曾孙女啦。"

老爷子没想到是这个惊喜,因为"狼来了"的事他都波澜不惊了,高兴得说不出别的话,只道:"好!好!"

祖孙俩又说了一会儿话,倪思喃才挂断电话,本来她明天要回倪公馆的,但被拒绝了,老爷子勒令她在家好好休息。

新晋孕妇倪思喃还不知道自己未来的几个月不会如此轻松了。

天还没黑,玄关处就传来动静。

用人还是第一次见先生回来得这么早,还没等开口就听见询问:"夫人呢?"

用人说:"在楼上。"

傅遇北点头,随手脱下外套就直奔楼上,看得用人十分茫然,又不是半个月没见,这么急吗?

倪思喃正在楼上看视频。她周围的几个姐妹都没结婚,更别提怀孕了,她压根儿不知道该怎么办,所以这会儿找了不少视频来学习。

倪思喃看了这么久,实在无聊,把平板一扔,准备问问傅遇北怎么还不回来,没等消息发出去,卧室门先被打开。她扭头看见傅遇北大步朝自己走过来,到她面前,又忽然停了下来。

"干吗离那么远?"倪思喃问,"是不是没想到啊?"

傅遇北神色复杂,问:"吃过了吗?"

这话题转得倪思喃一点都不觉得突兀,张嘴就说:"我还没吃,想吃红烧肉。"

傅遇北说:"好。"

嘴上这么说,心里想的却是得找个人问问孕妇能不能随便吃。

男人再次走到床边,目光自上而下,停在她的小腹上,一时间没有说话。

倪思喃将一张纸递给他:"看吧。"

检查单上都是专业术语,傅遇北并不清楚,但还是认识下面的答案。他收好,问:"有没有不舒服的地方?"

倪思喃看他小心翼翼的样子,忍不住笑道:"傅叔叔,你这个样子好好笑。"

傅遇北皱着眉:"先回答我的问题。"

"我都怀孕了你还凶我。"倪思喃仗势欺人,"没有不舒服,我要吃红烧肉。"

"好。"傅遇北应下来。

趁着他去楼下,倪思喃打开手机,打算向周未未描述一下他的反应,没想到对方先给她发来消息。

周未未:"咱们去医院被拍了,你又上热搜了!"

倪思喃都快习惯了,因为这几个月她去什么地方都可能会被拍,然后联想到怀孕。

倪思喃的微博已经爆了,尤其上一条还是一两个月前的怀孕辟谣。

要不要公布呢?倪思喃盯着屏幕陷入思索。不公布估计接下来的一段时间又会经常因为怀孕上热搜,但公开了又会变成怀孕后怎么样怎么样。

倪思喃想了想,没有发微博,直接让公司那边发,省得后续麻烦。

倪思喃怀孕是一件很大的事，一公开，铺天盖地都是，不说倪家和傅家，就连孟芯闵都发微信来问："你这么快就怀孕了？"

倪思喃："你很惊讶？"

孟芯闵："是啊！"

她和倪思喃一样大，她还没结婚，才刚谈上恋爱，倪思喃很快就要生孩子了。

孟芯闵心情复杂："恭喜。"

倪思喃："到时候别忘了红包。"

这是一个当妈的人该说的话吗？自己为什么要过来问，这不是给对方机会找自己要红包吗？

倪思喃怀孕后的前两个月过得特别舒心，两家人都把她当成吉祥物一样，几乎要什么都满足，只要不对孕妇有害就行。

倪思喃的反应不是很强烈，两个月后才开始感觉恶心，胃口逐渐发生变化，弄得家里的两三个阿姨一起研究她的饮食。

等显怀之后，倪思喃的脾气也开始反复无常，尤其是自己出行都要受到管制。比如今天，她想去工作室，两个阿姨不赞同。

倪思喃拉下脸："照你们的意思，我怀孕十个月就天天待在家里，哪里也不去是吗？"

她生起气来还是很唬人的，认为两个阿姨最近管得越来越多。

倪思喃直接打电话到京际集团："傅遇北我告诉你，家里的人你最好赶紧换。"

说完挂断电话，带着保镖出了门。

傅遇北眉头拧在一起，打电话回四季湾，两个阿姨磕磕绊绊地说完，他才开口："我没有让你们管这么严。"

知道倪思喃带了保镖，他放下心来。

正好距离下班时间不远，傅遇北直接去了Muse工作室，推门而入时倪思喃正在和辛禾聊天，笑容也比在家里多了许多。

辛禾眼尖："老板，你老公来了。"

倪思喃扭头，看见他"哼"了一声。

傅遇北走到她面前，伸手摸了摸她的头，低声说："咩咩，我来接你回家。"

"不想回去。"倪思喃看他。

"那今天吃别的。"傅遇北顺着她的话。

倪思喃一听这个心情就好了许多，点点头，提醒他："家里的阿姨我不喜欢。"

管一点可以，管多了就不可以。倪思喃唠叨起来："我又不是犯人，现在哪个孕妇出门是很危险的，我会抑郁的知不知道？"

"现在知道了。"孕妇的心情最重要。

"知道错就好。"倪思喃很大方，"以后不许再犯。"

两个人的对话没有避讳辛禾，辛禾憋着笑。她对傅遇北的印象大多来自新闻，夫妻两今天这种相处模式她还是头一次见，傅总是真的小心翼翼。

对于倪思喃的勉为其难，傅遇北"嗯"了一声，没有多说什么，带她去了一家私房菜，孕妇的忌口他都清楚。

一顿饭下来，倪思喃就忘了下午的不愉快。

她现在每天睡觉的时间变长了许多，今天没午睡，吃完晚餐就困意来袭，上车没多久，就靠在傅遇北的肩上睡着了。

傅遇北将外套搭在她身上，目光触及她恬静的睡颜，心头软了几分。

怀孕五个月时，倪思喃的脾气恢复了不少。不过这段时间她偶尔会难受得想哭，虽然知道怀孕很辛苦，但亲身体验才知道是真的辛苦。

前一晚倪思喃看了个视频，视频里的博主生了孩子，在总结自己的孕期生活。她看了一半就看不下去了，连带着今天早上起来都恹恹的，傅遇北不来安慰还好，一来反而让她更难过。她没有发火，就是闷闷不乐。

所以周未未被傅遇北邀请来家里。

周未未到的时候才十点，见她在外面晒太阳，说："傅老板担心得不得了。"

倪思喃随口说："没多大事儿。"

"怎么了？"周未未问，"要是惹你不高兴了，就算是傅老板我也要骂的！"

"就是不高兴。"倪思喃说。

可能是因为现在傅遇北很听她的话,加上怀孕的各种反应,让她得寸进尺。

周未未凑过去问:"总得说出个三五六吧?"

倪思喃睁开眼,摸了摸自己的脸:"你有没有觉得我最近脸上长痘了?"

知道她的皮肤不长痘,周未未觉得能被她拿出来说必然是比较明显的。她瞅了半天倪思喃精致的脸,最后终于在额角处发现了一个小痘痘。

"这叫长痘?"周未未十分无语,但还是顺着她的话,"好吧,一个痘也是痘。"

倪思喃慢慢坐起来:"我昨晚看了一个视频,那个女生之前是个美妆博主,产后状态好差。"

周未未总算是知道她为什么不高兴了。

"这个要看个人体质的吧。"她伸手指了指,"你看你,怀孕这么久就长了一个痘。"

"还有妊娠纹。"倪思喃补充。

她一想到自己会变成那个样子就特别恐慌,就连孟芯闵都觉得她好看,生了孩子变丑她绝不允许。

"傅老板不是请人过来帮你吗?"周未未其实也挺担忧这个,"等生了我天天督促你塑形。"

倪思喃悠悠地叹了口气,正要说什么,肚子里的小家伙突然动了一下。

"未未,你摸摸。"倪思喃转眼就忘了变丑的事,"宝宝刚才踢我了。"

"真的呀?"

周未未伸手放在她肚子上,不知道是不是小家伙不给面子,接下来的几分钟毫无动静。

"看不起我周未未啊!"

倪思喃笑了:"看来你和他无缘。"

周未未还就不信了,中午赖在四季湾不走,几个小时里不停找机会,总算在临走前感受到了胎动。

周未未的手都不知道该往哪儿放。

"真期待。"她感慨道,"傅老板平时有什么可以说出来让我乐乐的事儿吗?"

"我想想。"

其实怀孕之后,傅遇北对她确实小心了不少。倪思喃回忆了一会儿,想起前两天的一件事。

"家里的小羊不是被他勒令不准进家吗?我那天想去逗逗,小羊很久没见我很热情,正好回来被他看见了,从那以后,小羊的活动范围又缩小了,气得它们见到他扭头就走。"

傅遇北并不觉得这是大事,羊又吃不了他。

被倪思喃吐槽的傅遇北此刻正在公司里。作为老板,他平时下班都很迟,但这两天由于倪思喃心情反复,就提早了一些。

自从家里换了阿姨之后,倪思喃的胃口又好了一些。他回到家时倪思喃正在客厅里走路,医生说适当的运动有利于生产,对身体也好,因此即使怀孕了也十分重视身材的她从不懒惰。

傅遇北停在原地看她走了几分钟,沐浴在光下的人身上多了一层温柔,让人心生柔情。

倪思喃发现他站在那儿,问:"怎么不过来?"

傅遇北走过去,将她从上看到下,不经意地问:"所以为什么早上不高兴?"

倪思喃这会儿心情变好了,被问起这件事反倒有点害羞:"一点小事情。"

傅遇北定定地看着她。

倪思喃推了他一把:"你好烦呀。"

半撒娇半抱怨的语气让傅遇北的神色松了松,唇角轻扬:"看来现在好了。"

倪思喃想叉腰,但是现在的腰感觉叉不起来。她泄气了,捧着肚子瞪他一眼,又转了转眼:"今天宝宝动了,可是你感觉不到。"

说来也是奇怪,倪思喃孕期胎动并不明显,次数也不多,偶尔才一次,今天周末未运气好碰上两次。

傅遇北视线下移:"总有机会的。"

倪思喃狡黠道:"不失望啊?"

傅遇北和她对视,徐徐开口:"失望还能怎么样?和他说话他又听不到。"

倪思喃忍不住笑了。

晚饭后,两个人在家周围散步。说来房子大也有好处,之前被小羊们"残害"的高尔夫球场用来散步最合适不过。晚霞还剩一丝残留在天边。

"等我到时候更重一点,说不定比小羊踩得还严重。"倪思喃煞有其事地告诉他。

她的体重现在重了不少,毕竟肚子里揣了个宝宝。

实际上,傅家已经在打听孩子是男是女了,只不过傅遇北不理会,他们又不敢来惹倪思喃,就只能暗暗猜测。如果傅遇北没有继承人,当然是他们最有机会。

这些事傅遇北都没有告诉倪思喃,但她能猜到,毕竟南城多大点事她都清楚。

"那就再换一次。"傅遇北气定神闲。

"你好有钱哦,傅老板。"倪思喃虚伪地吹捧,换草坪可不是小事。

没想到身旁的男人顺着她的话说:"我的钱不就是你的钱,是不是,老板娘?"

见他一本正经地这么说,倪思喃愣了一下。

傅遇北趁她发呆伸手刮了下她的鼻子,然后捏住她的手:"时间不早了,回去吧。"

倪思喃"哦"了一声,像一个放学的小学生似的,被自己的家长牵着回家,生怕走丢还是怎样,这感觉还挺奇妙的。

踏入家门的前一刻,倪思喃忽然"啊"了一声。

傅遇北立刻低头询问:"怎么了?"

倪思喃没说什么,把他的手放在自己的肚子上:"你感觉到了什么吗?"

隔着一层衣服,傅遇北仿佛能感觉到手底下和他血脉相连的生命正在蓬勃生长,他眉宇间的凌厉不禁消失殆尽。

"感觉到了什么?"倪思喃问。

"没动静。"傅遇北认真回答,"可能睡着了。"

行吧,睡着了。

六个月时,倪思喃的出行次数减少了许多,她只是偶尔和周未未出门逛街喝下午茶。虽然大着肚子,但不妨碍她逛街,而且她现在迷上了买小孩子的衣服,因为不知道性别,就男女各选一套。

两人喝下午茶的时候,周未未说:"你怀孕后比之前更好看了。"

倪思喃一听这个就很开心,所以回家时还给傅遇北打包了个小蛋糕,完全忘了他很少吃甜品这件事。

傅遇北回家时,看到娇妻一脸期待。他尝了一口,忍住满口的甜腻,严肃地叮嘱她:"蛋糕你也不能多吃。"

倪思喃心情好,说:"我就吃了一块。"

傅遇北问:"今天买了多少?"

倪思喃拉着他上楼,打开衣帽间大门,原本空空的过道此刻满满当当,一眼看过去,仿佛梦回新婚后在巴黎的那几天,目之所及没有下脚的地方。

半晌,傅遇北说:"开心就好。"

比起花钱,他更害怕她莫名不高兴,那样对她和孩子都不好。

倪思喃立刻扬起唇。

晚上躺在床上,倪思喃最近换了沐浴露,闻着很香,傅遇北有时候在想,自己还是感冒比较好,那样就闻不到了,但又可能传染给她,那还是不要了。

他将手放在倪思喃的肚子上。

倪思喃睡得很快,没一会儿就呼吸平稳,甚至还打起了小呼噜,不吵,有点可爱。

被她这么一传染,傅遇北也睡意来袭。就在他昏沉入梦的时刻,掌心忽然动了一下,他猛然睁开眼,睡意全无,黑夜里眼睛亮得惊人。

胎动了。孩子在踢他。

但只有那一刻,接下来傅遇北再期待,也一点动静都没有,仿佛刚刚是错觉一样。

睡梦中的倪思喃什么也不知道,更不知道手握无数人饭碗的傅总第一回失眠了。

番外三

七个月时，一系列事情都已经安排妥当，月嫂定了两个，本来想定三个，倪思喃嫌太多就拒绝了。

宝宝的房间也已经准备好，至于是母乳喂养还是奶粉，倪思喃还没考虑好。周未未每天都往四季湾跑，要不是住在这儿不合适，她能立刻搬进四季湾。老爷子也每天定时打电话过来询问。

在这种情况下，倪思喃反而越来越随心，可能是之前紧张的日子太多了，现在紧张不起来，她甚至觉得生了就好，自己又可以肆意快乐了。

"我前两天看见孟芯闵了。"周未未和倪思喃说起八卦，"她应该是在约会。"

"早就在一起了。"倪思喃说。

"我还以为孟芯闵要碰壁呢。"周未未想了想，说道，"没想到她还挺直截了当的。"

不过这也很符合她的性格，想得到就会努力争取，孟芯闵是一个很要强的人，轻易不认输。

倪思喃悠悠地叹了口气:"年轻人哪。"

周未未乐了:"咋回事?"

倪思喃摸摸肚子,抬头看她一眼:"现在感觉自己忽然是个长辈了!"

不提还好,一提周未未就一言难尽,谁让蒋谷是傅遇北的外甥呢,她现在和他在一起,以后还得叫她小舅妈。

倪思喃笑嘻嘻的:"以前没发现这么好。"

不仅是傅成川的小婶婶,还是蒋谷的小舅妈,和傅遇北结婚果然好处多多。

这恶趣味让周未未很无语:"你还是专心当妈妈吧。"

"反正都是长辈,一起当了。"倪思喃不以为然道,"谁惹我不高兴我就让他叫我。"

周未未表示不想听。

因为临近预产期,最近倪思喃的心情格外被关注,平时出行也是前后跟着不少人。

网友们经常给她发孕妇和宝妈心得,虽然不适用于每个人,但也是好意。

倪思喃发现他们比自己还热情,一对比,傅遇北好像太冷静了,明明第一次当父亲应该很激动才对。晚上她就直接问:"你怎么都不激动?"

傅遇北思索几秒,反问:"难道我要去外面大叫一声我终于有孩子了?"

倪思喃想象了一下那个画面,不禁哈哈大笑。

傅遇北轻拍她的头:"没事不要想太多。"

倪思喃说:"我就是问问。过段时间就要生了,你赶紧把名字想好,不好听我是不同意的。"

别到时候生了他随便想一个。

傅遇北颔首:"嗯。"

其实这段时间他已经在想了,男女姓名都想了几个备用,但还没有最喜欢的。

关灯后,房间陷入安静。

现在倪思喃睡得早,傅遇北反而成了迟睡的那个,他闭目养神,想起倪思喃刚刚的问题。

怎么会不激动，只是他情绪内敛，不表现出来。傅遇北静静地看着睡着的倪思喃，想起几个月前的自己因为一次胎动而失眠，现在还会因为想孩子的名字而在办公室走神。

傅遇北无声地笑了一下，这些事说出来有些好笑，当然没必要和倪思喃说。

隔天一早，倪思喃又活力满满。

她和傅遇北一起起来，但比他下楼早，因为现在每天不用化妆，生活越来越简单。

傅遇北下楼时，她正在看运动视频。虽然现在动不得，但倪思喃看得津津有味，并且打算生完孩子之后就付诸行动。

傅遇北叮嘱她："过几天住医院。"

倪思喃"嗯"了一声，俨然没注意听他说的是什么。

傅遇北叫她的名字："咩咩。"

"知道啦。"倪思喃关闭视频，抬头说，"是要住医院的，应该不差这一两天。"

"以防万一。"傅遇北严肃道。

"是是是，你赶紧去公司吧。"倪思喃白了他一眼，"孩子奶粉不要钱的啊？"

傅遇北没反驳。

因为大家都说生孩子是世界上最疼的一件事，倪思喃对傅遇北控诉："以后再也不要生孩子了，不生了。"

傅遇北答应得很快："好。"

倪思喃还是不高兴："你们男人怎么不能生？"

"这个我也没办法。"傅遇北低头告诉她，"这个生了就不要了，一个就够了。"

"我要是变丑了你敢说我，我们就离婚。"倪思喃掰过他的脸，"傅叔叔你记住没？"

"嗯。"

说是这么说，他当然不允许这种情况发生。

倪思喃把自己的未来打算得好好的，却没料到她生产的日子比预产期提前了两天,吓得周未未当场发蒙。好在她还记得叫救护车,又一路跟着去了安排好的医院,然后才想起来给傅遇北打电话。

铃声响起时,乔路和几个经理正在汇报工作,看见向来工作第一的傅总接起电话——

"你老婆要生了!"

周未未的嗓门大,离得近的两个经理都听见了。

几个人神色一顿,连忙说:"傅总,您还是先去医院吧。"

傅遇北面上淡定地点头,吩咐了乔路两句,等他们离开办公室后立刻拿起外套往外走。

医院里此刻井然有序,傅遇北早就安排好了一切。

周未未说:"好了,和你老公说了。"

都说现在还不是最疼的,倪思喃却泪眼汪汪:"我现在这么丑,不准他过来。"

"孩子他爸怎么能不在场?"周未未夸道,"你现在不丑,很好看,不信你问孟芯闵!"

倪思喃还真不信。

孟芯闵被迫打来微信视频,故作生气道:"倪思喃你怎么要生孩子了还这么好看?"

她可气坏了。本来周未未联系她,她以为是什么事,结果是要她夸倪思喃,结果视频一开,的确很好看,太烦了!

倪思喃进了手术室,想象中的疼痛没来,反而一恍神就听见医生说:"恭喜,是个男孩子。"

倪思喃迷茫了:"生完了?"

护士笑道:"是呀,很少有您这么顺利的。"

这话倒是真的,不仅顺利,而且很健康。

孩子被抱过来给她看了一眼,倪思喃第一眼就觉得太丑了,皱巴巴的一张脸,一点都不像他爸和他妈。

倪思喃看完就觉得不想再看第二眼，但还是忍不住多看了两眼，真丑啊。

后知后觉的她睡意袭来，等再次醒来时在病房里，围了一圈人，安静得不行，像在围观大熊猫。

"你们干什么？"倪思喃很害怕。

"我们怕吵醒你。"一众长辈笑眯眯地回答。

这样子更吓人好不好？

傅遇北从外面走进来，手上还带了吃的，倪思喃正好饿得不行，在大家的围观下开始吃饭，有种被饲养员喂养的感觉。

外面闻风而动的记者前脚拍到傅遇北进医院，后脚就把这事发出去了，转眼间倪思喃生了的事人尽皆知。

医院管得很严，所以还没有照片曝光，虽然看不到，但不妨碍网友们猜测，甚至还有人开了投票，投选是男是女还是双胞胎，又或者是龙凤胎，投票的人还不少。

直到倪思喃月子结束，他们都不知道真相。

随着逐渐长开，小宝宝的脸终于变得好看起来，圆溜溜的大眼睛，像黑葡萄似的。

倪思喃觉得他像自己。

傅遇北觉得他像自己。

但不管两个人在心里怎么想，宝宝还是挑着两个人的优点，攥着小拳头一点点地长大。

傅遇北给他起名叫傅佑，很简单的意思，期望他能平安长大，得到一切庇佑，小名就叫佑崽。

倪思喃很喜欢这个称呼，每天至少要叫几十遍，但佑崽还不会开口叫妈妈。

"佑崽，想不想喝奶？"

"佑崽，你什么时候才会说话？"

佑崽喝完奶，闭上眼，不理凡事。倪思喃也不气馁，抽空去做瑜伽，现在身材是头等大事，她必须要天天锻炼。

佑崽小小年纪就得到了所有长辈的喜爱，红包和礼物收到手软，就连孟芯闵来看望时都十分嫉妒。孩子他妈平时好看就很让她烦了，现在连生的孩子都好看得要命。她在心里安慰自己，没事，她和江医生的孩子应该也特别好看，虽然他们还没结婚，但想想又不犯法。

自从佑崽出生后，四季湾的客人来了一波又一波。

差不多满月的时候，外界才知道了孩子的性别，至于其他信息都没公布。

趁白天傅遇北不在家，周未未偷摸着问："傅老板有给佑崽换尿不湿吗？"

倪思喃睨她一眼："你在想什么？"

周未未理直气壮道："老父亲想和孩子亲近，这个就很顺手哇。"

"别说他了，就是我也没有。"倪思喃随口说。

家里有阿姨，压根儿就没有她动手的机会，而且和孩子亲近又不是必须要通过这件事。

周未未耸肩："好吧。"

她还想看点平时见不到的画面呢。

可能是白天被提了一下，佑崽虽然不记事，但也算顺了干妈的意，在傅遇北刚回来时就拉了。

倪思喃看傅遇北愣了一下，没忍住笑了。见惯了他处变不惊的脸，乍然见到这一幕还是特别好笑的。

阿姨迅速给佑崽换干净，傅遇北看了一会儿，转头问："这有什么好笑的？"

傅遇北知道她在笑什么，生了孩子之后她的性格反而比以前活泼了不少，偶尔天真可爱。

倪思喃笑道："傅叔叔，我也要举高高。"

半晌，傅遇北才冷静地说："你多大了？"

倪思喃"哼"了一声，真是不解风情。

等阿姨收拾好，她接过佑崽抱在怀里，闻了一下故意说："哎呀，身上臭臭的。"她边往傅遇北面前送边说，"抱你儿子。"

傅遇北接过，鼻尖嗅到一股奶香，哪里臭了？就知道她在睁眼说瞎话。

佑崽其实蛮喜欢他的，小手在他脸上乱拨，婴儿的皮肤嫩，碰到他的下巴时，立刻睁大了眼睛，可能是被胡子扎到了。

过了一会儿，他再乱动也不会往下巴那儿碰了。

倪思喃泡完澡出来就见傅遇北正举着佑崽，上上下下举高高，佑崽高兴得不得了。

明明是父慈子孝的画面，他偏偏十分严肃。倪思喃"扑哧"一声笑了出来。

半晌，傅遇北停下动作，皱眉看了一眼，房间里弥漫着若有若无的尴尬。

"抱去睡觉。"他让阿姨带着佑崽离开。

倪思喃"哎"了一声："这还早呢。"

傅遇北瞥了她一眼，慢条斯理地开口："如果没看错，现在已经十点了，你想熬夜？"

"晚上让佑崽在房里睡。"倪思喃爬上床。

"不行。"傅遇北想也不想。

"你不想和你儿子一起睡吗？"倪思喃问。

"他应该独立。"傅遇北一边脱衬衣，一边找借口，"人多他就不睡了。"

倪思喃狐疑地看着他，最终还是因为傅遇北平时说话太过有道理，才没有怀疑他的目的。

直到躺上床，她才后知后觉，什么独立，什么人多佑崽不睡！都是骗人的！

每个人都在期待佑崽开口说话，为此周未未和蒋谷打了个赌，赌佑崽开口第一句是叫妈妈还是爸爸。赌注很大，涉及一场约会。

倪思喃对幼稚的两个人翻白眼，低头去蹭佑崽的脸："佑崽会先叫妈妈的，对吧？"

佑崽的小胳膊挥了挥，不知道是答应还是拒绝，白嫩嫩的手臂像藕一样，捏起来十分柔软。

因为孩子还小，所以小羊们不能接近他，可它们应该也知道有了小主人，偶尔远远看见时显得很兴奋。

在所有人的期待下，佑崽六个月大时开始满世界爬，放在床上就不老实，看这情形距离开口说话应该不远了。

晚上，倪思喃躺在床上，突然问："老公，你觉得佑崽会先叫你还是叫我？"

傅遇北思索了几秒："应该是你。"

倪思喃很惊讶："为什么不是你？"

"因为我和他相处的时间少。"傅遇北实事求是，当然他心底也是想听见孩子叫自己的。

倪思喃还以为会有情话呢，很是失望。

七个月时，佑崽的性格终于有了体现，也不知道是不是之前爬得太多，现在他喜欢自己坐在那里玩儿。

"佑崽，过来妈妈这里。"

往往倪思喃这么说的时候，佑崽只会抬头看一眼，然后继续低头和玩具玩。

为了让他第一声叫自己，她每天都在儿子面前提"妈妈"这两个字，但佑崽很不给面子，说话的时间一再推迟。

倪思喃等得花都谢了，也不再苛求，但晚上睡觉时还是会想："说不定是当初没胎教的缘故。"

傅遇北不接茬："这两者之间并没有直接联系。"

今天阿姨不在，佑崽躺在两个人中间，他白天睡多了，现在正精神着，圆溜溜的眼睛一会儿看左边的爸爸，一会儿看右边的妈妈，咿咿呀呀的。

倪思喃突然看见他牙床上的雪白点点，伸手往里摸了两下，像米粒似的，感觉很奇妙，感慨道："咱们佑崽要长牙了。"

在她收回手时，佑崽突然张口咬住。因为牙没长出来，反而软乎乎的，让倪思喃心头柔软，自己的孩子怎么这么可爱呢。

傅遇北低头说："再摸不长了。"

倪思喃抬眼看过去，没好气地说："我手上又没抹抑制剂，不要危言耸听。"

可能是感觉到父母之间的气氛突然变化，佑崽嗷呜了一声，张口："咩……"

倪思喃以为自己听错了，推了推傅遇北："你刚刚听见羊叫了吗？不是不让上来吗，它们偷偷上楼了？"

傅遇北其实没听到什么声音："应该不会上来。"

话音刚落，又一声响起："咩……"

这下两个人都听清楚了，声音是从佑崽的嘴里冒出来的。

房间里安静几秒，倪思喃一下子坐起来，兴奋道："佑崽第一次叫的果然是妈妈！"

傅遇北问："何以见得？"

倪思喃心情好，难得地耐心解释："他叫了两声，一定是在叫我的小名。"

傅遇北不忍打击她的信心，但她这个理由确实很充分，谁让她的小名正好叫咩咩，但其实他怀疑佑崽是在学羊叫。

倪思喃睡意全无，逗了佑崽半晌再也听不见第三声，只好给周未未发消息："佑崽刚刚叫了两声咩。"

周未未还没睡，回道："真的？肯定是在叫你！"

倪思喃得到强有力的支持，冲傅遇北炫耀："佑崽爸爸，你要继续努力。"

傅遇北失笑："不急。"

以后有的是佑崽说话的机会。

事情果然不负傅遇北的期待，在开了前两次口之后，佑崽说话的次数飞速上涨，虽然一大半都是咩，但总有一两次是妈妈。

牙长出来不少后，佑崽开始叫爸爸。他现在脸长开了许多，除了眼睛像倪思喃，其他地方和傅遇北越来越像，没表情时一本正经得像个小大人。

大人这样叫严肃，小孩这样叫可爱。

看到翻版的傅遇北，倪思喃时常逗他："佑崽，皱个眉给妈妈看看。"

佑崽开心地笑了。

倪思喃得到相反的反应也不气，反而抱起他亲了两口，害得佑崽呜呜叫。

此时佑崽都快一岁了，外界终于得到零星的消息。不知道哪个知情人透露，孩子名字叫傅佑,小名叫佑崽,可可爱爱的一个男孩子。

外界就此讨论得热闹,倪思喃的生活一如往常。一岁前的佑崽还很活泼,会笑会闹,不高兴的时候还会哭,一岁后就有了明显不同。

比如倪思喃逗他:"佑崽,佑崽崽。"

佑崽直接转过身,屁股对着她。

倪思喃问:"不高兴了?"

佑崽背对着她,奶声奶气地开口:"生气!"

倪思喃的心都快化了。

佑崽一岁半时,蒋谷和周未未举办了婚礼,如果不是孩子年纪不够,周未未肯定要让他当花童的。

长大后的佑崽很烦恼,烦恼妈妈总是爱逗他,还喜欢把自己往她怀里带,虽然软乎乎的很舒服,可是他都长大了!大孩子是不可以依赖妈妈的。

每当他想拒绝时,妈妈总是很难过地看着他,问:"佑崽是不喜欢妈妈吗?"

佑崽当然喜欢,但很为难。他纠结半天,让妈妈抱了自己,他也想被妈妈抱,但是下次就不许这样了。

当然,下一回肯定还会重复这样的画面。

和其他人天天叫佑崽不同,傅遇北是个标准的严父,只会叫他的大名。

他不想吃某个东西时,会被爸爸警告:"傅佑,不准挑食。"

他晚上偶尔想和妈妈一起睡时,爸爸就会告诉他:"傅佑,你已经长大了,可以自己睡了。"

佑崽只好委屈巴巴地和阿姨走了。

倪思喃一看就心软了:"睡一晚怎么了?"

傅遇北瞥她一眼:"你别惯着他。"

"我自己的孩子当然我惯了。"倪思喃想要反抗,只不过势单力薄,反抗不过。

佑崽确实很懂事,晚上睡觉也很乖,绝不麻烦任何人,每次洗澡还会脸红。

"妈妈不要看。"他小声说。

倪思喃笑眯眯道:"别人又看不见。"

佑崽说:"爸爸就不会看。"

他捂住自己的眼睛,自己看不见就当作别人也看不见。

倪思喃乐不可支,闭上眼:"好了,妈妈现在看不见了,佑崽快穿衣服。"

佑崽不会自己穿衣服,就直接钻进了被窝里。倪思喃只好把他挖出来换上衣服,两只小羊在楼下咩咩叫,声音很大。

家里的两只小羊现在也不小了。说起来,当初佑崽开口的两声咩咩就是和它们学的,只不过还没被倪思喃发现。

佑崽红着脸被倪思喃穿上睡衣,乖乖地躺下,奶声说:"晚安,妈妈。"

倪思喃莞尔:"晚安。"

佑崽又说:"还有爸爸的晚安,妈妈帮我说。"

倪思喃刮了刮他的小鼻子:"知道了。"

回到主卧,傅遇北刚结束一场网络会议,放下东西,转身问:"佑崽睡了?"

"刚刚睡了。"倪思喃钻进被窝,"还让我给你带晚安。"

傅遇北听得唇角微扬。

虽然他时常让佑崽不要做这不要做那,但都是出于培养,他心里自然是爱他的,佑崽乖得让他心软。

两岁半的时候,佑崽正式在大人眼里以天才出道。他继承了父母的美貌和智商,小小年纪就很理智,经常让别人无话可说,吃饭、穿衣也是自己动手。

孟芯闵虽然和倪思喃不对付,但谁不喜欢孩子,她罕见地来一次四季湾,佑崽认得她,礼貌地叫:"孟姨。"

她立刻送了一大堆礼物。

临走时,孟芯闵舍不得,故意道:"你要是有你儿子一半可爱就好了。"

倪思喃理直气壮:"再可爱也是我儿子。"

好气哦。

佑崽凭借美貌和乖巧在南城人见人爱,礼物收到手软,自己的房间都堆不下。他又开始烦恼,大家喜欢他,他也喜欢大家,所以大家的礼物他都想放在房间里,可是房间都不够放。

所以一天晚上，佑崽迈着小腿敲响了主卧的门。

傅遇北一开门，低头看见小布丁似的佑崽，弯腰把他抱了起来："不睡觉干什么？"

佑崽抱着他的脖子偷笑，爸爸抱他的次数可少了。

他笑完了才连忙开口说出自己的忧愁："爸爸，我想要一个大房间，礼物太多了。"

床上的倪思喃扑哧笑了出来："说出去羡慕死别人。"

他的房间已经够大了，这还不够，估计要开辟一个空房间专门用来放礼物。

佑崽被傅遇北放到床上，随后钻进被窝里，和妈妈并排躺着，大眼睛亮晶晶的。他瞬间忘了自己最初的目的，假装瞌睡地揉眼，然后闭上眼装作自己睡着了。

"佑崽这么快就睡着啦。"倪思喃好笑，故意说，"那老公你把他抱回去吧。"

"好。"傅遇北很配合。

佑崽一听急了，立刻睁开眼，对上笑着的两双眼。

傅遇北摸了摸他的小脑袋，佑崽的头发很软。他没有再说什么："今晚在这儿睡吧。"

佑崽抿嘴笑了，脸颊有一个小小的梨涡，并不太明显，奶乎乎的可爱极了。

倪思喃捏了捏他的小脸蛋："睡吧。"

佑崽睡在两个人中间，关灯后，贼兮兮地靠近倪思喃，小声说："妈妈你今天真好看。"

倪思喃惊了，儿子小小年纪就会说好听的话了？

因为前一晚和父母一起睡，第二天的佑崽活力十足，醒来后嗒嗒嗒地下了楼，自己爬上椅子："爸爸妈妈，早上好。"佑崽又扭头，"张奶奶早上好。"

负责三餐的用人差点没被佑崽萌死，每天被这个萌娃问好，谁也顶不住啊。

傅遇北对于佑崽的饮食很重视，之前就找营养师定了菜单，口味和营养双管齐下。

佑崽还是很喜欢的,偶尔的挑食傅遇北就当看不见。

今天心情好,佑崽多喝了一碗甜汤,靠在椅子上摸着自己微微鼓起来的小肚子。

倪思喃问:"不喝粥了吗?"

佑崽摇头:"佑崽吃饱了。"

他拿起她的手放在自己的小肚子上,让她也摸摸,然后小声说:"再吃会长胖的。"

佑崽在这方面很有自制力。得益于傅遇北平时的管教,他虽然很小,但很懂事,能不麻烦别人就不麻烦别人。

倪思喃给他揉了揉,眉目温柔:"虽然你说得对,不过小孩子胖一点没关系,很可爱。"

佑崽听得睁大眼,强调:"小孩子才可爱,我不是小孩子了。"

佑崽觉得自己已经快三岁了,是个大孩子了,所以小孩子的一切都不能和他扯上关系,可爱也是。

说完,佑崽又看了看倪思喃,想起了什么:"妈妈才是小孩子,要多吃一点。"

倪思喃听得心花怒放,忍不住亲他:"佑崽,你怎么这么甜,谁告诉你妈妈是小孩子的?"

她后面一句是随口说的,没想到佑崽反而叹了口气,仿佛在为她的记忆力苦恼:"爸爸昨天说你像小孩子一样不听话。"

他不明白,为什么他想长大,妈妈听见有人说她是小孩子反而这么高兴呢?佑崽小小的脑袋拥有大大的烦恼。

倪思喃在别人面前一向不尴尬,毕竟也没人敢让她尴尬,但在自己儿子面前有点脸红,这话怎么被佑崽听见了呢。

昨天晚上佑崽睡了之后,倪思喃和周未未连线看一部电影,后来比较晚了,傅遇北就让她睡觉,她嘴上答应了,身体一直没动。傅遇北就说了这话,勒令倪思喃睡觉。

她本以为佑崽不知道,没想到被他听见了还一副小大人的样子。

倪思喃抬头，看见傅遇北淡然的表情。她总觉得他在笑，但又没有证据。

倪思喃立刻一本正经地说："你爸爸就是喜欢乱说。"

佑崽疑惑了，是吗？其实他昨天晚上睡得不是很熟，听到了爸爸妈妈在说话，不过就只记得这一句。

他看向对面的父亲。

傅遇北挑眉，漫不经心道："以后你就知道了。"

佑崽不喜欢这句话，他都已经长大了，会说这么多话了，怎么还要以后呢？明年他都能去幼儿园了，去幼儿园那就是真的大孩子了！

佑崽想得很美好，但离明年实际还有很久，他等了好久好久，连自己的个子都长高了，这才听到可以去上学的消息。他嘴上不说，高兴得多吃了一小碗饭。

倪思喃看在眼里，晚上和傅遇北说悄悄话："佑崽怎么越来越像你了？一点都不像我。"

傅遇北眉梢一动："哪里像我？"

倪思喃掰着手指头给他算："他现在开心都笑得不明显，虽然也很可爱。而且不高兴的时候就和你一样。"

傅遇北听到这话沉默几秒，他哪里这样了？但此刻不宜争吵，他扯了扯唇角："我看他挺像你的。"

倪思喃一听很开心，如果知道傅遇北心里想的是佑崽害羞时像她，她肯定要气个一两分钟。

还没上幼儿园，年先到了。

去年佑崽还是个话都说不太多的宝宝，今年已经懂事了，更让大家喜欢。倪老爷子比谁都喜欢他，连最爱的孙女都不常管了，每次一见到佑崽就笑眯眯的。

这个年佑崽既开心又烦恼，大家都喜欢他，他也喜欢大家，但是每天好多人要逗他，他觉得自己好辛苦呀。

憋了两天，佑崽终于想到了解决办法。

晚上，在回四季湾的路上，他小声地问："妈妈，什么时候我才可以有个弟弟妹妹？"

谁在儿子面前说这话了？倪思喃和傅遇北对视一眼，怀疑是他说的，没想到傅遇北微微摇头。

不是他。

倪思喃心里很严肃，脸上没表现出来，问："佑崽怎么忽然想要弟弟妹妹了？"

佑崽认真道："这样我就可以自己玩了。"

倪思喃怎么也没想到这个回答，哭笑不得。

傅遇北也忍不住笑了。

佑崽不知道哪里让爸爸妈妈高兴了，但他聪明，直觉让他红了耳朵，闭上嘴巴。

倪思喃蹭蹭他："佑崽你真可爱。"

佑崽的声音比谁都小："妈妈你也可爱。"

有了这么个儿子，哪里还想要别的！

佑崽的幼儿园自然是重中之重。春夏之际，倪思喃就在看了，饶是再忙，傅遇北也花时间挑选了一家，不管是老师还是设施都是南城顶尖，是幼儿园中的名校。

开学前一星期，佑崽十分兴奋。

家里给他买了不少装备，还有小书包，本来是可爱的，但佑崽拒绝了，换了一个偏男孩子的。

佑崽喜欢在大人面前装成熟，又没有同龄孩子可以说悄悄话，只能去和两只小羊聊天。

他一边喂草，一边小声说："明天我就要去上学啦，你们一定要好好吃饭。"

小羊们嚼着草，没搭理他。

佑崽又补充道："不许挑食。"

虽然他不喜欢爸爸这么说自己，但管别人就很开心。

"如果可以带你们去幼儿园就好了。"佑崽喂完草，异想天开，"咩——"

这下两只小羊终于掀起眼皮看向他,这小屁孩怎么这么啰唆。

倪思喃站在楼上看见小小的身影,周未未拿手机拍了半天,忍不住感慨:"呜呜呜,佑崽太可爱了!"

"你也生一个。"倪思喃说。

"那还要好久才能像佑崽这么大。"周未未皱眉道,"要是有'时光大法'就好了。"

倪思喃被逗笑了:"你怎么不说怀孕的时间也交给'时光大法'呢?"

周未未说:"我也想啊。"

看了好友怀孕的辛苦和心情变化,她自然做梦都这么想,可惜世界上没有这么好的事。

佑崽说完心里话,终于拍拍小手,打算回客厅,丝毫不知道自己唠叨的模样被看了个正着。

他虽然人小,但想法很多。家里来过不少长辈,佑崽经常听到他们说爸爸稳重冷静。

他问过妈妈,这些都是好话。爸爸话少,也不经常笑,这就叫稳重吗?佑崽感觉自己好像学到了什么,以后他也要做一个稳重冷静的人,就从少说话开始!

幼儿园开学第一天,天气晴朗。

一大早佑崽就醒了,他现在会自己穿衣服了,慢吞吞地穿上昨天妈妈搭配好的衣服,活脱脱一个小帅哥。

倪思喃过来时他正在努力穿鞋,可惜力气太小,使劲得脸都红了。她扑哧一笑:"佑崽怎么这么厉害?"

佑崽的脸更红了,有点窘。

倪思喃帮他穿上鞋,又整理了一下衣服,捏了捏他的小脸蛋:"佑崽要去上学啦。"

佑崽狠狠点头。

本来她想送佑崽上学的,但傅遇北都去了,她再去显得太隆重,以后有的是机会。

上午时分,幼儿园外人来人往。

能在这家幼儿园上学的孩子,家里都非富即贵,傅遇北特地换了一辆不常开的车。

园长出来时不少人以为是在等自己,结果没想到直奔一辆很低调的车。

傅遇北下了车,惊掉了一群人的眼睛。

对啊,傅总的儿子好像也到上学的年纪了!他们的孩子要和傅总的孩子做同学了?

佑崽一下车就被大家盯着看,他再胆大,也不由得往傅遇北身边靠了靠。

傅遇北心下好笑,牵着他的小手让他站稳。

佑崽目不斜视,在心里告诉自己要稳重,要冷静,脸上面无表情地绷着。

好几个大人在不远处小声讨论:

"和傅总长得好像。"

"这么小就不苟言笑,以后……"

"长得真好看,那双眼睛真漂亮。"

"不知道会不会和傅总性格一样……"

佑崽听不懂其他的,但是听到了夸自己好看的话,虽然在家里天天都能听到,但还是很高兴。他努力压住想要上扬的唇角,但终究是年纪小,抿唇笑了的样子落在大家眼里显得更加可爱了。

幼儿园很大,各种设施齐全,傅遇北本以为佑崽走一段就会累,没想到他居然没叫累。作为父亲,他虽然心疼但很满意。佑崽是他的孩子,他自然是打算培养的,如果小小年纪就被宠坏了,那自然不可以。

佑崽背着小书包,迈着小胳膊小腿,很兴奋。

走之前,傅遇北其他的没说,唯一的叮嘱是:"晚上妈妈会来接你,不要和陌生人离开,知道吗?"

佑崽乖乖点头:"知道。"

声音还没脱离奶气，听起来软乎乎的。

傅遇北摸了摸他的头，转身离开了幼儿园。

佑崽有点不舍得，身边一下子没了认识的人，心里有点慌张害怕，但周围的小孩比他还害怕，一个个哭得仿佛天塌了，耳边全是哇哇声和"爸爸妈妈你们在哪儿"的叫声。

佑崽一看，他们哭得眼泪鼻涕满脸，好丑！

佑崽顿时把眼泪憋回去，红着眼眶坐在一个小板凳上，看老师温柔地一个个安慰大家。

如此安静的小孩，老师当然印象深刻。

"傅佑是吗？"女老师柔声问。

"嗯。"佑崽点头。

"真乖。"女老师笑着夸了一句，看向他旁边一个哭得上气不接下气的小胖子，"你看傅佑，比你还小呢。"

小胖子一抽一抽地看着佑崽，哭得更厉害了。

佑崽周围的同学都是三岁左右，哭了一上午的就有大半，不过下午大家就适应了很多。

佑崽在幼儿园里待了一天，身旁的小胖子一直在偷看他，他不禁期待起放学来。

下课铃声一响，他松了口气。

老师看在眼里，忍俊不禁，傅总的孩子实在是太萌了，又乖又萌，谁不喜欢？

倪思喃到学校的时候，幼儿园里已经走了不少人。她从后门进教室，看见了乖乖坐在小凳子上的佑崽，柔软的黑发被夕阳映成金色。

"佑崽。"

听到声音，佑崽回头，眼睛亮晶晶的："妈妈。"

倪思喃牵着他的小手往外走，佑崽鼓着脸说："今天一整天都没见到妈妈。"

他很想妈妈呢。

倪思喃看着他软软的样子，只想把他抱在怀里使劲揉，但也就是想想，佑崽现在可有主意了。

佑崽又问:"妈妈想佑崽吗?"

倪思喃当然说很想。

听到这个回答,佑崽忍不住笑了,抿着唇,很矜持,抑制不住欣喜地说:"佑崽在幼儿园也很想妈妈。"

倪思喃笑着问:"多想呢?"

佑崽歪歪头,不好意思地小声说:"想一整天哦。"

佑崽感觉到害羞,偷偷看了看周围,没人注意到,只有妈妈听到了,他立刻放下心来。

倪思喃简直要晕厥,想一整天!什么叫会说话?傅遇北有空得跟他儿子学一学!

倪思喃一把将佑崽抱起来,佑崽怪害羞的,但无法拒绝阔别了一整天的怀抱。他把头埋到她的颈窝,屁股对着外面,别人看不见他的脸,就不知道是他了。

幼儿园人不少,有家长认识倪思喃,惊了一下,见她抱着孩子就没上前。

"妈妈也想你一整天。"倪思喃学着他的话,"咱们佑崽真是妈妈的小宝贝,说话怎么那么好听呀?"

佑崽忍不住笑了,他最喜欢听妈妈说他是她的小宝贝了,全世界就只有一个呢。

上了车后,佑崽就比较随意,因为没有外人。

倪思喃在车上放了一些小零食,他虽然喜欢装大人,但骨子里还是个孩子,对玩具和吃的拒绝不了。

佑崽问:"爸爸不在吗?"

倪思喃捏捏他的脸:"他今天忙。"

佑崽乖乖点头。

他想起今天幼儿园放学,好多同学都是爸爸妈妈一起来接的,还有人不停地哭。

"今天在学校过得怎么样?"倪思喃笑眯眯地问,"有没有人欺负你,上学好玩吗?"

佑崽靠近她:"今天我很乖,没有哭哦。"然后又说,"和我想的上学不一样。"

倪思喃忍俊不禁:"你想的上学是什么样?"

佑崽说不出来,他的词汇量还不够,他对学校的印象都来自看的视频,今天被哭声吵了一天,就觉得跟视频里不一样。

"他们都在哭。"佑崽嘴巴一开一合,"一点都不好玩,像我一样才可以。"

"嗯,我们佑崽是个男子汉。"倪思喃摸摸他的头。

得到夸奖的佑崽很高兴,多吃了两块小饼干,再多倪思喃就不给了,不然晚饭吃不下去。

快到家时,他忽然想起一件事:"今天有一个同学一直哭,老师说他太小了。"

倪思喃当然知道他的疑惑,但这是正常现象,很多孩子都被家里宠着,头一回与父母分开,到陌生的环境,害怕很正常。这么一想,佑崽真不一般,不愧是她儿子。

倪思喃今天被儿子哄得开心,思来想去,干脆上了微博。她没有发图,而是把前面"想一整天哦"的对话以文字形式发了出去。关注她的人不少,刚一发送就有人看到了。

"一晃都三年过去了,时间过得好快。"

"呜呜呜,佑崽为什么这么可爱?"

"小朋友真是世界上最可爱的生物啦。"

看到别人夸佑崽,倪思喃很开心。她低头看着正在玩玩具的佑崽,他认真的时候最像傅遇北,性格和他倒是不太一样,不知道傅遇北小时候是不是也这样。

倪思喃想了想那个画面,被自己逗笑了。

佑崽的幼儿园生活很丰富多彩,很多时候老师们会带着小朋友玩一些益智小游戏。因为全天都在幼儿园,所以学校负责午餐,老师们还会看着他们午睡。

午餐营养搭配,味道很好。佑崽觉得挺好吃的,荤素搭配,有汤,还有切好的水果和一盒奶。佑崽坐在那儿,小腿搭在小板凳上,一勺一勺地吃着饭,安安静静。

老师们觉得很惊讶，实在是这个年纪的孩子能自己搞好一切的太少了，佑崽上学这两天让他们很惊喜。

佑崽的同桌就是那个小胖子，正拿着勺子敲桌子："肉！肉！"

老师过来劝道："不可以多吃哦，对身体不好。"

小胖子哪里明白老师的意思，反正不让他吃就是不行。

老师头疼，拿佑崽举例子："你看傅佑小朋友多乖，你要向他学习。"

小胖子偷偷看佑崽一眼。

佑崽也看了他一眼。

小胖子拿勺子挡住自己的嘴巴，问："我学习了也可以这么好看吗？"

老师愣了一下，忍俊不禁，安慰道："可以的。"

小胖子一听心满意足了。

没多久就到了国庆节，假期前一天，学校里的餐食变得丰富多彩起来，比如中午会多给几颗糖和小面包，放学前还给了一袋小饼干。

其他小朋友拿到后就拆开吃了，佑崽用手指拨着数了数，总共三颗。

他吃了一颗，把剩下的放进口袋里装起来。一颗是妈妈的，一颗是爸爸的。

下午倪思喃过来接他回家，佑崽献宝似的把糖果塞进她手里："我没有吃哦。"

他眼睛亮亮的，等着夸奖。

倪思喃收到儿子的礼物确实惊喜，顺势剥开吃掉："佑崽真是好可爱。"

佑崽抿唇笑了："还有一颗给爸爸。"

希望爸爸也能这么夸他。

上车后，倪思喃整理佑崽的小书包，翻到一个小面包，上面被咬了一口，缺了一块。她笑着问："被小老鼠偷吃了吗？"

佑崽被这么一问耳朵就红了，鼓着脸说："我怕不好吃，就吃了一口。"他小声反驳，"才不是小老鼠。"

不管佑崽怎么想，反正他留着咬了一口的小面包给自己的爸爸妈妈这件事在亲戚圈里传开了。周未未知道后下一秒就呜呜出声:"佑崽为什么这么可爱?为什么!我要被萌死了!"

倪思喃说:"那你自己生一个。"

周未未说:"在努力在努力。"

又聊了一会儿,周未未要挂断电话:"让我和佑崽说两句,然后我就要挂了。"

"你干妈。"倪思喃把手机递给佑崽。

"佑崽有没有想干妈啊?"周未未问,"听说你从学校里带了糖给妈妈,没有干妈的吗?"

"另外一颗被我吃了。"佑崽叹了口气,"如果学校再多给我一颗就好了。"

周未未被他逗笑了。

晚上傅遇北应酬回来,倪思喃将小面包丢给他,似笑非笑道:"你儿子留给你的。"

傅遇北看了看被压得有点扁的小面包,再看那个缺口,不用想都知道是咬的。

"心意领了。"他捏了捏眉心。

倪思喃笑起来,故意说:"你怎么这么浪费佑崽的心意!"

傅遇北挑了挑眉,一边脱外套往楼上走,一边说:"要不我让给你,你吃了?"

倪思喃才不要。面包拆开后又放了这么久,这会儿肯定都有味儿了。

两人说话的时候,房门被敲响。

傅遇北打开门,低头看见佑崽穿着睡衣,正仰着头看自己:"爸爸,你吃了面包吗?"

对上儿子期待的眼神,"没有"两个字实在难说出口。他思忖几秒,说:"吃了。"

傅遇北并不喜欢撒谎,当然善意的谎言还是很有必要的。

倪思喃在他身后笑了。佑崽和他的身高差很多,一个要弯腰,一个要抬头。

倪思喃从傅遇北身后探出头,问:"如果我们没有吃,佑崽会难过吗?"

佑崽想了想,点头。

傅遇北觉得很有必要教他,认真说:"我们知道你是想和爸爸妈妈分享,但是有些东西是不适合的。"

佑崽问:"有些是什么?"

傅遇北举了一个例子:"比如很容易坏的,拆开不能放太久的,就像今天的面包。"

佑崽似懂非懂。

倪思喃笑眯眯道:"以后佑崽就知道啦。"

佑崽心满意足地回了自己的房间,回去之后没多久就睡了,倪思喃进去时,他的小嘴巴张开一条缝,嘴唇嘟嘟的,简直可爱死了。

倪思喃正要离开,床上的佑崽睁开眼。他还没有清醒,看到床边的妈妈,眯着漂亮的眼睛,嘀嘀咕咕:"我做梦了吗?"

倪思喃乐不可支:"是呀,你在做梦。"

佑崽"哦"了一声:"好好的梦。"

十二月,天气变冷。

倪思喃觉得小孩子容易受凉,所以佑崽的衣服都偏厚,班上的同学们也穿得多起来,这么一对比,老师们在这些孩子眼里就有点与众不同了。

吃午餐时,一个女老师走过佑崽身边时忽然被拉住裙摆。她蹲下来问:"怎么啦?"

佑崽认真地看了她一眼:"老师你穿得太少了。"

老师笑道:"没事,我不冷。"

佑崽皱着眉头:"妈妈说这两天天气冷,要穿厚厚的才可以。"

老师被他逗笑了:"好,那我明天多穿一点。"

佑崽很满意这个回答,等第二天看见老师穿了外套,就更满意了。

上了几个月的幼儿园,寒假到来,老师们也像模像样地布置了一点作业,比如记录过年时的开心事等。

佑崽记在了心里。

过年时,一群摸不着头脑的大人问:"佑崽你在干什么?"

佑崽挺了挺小胸膛:"我在写作业。"

倪老爷子来了兴趣,说什么也要配合他的作业,仿佛像个孩子,比谁都热衷。

不过倪思喃乐于见到这画面,现在倪氏大多权力都交了出去,老爷子平日里就做一些重大决定,实际上闲得很。年轻人又和他一个老头子说不到一块儿去,他也不乐意和他们一块儿,还不如一个人。但佑崽就不一样了,说话奶声奶气的,天真又可爱,哪个大人不喜欢?就连倪宁平时别扭得不愿意和倪思喃多说话,碰到佑崽也是偷偷给这个给那个,宿舍里人人都知道她有个不得了的外甥。

过完年,佑崽交的作业得到了老师的夸奖,第二天,老师布置了新作业,带金鱼到学校来。

傅家自然是什么都不缺,很快就准备了一条金鱼,第二天佑崽带着一起去了学校。

班上全是各种玻璃盆和金鱼,佑崽注意到有个同学带了好大一个桶,周围的同学发出"哇!好多"的叫声。

他憋了几分钟,还是过去瞅了一眼,桶里是活蹦乱跳的好几条鱼,佑崽又看了看自己玻璃盆里的小金鱼,陷入沉思。

上课后,老师哭笑不得:"是一条金鱼,不是一斤鱼。"

那位同学沮丧得不行。

五月份时,天气逐渐变热。

周未未已经怀孕八个月,临近预产期,佑崽放假就会去她家看还没出生的宝宝,听说自己以前也是这样在肚子里的。

周未未羊水破了时倪思喃才刚接佑崽放学,接到电话干脆直接带着他一起去了医院。

周未未向来喜欢大呼小叫,现在本来就难受,就没憋着,倪思喃安慰了好长时间。

佑崽看在眼里,问:"干妈,是不是很疼?"

周未未:"是啊。"

佑崽心疼地说:"哪里疼?我给你呼呼就不疼了。"

天真童趣的发言让周未未忍不住笑了,这一笑可不得了,表情都怪异起来。好在没多久,护士们就把周未未推进了手术室,他们在外面等着。

佑崽坐在倪思喃旁边的椅子上,想到刚才的事,问道:"生孩子都是这样疼的吗?"

倪思喃揉他的脸:"是啊,疼。"

一听到回答,佑崽的小脸都皱在了一起:"唉……"

"唉什么,小孩子哪儿来的烦恼?"倪思喃打趣道,"和妈妈说说,妈妈帮你解决。"

"这么疼,早知道就不要生我了。"佑崽小大人一样,"把我放回去可以吗?"

倪思喃竟然不知道该先感动还是先笑。

"如果放回去就没有你了。"倪思喃好笑道,"你就再也见不到爸爸妈妈了。"

佑崽很惊慌:"那还是不要放了。"

他才舍不得离开爸爸妈妈。

倪思喃莞尔,对他说:"像你这么乖,疼一点也没什么,不信你待会儿问你干妈。"

佑崽记在了心里。

想通之后,佑崽眼前的天空一下子明亮了,抓住倪思喃的手:"妈妈。"

他的手小,只好握住倪思喃的一根手指。

倪思喃牵着他往病房走,"嗯"了一声:"怎么了?"

佑崽的小奶音响在安静的走廊上:"我已经不在肚子里了,以后妈妈肯定不疼了。"

倪思喃被小孩子的逻辑逗笑了。虽然听起来很好笑,但都是为了自己,一瞬间她又暖心又欣慰。

周未未生的是女儿,刚刚用尽了力气,现在正在睡,小宝宝也不在这里,佑崽趴到床边仔细看了看,好像没有受伤。

他捂着嘴,小声问:"妈妈,宝宝呢?"

圆溜溜的大眼睛像黑葡萄,明亮璀璨。

倪思喃被他的样子逗乐了,同样小声告诉他:"宝宝在另外一个房间。"

倪思喃带着佑崽过去时,蒋谷正在来回走动。

"你在干吗?"

蒋谷说:"我紧张。"

倪思喃无语。

佑崽一眼就看见了闭着眼的小宝宝,脸有点皱巴巴的,不好看呀。佑崽摸了摸自己的脸,幸好自己的脸不皱。

庆幸完他又开始担忧,小宝宝的爸爸妈妈长得也挺好看,小宝宝怎么不好看呢?佑崽忍不住想,以后他不能嫌弃她。

看完小宝宝,佑崽被妈妈带回家。

他头一回看到刚出生的婴儿,现在脑袋里都是刚刚的画面,还有小小的拳头。佑崽攥了攥自己的手,比她大。

倪思喃摸摸他的头,问:"感觉怎么样?"

"妹妹好小。"小小的一个,佑崽觉得自己是她的两个大,"一点也不可爱。"

"等过几天就会变可爱了,这种话不能说,你刚出生也是和她一样的。"

佑崽想不出那个画面。

周未未的女儿小名叫泡泡,是蒋谷起的,他把所有的精力都放在了大名上,所以起小名就比较词穷了,好在泡泡很喜欢这个称呼。

似乎是为了应和这个名字,泡泡特别喜欢吹泡泡,那种很容易破的小小的口水泡泡。

倪思喃时常带佑崽去医院看泡泡,到地方后她只顾着和周未未聊天,佑崽就被放到了一边。

泡泡已经睁开了眼,五官长开了不少,圆润可爱,大眼睛一眨不眨地盯着佑崽,嘴上的口水吹出了一个泡泡。佑崽忍不住笑了。

泡泡见到他的笑容,挥了挥手。

泡泡还没上幼儿园时，佑崽已经上小学了。

佑崽很聪明，期末考试拿了第一，压住喜悦，准备回家给妈妈一个惊喜，却没想到今天接他回家的是爸爸。

傅遇北挑眉："怎么，见到我很失望？"

佑崽摇头，把试卷给他，星亮的大眼睛盯着傅遇北，充满着对夸奖的期待。

傅遇北看到满分，温声说："很好，下次继续努力。"

佑崽很开心："妈妈一直说我像她一样聪明。"

傅遇北对此不置可否，只说了一句："你可以问你妈妈小时候考了多少分。"

回到家，果不其然，倪思喃一看见试卷，抱着儿子就是一顿亲："佑崽果然和我一样聪明！"

佑崽害羞了，想起之前傅遇北的话，问："妈妈以前也和我一样考第一吗？"

倪思喃小学时虽然成绩好，但并不常拿满分，毕竟小时候她淘气又调皮，还被老爷子宠坏了。

"佑崽比妈妈厉害一点点。"倪思喃心虚，又狐疑地问，"怎么会突然问这个问题？"

佑崽实话实说："爸爸让我问的。"

好家伙。

倪思喃怒气冲冲地上楼，一把推开卧室门，反话正说："看来傅叔叔小时候天下第一厉害！"

"嗯。"傅遇北并不谦虚。

倪思喃被气笑了。

佑崽很聪明，倪思喃时常带他去周未未家做客，泡泡特别喜欢他。

泡泡上幼儿园时，佑崽已经上三年级了，等她上一年级时，他上六年级，基本有了大人的一点样子，这时候他开始让大家叫他傅佑，佑崽这个昵称已经不符合他的年纪了。

听父母叫多了,泡泡见到傅佑时就高兴得大叫:"佑崽佑崽!你作业写完了吗?我还要写作业。"

傅佑拿了一本书坐在她旁边看,泡泡苦着脸:"作业好难。"

傅佑扭头:"你认真点就会了。"

泡泡问:"你的作业难吗?"

傅佑说:"不难。"

泡泡一听这话,立刻挪动自己的屁股:"那我告诉妈妈,我要和你一起上学!"

傅佑疑惑道:"为什么?"

泡泡握拳,小奶音里充满了豪情壮志和自信:"你的作业简单,我去做你的作业!"

周未未走过来,严肃着一张脸:"今天不写完就没有零食吃,也不准玩玩具。"

泡泡难过了一小会儿,不能玩玩具多无聊啊,她问:"那我可以玩其他的吗?"

周未未被气笑了。

一旁的傅佑忍不住勾唇,泡泡的思维太天真可爱了,令人意想不到。

蒋谷平日里脾气很好,对自己这个古灵精怪的女儿更是宠溺,作业写不了也不强求,现在他不在家,周未未自然不可能让她轻松蒙混过关。

周未未又转头对傅佑说:"佑崽,我和你妈妈要出门一会儿,你可以在家陪泡泡吗?"

自从有了孩子之后,自己和好友的独处时光越来越少,今天可要抓住机会出去喝个下午茶。

傅佑点头:"可以。"

周未未笑了笑,叮嘱道:"好,一定不可以给她吃糖,再吃泡泡的牙齿就坏了。"

听到这儿,泡泡不高兴了,龇牙咧嘴露出一排雪白的贝齿,小巧又整齐,上下开合发出碰撞声。

傅佑瞥了一眼,说:"好。"

周未未和倪思喃仿佛重回少女时代,这个下午过得十分快乐。

"泡泡实在太黏人了。"周未未"唉"了一声,抱怨道,"她要是有佑崽一半的省心我就谢天谢地了。"

"得了吧。"倪思喃说,"让蒋谷带。"

"让蒋谷带那就完了。"周未未一提到这个就气,"他女儿要什么他都给。"

周未未想不通:"不知道泡泡的话那么多是遗传谁的,我觉得我和蒋谷话都不是特别多啊。"

倪思喃想了想,说:"可能是你们二合一。"

周未未觉得很有道理,转了话题:"我听说孟芯闵怀孕了,不知道真的假的,她那群小姐妹就没个靠谱的。"

倪思喃说:"难怪最近没见到人。"

孟芯闵和江凛是去年结的婚,但一直没要孩子,他们的婚礼也算是符合孟芯闵的性格,比什么都豪华,反而是江凛和她没有一点相同的地方。

两个人在咖啡馆坐了半天,等回过神来时已经临近四点,干脆打电话让司机把孩子接过来吃晚饭。

周未未和倪思喃在包厢里聊天,终于等到了傅佑和泡泡。

"妈妈!"泡泡飞奔过去。

周未未被她扑了个满怀,正要说什么,鼻尖闻到了一点味道:"泡泡你吃什么了?"

泡泡大惊,立刻说:"棒棒糖!"

周未未问:"是吗?"

泡泡点头如小鸡啄米,还不忘说:"不信你问佑崽。"

倪思喃转头看向自己沉默是金的儿子,小声问:"泡泡真的是吃了棒棒糖?"

傅佑说:"吃了。"

泡泡做贼心虚,接下来的时间只顾着吃饭,恨不得亲妈的注意力别放在自己身上。

这一顿她吃得小肚子饱饱的,周未未勒令她待会儿回去走路消消食,泡泡一听就叹了口气。

回去的路上,外面有小贩牵着一大把动物形状的气球。泡泡一见到这个就移不开眼睛,周未未和倪思喃正在说话,她偷偷扯了扯傅佑的衣服。

傅佑低头:"想干什么?"

泡泡指了指气球:"泡泡想要那个。"

傅佑拒绝道:"问你妈妈。"

泡泡才不,哼了哼,撒娇道:"你给我买嘛,泡泡以后也给你买!"

傅佑并不惦记她以后给不给他买,但送她点小礼物也没什么,最后买了气球,泡泡也高兴了,有了气球哪里还记得傅佑,撒开他的衣服,眨眼间就忘了这位大好人。

泡泡回到家,蒋谷作为宠女儿的老父亲,把洗完澡香喷喷的女儿抱起来举高高。

"今天开不开心?"他问。

"开心!"泡泡咯咯笑着,然后问,"佑崽可以做泡泡的哥哥吗?可以和泡泡住在一起吗?"

蒋谷脑中警铃一震:"怎么这么问?"

泡泡说:"他是好人呀。"

"不可以。"蒋谷义正词严地拒绝。

泡泡上小学二年级时,傅佑已经上初中了,不过因为是同一所学校,在学校里还是可以见到的,偶尔一两次周未未会拜托傅佑带她一起回家。

不知道是什么原因,泡泡个子并不高,班上一半同学都比她高,她回家向父母取经:"怎么才可以长高呀?"

蒋谷说:"喝牛奶。"

周未未说:"多跳跳就高了。"

泡泡在心里发誓一定要长高,天天喝牛奶,恨不得自己就是拔苗助长中一天蹿高的禾苗,还买了跳绳天天练。

周未未本来以为她就是三天打鱼两天晒网，没想到泡泡坚持了很久，不禁深深感慨自己的女儿果然遗传了自己的坚持。

泡泡跳绳的目的是为了长高，不过也许是在这方面有天赋，努力奋斗了一学期后，她喜得南城几所小学跳绳比赛的第一名，还有奖金和奖杯。奖金被她分成了几部分，一部分存起来，一部分拿出去大吃一顿，还履行了很早之前的承诺，买了一个气球送到傅佑手上，让傅佑哭笑不得。

泡泡的身高困扰了她一年的时光，第二年她终于转移了注意力，因为她有弟弟了。

傅佑傍晚放学后去看望刚出生的孩子，小小的婴儿，一股奶味。

泡泡趴在边上，天真地问："你觉得他会像我吗？"

"可能吧。"傅佑不打算扫她的兴，"你们是同样的父母，肯定长得像。"

"和我一样漂亮就可以了。"泡泡兴致勃勃，不忘夸自己，又问，"你想要弟弟妹妹吗？"

傅佑面无表情地说："不要。"

被泡泡念叨了一晚，傅佑就算没有想法，也记在了心里。

倪思喃见他似乎有心事，但是儿子大了，有些事不好说，她偷偷和傅遇北嘀咕："你儿子是不是有心事？"

傅遇北翻书的手停下："你问他了？"

倪思喃摇头。

第二天早上，傅佑感觉妈妈很不对劲，总是笑眯眯地看自己，很温柔，但眼神里似乎有其他意思。

他低头，自己衣服没穿反，再照照镜子，脸上也没有睡出印子。傅佑忍不住问："妈妈，你怎么一直看我？"

倪思喃坐在他对面，感慨道："佑崽大了，有心事也不告诉我们了。不能和妈妈说吗？"

傅佑又看向刚刚下楼的傅遇北。

亲爸似乎很淡定:"你妈妈最近想法很多。"

倪思喃:"傅遇北!"

傅遇北不为所动。

倪思喃不管他,又问:"那你昨天心事重重的样子是为什么?"

傅佑觉得有必要认真解释一下:"昨天我去医院,泡泡问了一晚上我为什么没有弟弟妹妹。"

傅佑看向倪思喃。

倪思喃听出他的言外之意,噎了一下:"你很想要?"

傅佑摇头:"都可以。"

等他吃完早餐去上学,倪思喃才问傅遇北:"你儿子到底想不想要?"

傅遇北说:"答案不是告诉你了吗?"

他其实有些不愿意要第二个孩子,毕竟怀孕几个月对倪思喃来说太过辛苦,但还是看她自己的想法。

现在轮到倪思喃很烦恼了。她觉得当初生一个就很麻烦了,而且周未未怀二胎时她也清楚过程的辛苦。

下午,倪思喃去医院看望周未未和她的儿子。

小小的一个孩子躺在那儿,眼睛要睁不睁的,软乎乎的可爱极了。等宝宝睁开眼,乌黑的眼睛盯着自己,似乎在笑,倪思喃心头一软。

周未未问:"你发什么呆?"

倪思喃问:"你觉得我再生一个怎么样?"

周未未一愣。

直到傍晚倪思喃才回到四季湾,晚上傅遇北有应酬,回来得很晚,洗漱完已经临近九点。

他晚上一般不是看新闻就是看股票,都不看的时候就拿着一本书。倪思喃往常这个时候就刷刷视频,和周未未聊天,两个人各做各的。

今晚傅遇北感觉不太一样。

倪思喃抽走他手中的书:"书有什么好看的,睡觉比较重要。"

傅遇北挑眉,看着她。

倪思喃絮絮叨叨了一大段废话,然后才进入主题:"老公,要不我们再要个宝宝?"

傅遇北凝视着她水汪汪的眼睛:"你想吗?"

倪思喃小声说:"也还可以。"

傅遇北被她这话逗笑了,倪思喃被他笑得耳朵红了。

傅佑现在最关注的还是自己的课业,不久以后有一个竞赛,下个月底他还要去参加夏令营。

进入夏令营后第一个星期的某天晚上,母子二人视频电话,倪思喃弯唇道:"佑崽,等你回来告诉你一个好消息。"

傅佑想不到什么:"妈你赚钱了?"

倪思喃:"我哪天不赚钱?"

傅佑认真说:"那我想不到了。"

"想不到也不告诉你。"倪思喃有心逗他,"等你夏令营回来就知道了。"

这么说实在是太抓人了!

夏令营时间不长,半个月,他回来的那天都快把这事忘了,但是傅佑发现家里用人看他的眼神不对劲。

趁爸妈不在家,他先去看了两只羊,两只羊现在已经进入老年,行动不太便利。

倪思喃和傅遇北从外面散步回来,跟他说:"佑崽,你有妹妹了。"

他就是去参加了个夏令营,妹妹都有了?

其实是弟弟还是妹妹,现在谁也不知道,不过几个月后孩子落地,果然是个妹妹。

傅佑担忧了一段时间后发现,果然孩子和孩子是不一样的,自家的妹妹就不像泡泡那么调皮。

妹妹的小名叫奶糕,因为倪思喃当时想吃奶糕。

小奶糕很安静，还在肚子里时就不折磨人，让倪思喃很轻松，出生后只有拉臭臭了才会哭几声。皱巴巴的脸一长开就俘获了无数人的心，傅佑一下子觉得有个妹妹非常不错。

　　小奶糕出生后的第一个月，家里的两只小羊因为年龄太大先后去世，算是寿终正寝。在羊里面，也算是活得比较久的了。

　　小奶糕很喜欢傅佑这个哥哥，虽然不会说话，但每次傅佑放学回来她就咯咯笑。等她学会说话之后，就天天"哥哥、哥哥"地叫。

　　小奶糕名副其实，身上带着一股若有若无的奶味，让人很喜欢，泡泡每天都想来偷孩子。

番外四

蒋谷曾经说过一句话,周未未经常拿来调侃他,那就是当初他说要是倪思喃真的和他小舅在一起,他就能和世界超模吃烛光晚餐。

倪思喃和周未未一起去喝下午茶时又聊起这事,蒋谷过来接送两位大小姐,感觉很难过。

"搁谁都知道不太可能吧!"蒋谷撇撇嘴,"谁知道你跨度那么大。"

好家伙,好友变成了小舅妈。

周未未笑得上气不接下气:"蒋谷小朋友,你现在去找傅老板,说不定还有烛光晚餐的机会。"

蒋谷说:"怎么可能!"

倪思喃想到一件事:"前两天我听你小舅说,最近京际在接触新的代言人。"

京际旗下涉及产业太多,代言人也有好几个。

周未未说:"国内的还是国外的?"

倪思喃摇摇头:"要看结果。"

傅遇北对代言人的要求很高,首先要没有"黑历史",而且人品要过关,一个小代言就刷下了一批人,更何况这回还是总代言人。

三个人没把这件事当回事,倪思喃有自己的车,周未未就直接蹭蒋谷的车,反正她也坐习惯了。

"谷谷同学,你妈最近催你相亲了吗?"周未未偷偷摸摸地打听,"我就问问。"

蒋谷吊儿郎当的:"怎么,你想和我相亲?"

周未未翻白眼:"做你的春秋大梦。"

蒋谷嘻嘻笑了两声:"我蒋少年轻帅气,还用得着相亲?追我的女人从这里排到了法国。"

她就知道从蒋谷嘴里听不到什么有用的话。

蒋谷自卖自夸完,才从后视镜里看她一眼:"难道阿姨让你去相亲?"

周未未也没隐瞒:"我猜的。"

家里人没有直接说,就只是旁敲侧击让她妈带她出去吃饭,饭桌上正好有个跟她年纪相仿的男人。

蒋谷皱皱眉:"谁啊?"他还没听说南城里谁和周未未相亲了。

周未未说:"不知道,反正我拒绝了。"

蒋谷说:"拒绝了那不就成了。"

两人随意聊了几句,蒋谷把她送到周家,周未未回到家,周母正在客厅看剧,问:"蒋谷送你回来的?"

周未未"嗯"了一声,上了楼,不然接下来又要听妈妈啰啰唆唆的长篇大论了。

周母哭笑不得:"这孩子。"

当妈的操心下女儿的婚事怎么了?年龄到了,她现在可不得着急。

周未未虽然和倪思喃、蒋谷玩得最好,但也有稍微熟稔的小姐妹,平时玩得不错,往常南城有什么事,就数姐妹群里最热闹,八卦传得比谁都快。

吃完晚饭时,群里正聊得火热。

"蒋少最新图。"

"哎呀,其实蒋谷长得也很帅的,而且人也不错。"

"得,蒋少今晚看起来是没有时间花天酒地了,现在就要回家,你们猜理由是什么?"

"什么呀?"

"他要回去遛马。"

蒋谷家里养了一匹马的事整个南城都知道,只有少数人知道马的主人是周未未,更少人知道那匹马是蒋谷买的,是送给周未未的礼物,不过养在了他自己家。

郑薇:"你的马还跟你姓吗?"

周未未:"不跟我姓跟谁姓!"

张璐:"蒋谷买的,蒋谷遛的,蒋谷喂的,你这甩手掌柜当的,压根儿不像个主人。"

周未未才不听:"羡慕也没用。"

蒋谷和周未未的关系人尽皆知,马的事确实让他们迷惑了半天,也品出一点味儿来,只不过不敢在两个当事人面前说。

周未未把群里刚刚发的那张蒋谷的照片保存下来,也不知道是不是拍摄技术好,看起来居然很帅。她发给蒋谷:"某人买醉现场。"

蒋谷可能是已经回家了,回得还算快:"这是谁?居然长得这么帅!"

两个人的对话时常这样,各自夸各自的,蒋谷最爱干的就是夸自己长得帅。

周未未故意回复:"我知道他是谁,×迪!"

蒋谷:"什么?"

周未未:"认错了,是岳×鹏!"

蒋谷:"故意的吧?"

周未未看着蒋谷连着发来的问号,忍不住大笑,果然还是逗别人最好玩。

蒋谷又气又无语。他本以为周未未发他的照片是要夸自己,还特地等着,结果得到这样的回答。看来是自己平时对她太好了,这段时间周未未出门别想自己去接她了。

因为这事,接下来的几天蒋谷见到周未未都不是鼻子不是眼的。

周未未懒得搭理他受伤的心,照例去蒋家喂了马之后,蒋谷说什么都不送她,但蒋家阿姨很大方,让她直接开着蒋家的车走了。

周未未今天要和姐妹们一起去外面玩,有个茶会。倪思喃不爱参加这些,她倒是喜欢。

周未未到的时候,里面正热闹。

"未未,快过来。"郑薇朝她招手,"你看那个小男生是不是长得还不错啊?"

周未未顺着看过去,摇头:"太小了。"

郑薇"哎呀"一声,笑眯眯地说:"小才好,男朋友年轻,难道不快乐吗?"

周未未被她们鼓动了半天,有点心动,可是她不认识什么年轻的小帅哥,将就又是不可能的。

郑薇见状,立刻笑道:"姐妹是干什么的!"

张璐说:"郑薇有啊。"

周未未有点打退堂鼓:"我就是看看,如果第一眼不合眼缘就算了,恋爱这种事随缘。"

大家纷纷表示理解。

茶会圆满结束,几个女生又去唱歌,最后在五颜六色的灯光下合照,照片你修完了我修,所有人都满意后才发了朋友圈。

周未未还加了一张单人自拍,发出去后立刻有不少人点赞。

蒋谷正在和朋友们一块玩,一群人看到女生们的朋友圈,立刻聊起来。

男生们聊起来肆无忌惮,蒋谷平时不爱听,所以他在的时候他们比较克制,蒋少的名头也不是虚的。

"都怪好看的。"

"女生们拍照都会美颜的,你又不是没见过本人。"

"这话说的,这里面的几个人我都见过,都很漂亮啊,周未未的朋友嘛。"

"咦,周未未是不是有男朋友了?"

话题陡然一转,有人撞了撞蒋谷:"这事真的假的?"

蒋谷压根儿就不知道："我怎么不知道？"

旁边的人说："说不定是刚谈呢，要不然就是对方不是你喜欢的人，所以她没告诉你。"

又有人大着胆子感慨："说起来，我以前还以为你们两个会成一对呢。"

蒋谷打开朋友圈，头一个就是周未未几分钟前发的，六张照片，前五张都没什么，他点开第六张，照片光线很暗，不过蒋谷眼神好，一眼就瞅到了周未未背后似乎有个身影，看起来挺壮的，不像女孩子。

真谈恋爱了？蒋谷越琢磨越不对，谈恋爱了还不告诉他，万一对方是个人品差的渣男怎么办？

他又放大照片，但照片发出后被压缩了画质，模糊得看不清楚。他的眼神越来越锐利，南城哪个男人敢在他的眼皮底下跟周未未离得这么近，胆子真大。

蒋谷点开周未未的头像，本想直接问但怕引起周未未的逆反心理，仔细思考了一下，问："你和男生出去玩了？"

周未未没回复。一旁的狐朋狗友已经聊到周未未会不会和对方结婚了，蒋谷差点被气死。

过了一会儿，手机终于响了，是周未未发来的消息："没啊，哪里来的男生？"

蒋谷一看，果然对自己有所隐瞒。他心里不舒服，平时可能就睁只眼闭只眼不管了，但今晚他就是想管。

蒋谷："你后面不是吗？"

周未未把自己的照片仔仔细细看了一遍，终于知道蒋谷在说什么了，发了一张"你瞎了"的表情包。

周未未："那是机器人。新出的科技产品，叫来唱歌的。"

唱歌地点是郑薇选的，她鬼点子多，单纯的唱歌有趣是有趣，但都习惯了，所以这回来点新意。

蒋少此刻感觉非常尴尬，好在隔着屏幕，周未未看不见，他装作若无其事地岔开话题。

狐朋狗友们还在聊，蒋谷踢了踢桌脚："什么男朋友结婚的，那是新出的机器人,一看你们就没见识。"

众人一脸茫然。你损我们就算了,笑什么?再说那照片乌漆麻黑的,能看清周未未的五官就很了不起了,谁还去注意是不是真人?

蒋谷心情很舒畅,至于自己也没见识的事,无所谓,反正只有周未未知道。

聚会过半,他忽然站了起来。

"哎,蒋谷你去哪儿?"有人见他拿着外套不像是去洗手间的样子,连忙问,"这才一半呢。"

"有事。"蒋谷丢下一句话走了。

被蒋谷问得一脸茫然的周未未十分无语,截图发给倪思喃:"他是不是脑子有问题?"

倪思喃看完聊天记录,忍俊不禁,打字安抚她:"可能是担心你。"

周未未:"我出去唱歌有什么好担心的?"

蒋谷闹出的这个笑话周未未没和其他人说,免得蒋谷恼羞成怒,到时候拿她是问,再说这种糗事自己人知道就行了。

唱完歌,一众姐妹准备各回各家,郑薇的男友过来接她,被大家揶揄得直脸红。

"未未,今天蒋谷不接你啊?"张璐问。

"他这两天和我吵架了。"周木木嘴角一弯,晃了晃钥匙,"我就把他家的车开来了。"

"可以啊你。"张璐吃惊。

她也是开车来的,所以两个人一边说一边往停车场的电梯走去。

电梯门一打开,两个人都看到了意料之外的人。

蒋谷插着兜从里面大步迈出来,眉毛挑起,一副玩世不恭的模样:"结束了?"

周未未回过神:"你怎么来了?"

不会是被她一损,不高兴,来要走车钥匙的吧?

被当成隐形人的张璐看看蒋谷又看看周未未,看这样子也不像吵架啊。

蒋谷懒洋洋道："送你回家啊。"

电梯前一阵安静，张璐立刻闻到了八卦的味道，这两人看起来有戏啊。但是蒋谷在这儿，她不敢太放肆。

其实想想也很正常，周未未和蒋谷关系那么好，男女朋友都没有他们关系好。

她很早以前就以为他们会在一起，但是两个人一直是朋友关系，久而久之，大家都觉得好像不太可能了。

"既然蒋少送你，那我先走了。"她说了一句，脚下不停，眨眼间就进了电梯，立刻关上门。

周未未睨一眼蒋谷："你就这副样子能骗人。"

蒋谷笑了一下，一点也不谦虚："能骗到人那是我的本事，别人想骗还没这能力。"

周未未"喊"了一声："走吧。"既然他自己主动过来，她才不推开呢。

周家和蒋家有点远，反而郑薇家近，她坐在回去的车上时，郑薇都到家了，在群里报了平安。

周未未打开手机时正好看到张璐在说："蒋谷过来接未未的，要我说蒋谷也是个不错的男朋友人选，对朋友推心置腹，家世也好，越想越觉得挺好。"

有人回她："说得好像你看上了一样。"

张璐："我就算有心，郎也无意。"

大家一看到这话，纷纷调侃起来，三言两语带过周未未和蒋谷的关系，开始讨论蒋谷喜欢什么样的女生。到现在为止，大家还没见过他谈恋爱。

郑薇："未未，解答疑惑时间到了。"

周未未回复："你们又不喜欢，问了也没用。"

张璐："我们可以介绍给其他人呀。"

周未未愣了一下，视线从手机屏幕上移开，转向驾驶座。

察觉到身旁的目光，蒋谷一挑眉，笑了下："怎么，发现哥哥很帅是不是？"

熟悉的调子让周未未好笑："臭美。"这么一来，气氛就活跃起来，她顺势问，"蒋谷，我问问你，你喜欢什么样的女生？"

蒋谷故意说:"万一不是女生呢?"

周未未翻个白眼。

"我喜欢的女生啊,那肯定要既漂亮又温柔。"

周未未没想到他的想法还挺大众,说:"温柔大美女谁不喜欢?我也喜欢。"

蒋谷说:"你喜欢又没用。"

周未未说:"怎么?说不定温柔大美女更喜欢我。"

闻言,蒋谷笑了一声:"你喜欢也顶多跟她做个好闺密。"

这话是对的,但周未未不高兴。

两个人之间的相处模式已经固定,蒋谷习惯和她调侃,也知道她的雷点在哪儿。本来随便一说,没想到几分钟没听到周未未的声音,蒋谷蒙了:"生气了?"

他也没说什么啊?

周未未说:"没有,这有什么好生气的?"

蒋谷扭头看了一眼:"我和你认识这么久,还不知道你?好好好,温柔大美女喜欢你,不喜欢我。"

周未未哭笑不得:"我真的没有!"

她就是突然心里有点不高兴,但又不知道为什么。

蒋谷认真分辨半晌,确定她只是忽然情绪低落,这才放心,但心里偷偷嘀咕又不是生理期,怎么情绪变化这么突然?

考虑到周未未弱小的心灵,接下来的一路蒋谷罕见地没有再调侃她。

到达周家门口,周未未下车。

蒋谷看她转身快要融进夜色的背影,忽然开口叫住她:"周未未!"

周未未回头:"干吗?"

蒋谷解开安全带,下车走到她面前,借着天然的身高优势,伸手拍了拍她的脑袋。

"别不高兴了,哥哥明天带你玩儿。"

周未未回到家还有点茫然,摸了摸自己的头,回过神来,她咬牙切齿,蒋谷又故意摸她的头，个子高了不起啊？太过分了。周未未怀疑自己后来长不高，就是因为蒋谷天天逮着机会就摸她的头。至于蒋谷自称哥哥，她已经不想理了。

"蒋谷送你回来的？"周母从楼上下来问。

"嗯。"周未未躺在沙发上。

"也不知道叫他进来喝杯水。"周母点了点女儿的额头，"不懂人情世故。"

"蒋谷来咱家还用我叫吗？"

虽然两家长辈并不是很熟，但孩子关系好，就互相对对方的孩子也非常熟悉。

"我要是蒋谷，下次就不送你回来，连口热水都喝不上，还没有跑路费。"周母笑着说。

周未未吐了吐舌头。

今晚蒋谷意外地好说话，难道是意识到前两天闹别扭是他小心眼的缘故？

周未未想不通，干脆不想。她向来心大，也没把在车上自己为什么不高兴的事放在心上，一觉睡到天亮，中途都没醒。

次日清晨，周未未手机里信息不少，有小姐妹们发来的，有倪咩咩发的，自然也有蒋谷发来的没什么营养的表情包。

周未未顺手回了个表情包。

他们平时聊天都是斗图，她自己姐妹多，表情包已经够多了，也不知道蒋谷从哪儿弄来的那么多表情包。

俗话说，男生的表情包发生变化都是因为聊天对象有了变化，一旦表情风格变得软萌，那就是板上钉钉的事了。

周未未一边刷牙一边回想，好像蒋谷的表情包不是软萌的。

洗漱完回到房间，她趴在床上，看到几分钟前蒋谷的新消息："起床了没？"

周未未回："干什么？"

蒋谷："昨晚不是说了哥哥带你出去玩儿吗？你这记性，哪天被卖了都忘了被卖了多少钱。"

周未未回了个威胁人的表情包。

不过蒋少主动带她出去玩，她也就同意了。

周未未选了一身宽松的衣服，没穿裙子，短裤、运动鞋一穿上，像运动会上的小女神，她心满意足地下了楼。

蒋谷早就等在楼下。

周母正在和他说话，笑眯眯的，心情非常好："未未平时就是不听话，你别在意。"

"我知道。"蒋谷在长辈面前还是很正经的。

余光瞥见下楼的周未未，他递了个眼神。

周未未不想再听自己亲妈的念叨，迫不及待地把蒋谷拉出了门。

"今天怎么不穿裙子？"蒋谷问。

"不知道你要带我去哪儿玩儿，穿裙子多不保险。"周未未松开手，"去哪儿？"

蒋谷卖了个关子。

到了目的地她才知道，原来是一个新建的网咖，是他朋友开的店。

周未未虽然不沉迷游戏，但与多数人相比还是爱玩的。

蒋谷想的是她心情不好，那打两把游戏发泄发泄就好了。

一个下午结束，周未未很兴奋，放下耳机："我饿了，去吃点东西吧。"

蒋谷说："好嘞。"

出去时，周未未看到网咖里的一对情侣正在说话，男生递给女生一个冰激凌，感觉很好吃的样子。

晚上吃的是烤肉，服务员和蒋谷一起上手烤肉，周未未没怎么动手。

快结束时，蒋谷说："我去结账。"

周未未点点头，正好她要去洗手间，回来时她一边走路一边看手机，一下午没看，消息很多。可是直到看完消息，蒋谷都没回来，周未未冒出一个不切实际的想法，蒋谷该不会是跑路了吧？还是没带钱被扣留了？

她正准备打电话问，桌对面坐下来个人。周未未抬头，一个三色的冰激凌递到她面前，蒋谷笑得漫不经心："吃不吃？"

她没动。

蒋谷皱眉："不吃我吃了。"

不应该呀，在网咖的时候他明明看见周未未盯着别的女生手里的冰激凌，难道他看错了？

周未未回过神，接过来咬了一口，又冰又甜，仿佛甜到了心里。

周未未问："怎么突然买这个？"

蒋谷懒散地靠在椅背上，手指动了动，随口说："想买就买了，哪有那么多为什么。"

见她吃得眯起眼，他唇角上扬。

周未未今天确实很开心。蒋谷这个人吧，看起来不着调，其实心思细腻，而且还很会哄女孩子开心。

周未未想起蒋谷说的喜欢的女孩子的性格，温柔又漂亮，不知道他有没有心仪的对象，有了应该会带出去玩吧，说不定也会买小零食给她吃。

周未未一时间想得有点多，摇了摇头，感觉自己是不是有点多愁善感，这关她什么事？但一想到有其他人分到蒋谷的特权，周未未就不开心，心底不舒服。

在这之后，周未未和蒋谷有一段时间没一起出门玩了，因为蒋谷出国了。

等看到蒋谷发的照片时，她才知道原来京际集团的新代言人就是蒋谷的梦中情人——他是去和她一起吃饭了。

蒋谷："所以说人要有梦想。"

周未未："那是因为你有个好舅舅。"

蒋谷："别人没有，这就是我的本事，别羡慕了，我舅舅就是你舅舅。"

周未未给他发了个表情。

蒋谷和世界超模共进晚餐的事在南城掀起了不小的风，郑薇她们都过来问，好在大家都了解，不然还以为他谈恋爱了。

周未未平时要么参加茶会，要么和倪思喃一起喝下午茶，生活过得十分规律。

周母闲不下来，又开始琢磨相亲的事，经历过上次的事，这次她学聪明了，因此等到达目的地，周未未才发现自己被骗了。

望着对面那个看起来正正经经的男人，她打起精神聊了两句，确定观念不和就决定结束。

对方有点不悦:"不试试怎么知道？"

周未未说:"不用了。"

男人上下打量她两眼:"我刚刚说的哪里不对吗？结婚之后你还要和别的男人关系那么亲密？"

周未未无语，话都没说几句，就把她婚后生活安排好了，这是太有自信还是没脑子？

见她不说话，对方以为自己说中了:"男女之间不就是那点事吗，如果愿意和你在一起，会这么久不说吗？"

周未未恍然大悟，原来他说的是蒋谷。她自觉没什么好聊的，起身说:"三观不和，不用说了，我会和我妈说的。"

"我还没说完——"男人想抓住她。

还没碰到周未未的胳膊，旁边横过来一只手扭住他的手腕:"说什么说？"

听到蒋谷的声音，周未未愣了一下。

蒋谷皱眉看向对方:"我蒋谷都舍不得说两句的人，你哪来的胆子敢说的？"

他松开手，抓着周未未离开:"怎么什么男人都见？你以为都和我蒋少一样是好人啊？"

蒋谷一回国就收到了周未未相亲的消息，这才来了这儿。好家伙，一来就听见对方唠唠叨叨。

一段时间没见，蒋谷话很多:"我要是不来，你是不是还得被他打一顿？怎么这么惨，还是得跟着你蒋哥哥混。"

周未未这才后知后觉，半天不知道说什么，只叫了他的名字:"蒋谷。"

她没问他为什么知道，也没问他怎么来这里。来都来了，怎么来的似乎也没什么好问的。

蒋谷扭头，一张脸俊秀风流:"我还以为你哑巴了。"

周未未感觉自己的心跳莫名有点快，"喂"了一声，扬起一个笑容。

"蒋哥哥，我们要不试试在一起？"

番外五

最近医院里上上下下都知道，普外科高冷的江医生在被一个大美人追求，消息传得有鼻子有眼，比如今天大美人带着吃的到了江医生的科室，还给其他人送了小零食；比如晚上大美人邀请江医生吃晚饭，被拒绝了。

"大美人我也看见了，江医生居然不为所动。"

"江医生是不是不喜欢女生？"

"我觉得这个猜测很有道理，也没见江医生特殊对待过哪个女生。"

最后，传言还增加了几个细节："大美女姓孟，是个富家女。"

孟芯闵还不知道自己在江凛工作的医院里出了名。

她之前和倪思喃在医院走廊上拍照忘了关闪光灯，被江凛看了个完全，糗得她三天不敢出门。这种事她就没碰见过，肯定是因为倪思喃，不然自己怎么这么倒霉？

在家里酝酿了许久，孟芯闵把这件事放到脑后，偷偷向几个姐妹取经，决定追求江凛。

实在是江医生论长相,很出色,和她很配;论职业,医生也是值得敬佩的,她很喜欢。

孟芯闵从来没谈过恋爱,所以追起人来就浮于表面,每天送吃的,约吃饭,江凛自然是拒绝。

孟芯闵和倪思喃能十年如一日地互相看不惯,就说明她不是一个半途而废的人。正想着有什么新方法,实在不行就向倪思喃取经时,事情发生了变化。

那天,孟芯闵照常在江凛快下班的时间去医院。

因为她家距离医院挺近,就步行过去,晚上下班高峰期,开车说不定会堵在路上。孟芯闵遭遇过一次后就不再开车。

走到一个岔路口时,有个老人被一辆飞驰的车蹭到,直接倒在她面前,孟芯闵吓了一跳。

蒙了几秒,孟芯闵打了120。她跟着一起去了医院,先垫了医药费,看着老人昏迷不醒,头似乎还出了血,心怦怦直跳。

孟芯闵其实胆子很小。爷爷奶奶在她还没出生时就去世了,她其实从没见过死人,平时除了自己生理期,连血都没机会看见。

孟芯闵一进医院,就有人给江凛报了信——一个护士送东西时,小声说:"江医生,我听急诊科那边说孟小姐好像遇上事了,正在手术室呢。"

江凛写字的手一顿:"手术室?"

护士察觉自己的话好像有歧义,解释了一下:"跟着救护车来的,不知道是家属出事还是什么。"

江凛"嗯"了一声:"我知道了。"

他写完东西,放下笔。

江凛到手术室外时,看见孟芯闵坐在那儿发呆,和平时的样子有很大的区别,跟个乖巧的小学生似的,旁边的椅子上还放着一盒甜品。

"孟小姐。"他走过去。

"江医生,你下班了吗?"孟芯闵抬头,一脸惶然,哪里还记得男女感情,"那个老人会不会——"

江凛说:"不会。"

孟芯闵不信:"这都好几个小时了。"

江凛有点无奈,认真地解释道:"如果出事了现在手术室的门还会关着吗?"

话音刚落,手术室的门被人推开。

孟芯闵看向江凛,江凛也沉默了。

好在医生带来的是好消息,老人做完手术已经脱离危险,静养恢复就可以了。

孟芯闵终于松了口气。

虽然素昧平生,但她实在怕听到坏消息,一听到平安,顿时高兴起来,又看了看侧脸精致的江凛:"江医生,你今晚有空吗?"

面前这张脸明眸皓齿,江凛本想说没时间,说出来的却是相反的话:"嗯。"

孟芯闵终于约饭成功。

有了第一次就有第二次,不知道是不是因为那天她做了好事,所以幸运值增加了。

随着和江凛认识的时间变久,她也稍微了解了江医生的性格,知道他面上看着冷,实际人很好,对工作上的事更是负责。

孟芯闵就喜欢这样的男人,第二次吃晚餐时,她拍了一张美食照——她才不拍江医生给别人看,只是按捺不住想向倪思喃炫耀。

倪思喃收到照片时回了一个问号。

孟芯闵:"没想到吧,我和江医生在一起吃饭。"

倪思喃好笑道:"我还以为孟小姐放弃了呢。"

孟芯闵:"我又不是你!"

她气得放下手机,发出不小的声音,引得对面的江凛看过来,目露询问。

孟芯闵只好随口转移了话题:"江医生,你这么高,有没有什么可以长高的方法?"

江凛打量她两眼,慢条斯理地开口:"多吃肉。"

孟芯闵有点怀疑这话的真实性:"真的吗?"

江凛说："你可以试试。"

于是孟芯闵多吃了几块肉。

过了两个月,她终于记起去称重,发现自己不仅没长高,反而还重了一斤!孟芯闵立刻给江凛发消息:"我没长高,还重了!"

江凛透过这一句话似乎能看到她的表情,必然是带着气的,回道:"我没说可以。"

多吃肉能长高的话她怎么会信的?他只是觉得她有点瘦,可以再胖一点,那样更好看。

孟芯闵好气,江凛的话一点没错,他当时只是说多吃肉,让她试试,又没保证一定能长高。

但她要追人家,就没有说什么,等以后追到手了再算账,孟芯闵思索着,点点头,把这事记在了心里的小本本上。

倪思喃不知道从哪儿知道了这事,给她发来一串的"哈哈哈"。

孟芯闵气坏了:"倪思喃你太过分了!"

倪思喃笑着回道:"我又没有说什么,我今天出门看见江医生了,要不要看?"

孟芯闵警惕起来:"看什么?"

倪思喃给她发了一张照片,照片里的江凛穿着休闲装,平时穿着白大褂看起来很高冷,现在很好看。

孟芯闵把照片保存下来,至于是倪思喃拍的这件事,别扭了一会儿就忘到了脑后。

和江凛成功吃饭几次后,孟芯闵再去医院,科室里的其他医生和护士都和她很熟悉。

"江医生在查房呢,孟小姐等等。"

"孟小姐,江医生有没有同意和你交往啊?"

"孟小姐……"

江医生是医院的一朵高岭之花,想来摘花者众多,最终都无功而返。本来他们也以为孟芯闵会失败，没想到似乎不是。江医生和她一起出去吃晚餐，也接受了她带过来的甜品，两人之间的关系似乎只差那么一点就可以更进一步。

孟芯闵面对这些陌生人的善意，还是很高兴的。

听到他们询问，她脸颊微红："我再努力努力。"

没想到这句话才说完，江凛就拿着东西从外面走进来，也不知道有没有听见。

孟芯闵干脆当他没听见。

晚上一起吃的私房菜，江凛带她去的，她平时没吃过这家，一不小心就吃多了。

其实，自从和他约饭成功后，她就觉得自己吃得多了。孟芯闵很苦恼，小声说："江医生，下次你别选味道这么好的店。"

江凛扭头看她，淡然地问："为什么？"

孟芯闵不好意思对喜欢的人说自己长胖的事，眨了眨眼，委婉道："我会控制不住吃多的。"

江凛无声地笑了一下："所以要饭后消食。"

好吧，散步就散步。孟芯闵是个懒人，要不是想和他多相处点时间，她才懒得走那么多路。

晚间的南城夜风习习，孟芯闵和他从私房菜馆走到医院，路上人很少。

江凛话很少，更多的是她在说。

前面的路灯似乎坏了，孟芯闵转头看向江凛，江医生的脸是好看的，在夜里更好看，嘴唇也红红的。

孟芯闵想亲又没那个胆子，只好委屈巴巴地问："江医生，你以前和人接过吻吗？"

江凛侧过头，半晌才回答："没有。"

孟芯闵听了挺开心的，又想起自己刚刚的想法，鼓起勇气来，但声音很小："听说感觉很好。"

江凛被她的反应逗笑了，唇角微抿："是吗？"

孟芯闵点点头。

快要到楼下时,她"唉"了一声:"好喜欢江医生哦。"

等面前的人停住时,孟芯闵才反应过来,自己刚才居然把这句话说了出来。

孟芯闵感觉要糟。

江凛定眼看着她,温柔的晚风裹着他清冷的嗓音:"孟小姐,我好像也有点喜欢你。"

番外六

夫妻春游

傅佑出生后,倪思喃和傅遇北很长一段时间都没有二人世界。终于有一天,傅遇北出差回来后,傅佑被放到爷爷奶奶那里,两人要去"度蜜月"。

他们没有出国,国内好看的景点太多了。不过因为现在天气有点凉,倪思喃便挑了个偏南的小镇,这样也不太可能遇上熟人。

傅遇北没有意见,傅太太决定去哪里,他都愿意去。

怕傅佑被送回来,两人直接出发。

住的酒店是套间,不止一个房间,倪思喃进去的第一反应就是笑,调侃道:"分开睡?"

傅遇北面无表情:"不可能。"

谁家夫妻出来玩还分房睡的。

倪思喃撇嘴,拆了酒店送的礼物,床上还摆着花瓣,可见服务不错。

这会儿正好是傍晚,外面还有夕阳。小镇地理位置很好,靠海也靠山,路边的花坛里五颜六色，傅遇北没有浪费这样的美景，和倪思喃一起出门散步。

倪思喃见过不少珍稀的花，眼前这些算得上普通，可心境不同，看到的感觉也不同。

"佑崽以后知道了不会在心里骂我们吧？"倪思喃问。

傅遇北沉默两秒，答道："你把你儿子想成什么了？"

倪思喃一本正经道："我这是合理猜测，丢下儿子出来旅游，我还是第一次这样做呢。"

傅遇北说："以后做多了就不会这么想了。"

倪思喃着实没想到这个回答，但是别说，她还真有点心动。

倪思喃挽住他的胳膊，撒娇道："你每次都会陪我？"

傅遇北笑道："不然呢？"

倪思喃弯唇笑起来，和身后坛里姹紫嫣红的花一般艳丽多姿。

海边的日落景色很美，他们找了个长椅，安静地坐了半小时，远离一切尘嚣。

晚上吃的是腊排骨火锅，当地的特色，倪思喃以前没吃过，胃口大开，肚子吃得鼓鼓的，怪不好意思的。

因为这个地方距离酒店有点远，倪思喃不太想走，问道："要不，老公你骑车吧？"

叫老公那肯定有所求，傅遇北挑眉："你敢坐就行。"

倪思喃捧场："那必须敢，我相信老公的技术。"

事实证明，她错了。

倪思喃第一次看傅遇北骑自行车，别说，脱离了西装革履，多了点青春的味道。

这小镇虽然路很齐整，但是是石板铺的，自行车骑上去，屁股快要颠散架了。新鲜劲过去，倪思喃就受不了了，揪住傅遇北的衣服："我要下去，停车！"

傅遇北一脚落地，腿更显得长，回头问："又不想坐了？"

倪思喃跳下来，拧着眉："太颠了。"

傅遇北的手搭在把手上，她本来还在抱怨，看到这样帅气的他，注意力很快被转移:"老公,今天很帅哦。"

傅遇北收下赞美,露出笑容看着她,倪思喃反倒有点不好意思起来。

还了自行车,两人只能走回去。

青石板路边基本都是店家和民宿,各种各样的灯开着,很是静谧漂亮,偶尔能听见清吧里传出来的音乐声。

一路回到酒店,前台投来羡慕的目光。倪思喃牵着傅遇北的手忍不住又往里扣了扣,傅遇北察觉到了,唇边的笑意变大。

她被他牵着,胡思乱想,他们当初是直接结婚的,现在倒像是老夫老妻突然梦回恋爱时期。

两人从庭院中走过,灯光将两个影子映在一起。

孩子们

倪思喃给傅佑取名时想的是有个好寓意,但是带上姓后好像有一点其他意思,但被她无视了。

她立志要做傅佑家长会上最成功、最漂亮的妈妈,但是从婴儿到能开家长会,还要等好几年,倪思喃逐渐变得佛系。

也许是父母性情的缘故,傅佑从小就是个很有独立意识的男生,还很注重形象。

原本几个大人的注意力都在他身上,毕竟只有他一个小孩子,直到泡泡出生,傅佑总觉得爸爸看自己的眼神不对,他觉得爸爸好像有一点羡慕未未干妈。

不过等看到泡泡的可爱之后,他也有一点羡慕。

因为两家的关系,傅佑可以说是看着泡泡从一个小婴儿长到蹒跚学步,泡泡第一天上幼儿园时,他还去了。

她的小学和傅佑的初中是同一所学校,所以周未未和蒋谷接不了孩子的时候,就会让泡泡跟他回家,这种时候傅佑就会去泡泡的教室那边等着。泡泡特别爱和同学们炫耀她有一个长得特别帅还会给自己买东西吃的哥哥。

不过这回是泡泡先放学,就在教室里多待了一会儿,乖乖等傅佑过来接她。

傅佑过去时，教室里还有几个小孩子，有家长正好过来接人。泡泡没看见他，正在和同学挥手："拜拜。"

傅佑出声："泡泡，回家了。"

泡泡惊喜地回头，大声道："佑崽！"

这个称呼是改不了了，傅佑也习惯了，上去牵起她的手："今晚去我家睡，明天干妈来接你。"

"哦。"泡泡乖乖点头，"干妈去哪里了？"

傅佑哭笑不得："是我干妈，是你妈妈。"

泡泡若有所思地点头。

车早就等在学校外面了，两人一起出去时，正好看见刚才挥手告别的同学正在那儿吃小吃。

泡泡看了好一会儿，傅佑以为她嘴馋了："想吃？"

泡泡摇头。

傅佑不信："那你看什么？"

泡泡有点不好意思，又有点开心，凑近他，一脸"我告诉你一个秘密，你不要往外说"的表情："佑崽。"

奶乎乎的嗓音很可爱。

傅佑微微　笑："你妈妈不准你吃的。"

泡泡说："不吃。佑崽，他喜欢我！"

"喜欢你？"傅佑一脸迷惑，尤其是面前这个小女孩信誓旦旦的，他看看她，又看看外面那个小同学，反正他是没看出来她从哪里得出来的这个结论。

傅佑说："小孩子说什么喜欢。"

他才不想有另外一个人也叫自己佑崽呢，有泡泡一个就可以了，而且泡泡不懂事，肯定是瞎说的。

两人回到家里，倪思喃和周未未已经回来了，聊得正开心，沙发上大包小包的。

傅佑已经上初中了，还很早熟，倪思喃平时压根儿不用操心他，叫道："泡泡来这里。"

周未未动也不动地说："泡泡今天没调皮吧？"

泡泡叉腰道："妈妈，我才没有。"

周未未看向傅佑，傅佑一本正经地回答："没有，泡泡很乖。"

泡泡笑嘻嘻道："就是就是。"

倪思喃莞尔，不忘落井下石："泡泡的话不可信，小嘴甜的，早就把佑崽收买了。"

傅佑无语，哪有亲妈这样说儿子的。

他想起上回倪思喃带他出去春游，要求他和小时候一样跟她穿亲子装，结果被路人认成是姐弟，又开心地直点头。晚上回去，他还听到妈妈向爸爸炫耀她年轻貌美，爸爸好像很赞同。

傅佑坐到一边，想了想还是选择告诉长辈们："泡泡今天跟我说，她同学喜欢她。"

周未未想也不想地说："听她胡扯。"

倪思喃调侃道："佑崽，你是不是有种竟然有人想夺我女儿的岳父心理？"

傅佑不想回答脑洞大开的妈妈，两个大人乐得不行，泡泡听得半懂不懂，只知道眨眼。

《天作之合2》完